Pauletta Kressin

AF235734

# Lautlose Schritte

Es ist mein Leben, ich muss etwas tun um frei sein zu können. Auch weiß ich nicht, ob es falsch ist. Ich weiß nur, dass ich etwas tun muss. Und es ist mir auch egal, ob es richtig oder falsch ist. Ich habe viel falsch gemacht. Und manches richtig. Ich habe Entscheidungen getroffen und ich habe zugelassen, dass Entscheidungen über mich getroffen wurden.

Pauletta Kressin

# Lautlose Schritte

Erzählung

# Impressum

Bibliografische Information der Deutschen Nationalbibliothek:
Die Deutsche Nationalbibliothek verzeichnet diese Publikation in der
Deutschen Nationalbibliografie; detaillierte bibliografische Daten sind
im Internet über http://dnb.dnb.de abrufbar.

© 2020 Pauletta Kressin

Lektorat: Pauletta und Annika
Korrektorat: Pauletta und Annika

© 2020 Kressin, Pauletta
Herstellung und Verlag: BoD – Books on Demand, Norderstedt
ISBN: 9783752609776

9 783752 609776

Intro

Die Zukunft heißt Hoffnung!

Ich weiß nicht, ob das, was ich tue, richtig ist. Auch weiß ich nicht, ob es falsch ist. Ich weiß nur, dass ich etwas tun muss. Es ist mir auch egal, ob es richtig oder falsch ist, was ich tue. Ich habe viel falsch gemacht. Und manches richtig. Ich habe Entscheidungen getroffen und ich habe zugelassen, dass Entscheidungen über mich getroffen wurden. Nun habe ich mich wieder entschieden. Entschieden, etwas zu tun. Etwas zu schreiben. Es ist eine Geschichte. Nein, es ist nicht eine Geschichte. Es ist meine Geschichte. Manchmal wäre ich froh, wenn es nur eine Geschichte wäre, aber es ist viel mehr als das.

Es ist mein Leben.

Ich breite es aus und sehe es zu meinen Füßen liegen. Wie ein Tuch. Ein Tuch mit Flecken darauf. Dort, wo die Flecken sind, erkenne ich das Muster nicht mehr. Aber ich weiß, dass es da ist. Ich werde die Flecken entfernen. Ich will, dass man das ganze Muster sieht. Dass ich das ganze Muster sehe. Ein Muster, erschreckend, vielleicht abstoßend. Man muss ja nicht hinsehen. Aber ich sehe hin. Ich will dieses Tuch später zusammenlegen und verwahren. Später. Nicht jetzt. Jetzt will ich es noch einmal sehen. Dass ich zurückblicke, bedeutet nicht, dass ich nicht auch vorwärts sehe. Vergangenheit und Zukunft sind miteinander untrennbar verbunden.

Janusköpfig versuche ich, in beide Richtungen gleichzeitig zu blicken. Aber schreiben kann ich nur über Vergangenes. Es fällt schwer, das zu tun. Aber soll ich es deshalb lassen?

Nein!

So sehr mich die Vergangenheit auch bewegen mag, meine Vergangenheit, die mir niemand nehmen kann, meine Erlebnisse, die ich verdrängt habe bis sie sich nicht mehr verdrängen ließen, so sehr stelle ich mich ihr nun.

Vergangenheit - gewesen. Die Zukunft heißt Hoffnung!

Die Seele kann erst dann richtig baumeln, wenn das Herz einen Platz gefunden hat, wo es zur Ruhe kommt.

Ich kann mir nicht vorstellen, dass meine Geburt etwas Besonderes war. Ganz und gar nicht. Oder doch? Soweit ich zurückdenken kann, trank meine Mutter. Ich kann mir nicht vorstellen, dass sie die Einsicht besaß, während der Schwangerschaft weniger oder vielleicht sogar gar nichts zu trinken. Und wenn ich von der Vermutung ausgehe, dass sie nur wegen dem bisschen schwanger sein ihren Lebensstil nicht wesentlich änderte, war an meiner Geburt vielleicht doch etwas Besonderes. Die Tatsache nämlich, dass ich gesund zur Welt kam. Bis auf die Einschränkung vielleicht, dass ich etwas zu früh kam, im siebenten Monat nämlich. Als ob ich das Leben, das mich erwartete, nicht abwarten konnte. Vielleicht wollte ich auch nur dem Alkohol, der ja zusammen mit dem Blut meiner Mutter durch die Nabelschnur floss, vorzeitig entkommen. Aber zunächst begann dieses Leben ruhig, nämlich die ersten neun Wochen auf der Frühgeborenenstation. Dass später einige Menschen alles daransetzten, dass es nicht so blieb, dass dieses Leben ereignisreich war, ist eine andere Sache. Wir wollen den Dingen nicht vorgreifen. Es war im Sommer des Jahres 1973, als alles begann. Getauft wurde ich auf den Namen Pauletta. Meine Eltern, Ingrid und mein Stiefvater Wolfram - zum damaligen Zeitpunkt hielt ich noch beide dafür - wohnten in Ruhla. Kennt jemand noch Ruhla-Uhren? Damals gehörte das ganze Gebiet noch zur DDR. Es ist vielleicht nützlich, das zu wissen. Die Gegend, in der ich aufwuchs, war an sich schön. Wir wohnten in der Nähe eines Waldes. Was weniger schön war, war die Wohnung, DDR-Standard der damaligen Zeit eben. Natürlich hatten wir eine Toilette. Nur das Bad fehlte. Aber das wurde nicht unbedingt als ein Makel angesehen. Viele Wohnungen hatten keins. Dafür hatte die Wohnung fünf Zimmer. Die brauchten wir auch. Zwar nicht sofort, aber später. Bis ich drei Jahre alt war, spielte sich mein Leben allerdings in einer kleineren Wohnung ab. Bis dahin waren es nur zwei Zimmer. Aber das ist vielleicht hier ohne Belang. Wir - das waren zunächst nur meine Eltern und ich. Dabei sollte es nicht lange bleiben. Als ich vier Jahre alt war, wurde mein Bruder Hannes geboren, weitere vier Jahre später meine Schwester Lisa. Dass es sich dabei um Halbgeschwister handelte, erfuhr ich erst viel später. Die Sache mit dem fehlenden Bad hatte eine besondere Bewandtnis. Ich erzähle sie, weil sie symptomatisch ist. Das wöchentliche Baderitual fand, wie üblich, am Sonntag statt. Dazu wurde die Zinkwanne, die wir hatten, in die Küche geschleift und mit warmem Wasser befüllt. Die Reihenfolge, in der gebadet wurde, war immer gleich: zuerst Lisa, dann Hannes, dann ich. Ich hatte durchaus nichts gegen diese Reihenfolge einzuwenden. Es gab nur einen Grund, warum ich sie nicht mochte: wir mussten alle im gleichen Wasser baden. Kann man sich etwas Unangenehmeres vorstellen? Sicher, man kann, aber nur sehr schwer. Rückblickend wiederum wäre ich froh gewesen, wenn es in meinem Leben nichts Schlimmeres gegeben hätte als in zweimal gebrauchtem und inzwischen gerade noch lauwarmem Wasser zu baden, auf dem graue Schaumflocken tanzten. Ich lernte schon früh, was `Augen zu und durch´ bedeutete. Natürlich wechselten meine Eltern das Wasser, bevor sie selbst badeten. Das taten sie erst, wenn wir bereits im Bett lagen. Ich bin ihnen unendlich dankbar dafür, dass sie nach uns badeten. Sonst wäre ich die fünfte gewesen, die das gleiche Badewasser zu benutzen hatte. Verstehen Sie, was ich damit sagen will? Manchmal gewinnt man auch an Umständen, die lediglich weniger unangenehm sind als andere und weit davon entfernt sind, wirklich gut zu sein, bereits positive Seiten ab. Es stellte sich bald auch in anderen Punkten heraus, dass ich - oder vielmehr meine Familie - `Anders´ war. Meine Eltern waren ausgesprochen entscheidungsfreudig. Stellte sich die Frage, ob es wichtiger war, Alkohol oder Lebensmittel einzukaufen, wurde diese Frage rasch und generell zu Gunsten des Alkohols entschieden. Dummerweise reichte das Geld aber äußerst selten für beides. Das hatte zur Folge, dass es Standard war, Fettbrote zu essen, manchmal gab es sogar auch einen Apfel. Meist aber nur Butterbrote, wenn dann mal Butter da war. Sonst gab es Margarine. Allerdings schien diese Regelung nur für mich zu gelten. Während mein Bruder und meine Schwester bestimmte

Vorlieben und Abneigungen gegen Lebensmittel entwickelten und diese auch kundtaten, blieb mir versagt, meinen diesbezüglichen Gelüsten ebenfalls nachzugehen. Rot- und Leberwurst sowie Sülze waren bei meinen Geschwistern verpönt. Also bekamen sie etwas anderes. Zum Beispiel Marmelade oder sogar Salami und Schinken. Erstaunlicherweise reichte das Geld für derartige Extravaganzen dann doch manches Mal. Meistens, wenn es Lohn gab, aber den gab es ja nicht sehr oft. Nur ich bekam grundsätzlich das, was die anderen nicht wollten. Ich hatte oft den Eindruck, meine Eltern hätten sich ein Schwein halten müssen, wenn sie mich nicht gehabt hätten. Aber auch, wenn ich selbst etwas für mich geschenkt bekam, war noch lange nicht klar, dass ich es auch behalten durfte. Wie gesagt, ich kannte damals den Grund für das Verhalten meiner Eltern nicht, aber ich spürte, dass diese ständige Zurücksetzung einen Grund haben musste. Aber es hätte auch nichts daran geändert, zu wissen, warum es so und nicht anders war. Ich hätte nicht die Macht gehabt, etwas zu ändern. Das Geschenk, das ich bekam, war ein Becher Nusspli. Nusspli gab es nur im Intershop für umgerechnet acht DDR-Mark. Das war sehr teuer, wenn man bedenkt, dass ein Arbeiter in der DDR nur rund sechs- bis siebenhundert Mark verdiente. In den Intershop durfte nicht jeder, nur der, der Westmark hatte. Die Mark der DDR war ja nicht konvertierbar. Aber wie das alles genau ablief, weiß ich jetzt auch nicht mehr, ich war ja schließlich noch ein Kind. Ich bekam ihn, diesen herrlichen Becher Nusspli-Haselnusscreme, also von meiner geliebten Oma, ohne jeglichen Anlass, einfach nur so. Natürlich freute ich mich wie blöd darüber. Und wie immer viel zu früh. Meine Eltern zwangen mich, den Becher Haselnusscreme der Allgemeinheit zur Verfügung zu stellen. In der Realität bedeutete das, dass meine Schwester ihn komplett auslöffelte. Auf die Idee, sie aufzufordern, mir auch etwas abzugeben, kam niemand. Nicht einmal ich wagte es, um einen kleinen Teil zu bitten, aus Angst, man würde mir diesen Löffel Haselnusscreme nicht nur verweigern, sondern mich für mein Ansinnen auch noch züchtigen. So abwegig war dieser Gedanke ja wirklich nicht. Sicher, es war `nur´ ein Becher Haselnusscreme, aber der Verlust dieser Leckerei schmerzte mich. Aber ich zog daraus eine Lehre. Den nächsten Becher, den ich vielleicht irgendwann einmal erhielt, würde ich auf keinen Fall mehr an die familiäre Öffentlichkeit gelangen lassen. Und das Wunder geschah: Es gab ihn, den zweiten Becher Nusspli und wieder nur für mich! Ich verbarg ihn so gut ich konnte und versteckte ihn dann in meinem Kleiderschrank. Wenigstens diesen Becher würde ich in einer stillen Stunde alleine auslöffeln. Jedenfalls hatte ich es so geplant und die Vorfreude war groß. Zu früh gefreut! Auf irgendwelchen mir nicht bekannten Wegen kam mein Stiefvater dahinter, dass ich etwas in meinem Schrank verbarg. Also suchte er und fand ihn, diesen Becher mit Nusscreme. Er durchsuchte oft meine Schränke, egal, ob es einen Grund dafür gab oder nicht. Was danach passierte, erschreckt mich noch heute und ich habe Mühe, es zu Papier zu bringen. Mein Vater schlug mich deshalb, weil er es hasste, wenn Dinge versteckt wurden. Er schlug mich wegen eines versteckten Bechers Nusscreme! Die Art meiner Eltern, mich körperlich zu züchtigen, war äußerst facettenreich. Grundsätzlich wurde ich mit allem verdroschen, was gerade greifbar war. Oft war es ein Schuh oder ein Kleiderbügel und die Blessuren, die zurückblieben, waren nicht nur körperlich. Aber das erkannte ich erst später. Ein bei meinem Vater sehr beliebter Gegenstand, den er leidenschaftlich gern benutzte, um mir körperliche Schmerzen zuzufügen, war eigens zu diesem Zweck von ihm gefertigt worden. Es war ein Gürtel, der mit einem scharfen Messer oder Schere der Länge nach in exakt fünf schmale Streifen geschnitten worden war. Eine Art fünfschwänzige Katze also. Dieser Gürtel hatte einen Holzstiel, damit man ihn besser halten konnte. So, jetzt nehmen Sie mal einen Gürtel aus Ihrem Schrank, umfassen ihn mit einer Hand und schlagen Sie sich dann mal kräftig selbst auf den Arm. Nur einmal! Na, reicht es Ihnen schon? Und mit einem solchen Gegenstand wurde ich verdroschen, bis ich am Boden lag! Mehr ist dazu nicht zu sagen. Freunde - ich hatte keine. Woher auch?

Mein Verhalten in der Schule musste meinen Klassenkameraden sehr ungewöhnlich erschienen sein. Morgens hatte ich nur den einen Wunsch: Weg von `zu Hause´! Natürlich durfte ich in der Schule nicht die Wahrheit sagen, wenn ich gefragt wurde - was selten vorkam, denn es war an mir nichts Besonderes, was meine Mitschüler veranlasst hätte, sich mit mir zu unterhalten - woher ich die Prellungen, Blutergüsse und blaue Flecken hatte. Entweder ich suchte mir Kleidung aus dem Schrank, die die schlimmsten Blessuren verdeckte, oder ich erfand irgendwelche Ausreden. Ich erinnere mich nicht mehr genau daran, aber ich muss im Ausreden erfinden damals verdammt gut gewesen sein. Die Angst beflügelte hinsichtlich der Ausreden meine Phantasie. Ich achtete darauf, dass nur nicht die Wahrheit ans Licht kam. Selbstverständlich durfte ich auch an Klassenfahrten praktisch niemals teilnehmen. Es gab eine Ausnahme, aber dazu komme ich später noch. Denn durch den engeren Kontakt zu den anderen wäre dann doch aufgefallen, dass ich die Einzige war, die derart misshandelt aussah. Der andere Grund war wahrscheinlich der, dass diese Fahrten Geld kosteten. Wenig zwar, aber ein paar Mark immerhin. Und was man für mich ausgab, konnte nicht mehr in Alkohol umgesetzt werden. Was mich wunderte war, dass meine Lehrer mich niemals auf meine Verletzungen ansprachen. Vielleicht hoffte ich manches Mal, dass sie es tun würden, vielleicht auch nicht. Es hätte ja nichts geändert. Aus Angst vor meinen Eltern hätte ich niemals die Wahrheit gesagt, sondern mich auch wieder nur in Ausreden geflüchtet. Aber wer weiß, vielleicht hätte es doch einiges geändert. Zu spät, darüber heute noch nachzudenken. Obwohl ich der Meinung bin, dass die Lehrer wider besseres Wissen schwiegen. Aber vielleicht wollten sie auch nur keinen Ärger und keine Mehrarbeit. Ich war ja nur eine Schülerin unter vielen und nicht einmal sonderlich beliebt. Mein Wunsch, morgens meinem Elternhaus, zu entkommen ging so weit, dass ich mich später, es muss in der Zeit gewesen sein, als ich die fünfte Klasse besuchte, also etwa elf Jahre alt war, sogar auf der Schultoilette wusch und mir die Zähne putzte. Es war mir völlig egal, was andere darüber dachten. Überall war es besser als dort, wo ich wohnte. Abgesehen davon blieb mir oft auch nichts anderes übrig, wenn alle die Waschgelegenheit blockierten und ich trotzdem pünktlich zur Schule kommen wollte. So sehr ich mich auch bemühte, meine Körperpflege nicht zu vernachlässigen, eins konnte ich nicht ändern: die Tatsache, dass meine Kleidung nicht immer die sauberste war. Selbst waschen konnte ich sie ja nicht. Das heißt - gekonnt hätte ich schon. Und wer hätte meine Wäsche machen sollen? Meiner nur mit dem `dürfen´ war es so eine Sache. Mutter war der Griff zur Flasche wichtiger als der Griff zum Waschmittel. Abgesehen davon wusste sie im Zustand der meist fortgeschrittenen Alkoholisierung ohnehin nicht mehr, was der Begriff `waschen´ bedeutete. Manchmal, wenn ich den Mut dazu aufbrachte, mich von zu Hause wegzuschleichen, brachte ich die Wäsche zu meiner geliebten Oma zum Waschen. Ich erinnere mich an Situationen, die mir heute unvorstellbar erscheinen. In ihrem alkoholisierten Zustand forderte Mutter mich auf, des Nachts mit ihr in den Wald zu gehen. Ich wusste nicht, warum und ich wusste zunächst auch nicht, was wir mit uns herumschleppten. Erst, als wir es ablegten, erkannte ich am Geruch, was es sein musste. Anstatt zu waschen, hatte sie unsere Wäsche so lange liegen lassen, bis sie Schimmel angesetzt hatte und erbärmlich stank. Selbst ihr war klar, dass sie mittlerweile in einem untragbaren Zustand war. Also vergrub sie gemeinsam mit mir die Kleidung im Wald. Es bedrückte mich, aber mit der Zeit gewöhnt man sich an alles. Aber auch Gewohnheiten kann man ändern, wenn man den Willen und die Kraft dazu hat. Es dauerte nicht mehr lange, und ich begann, mich um unsere Wäsche zu kümmern. Auf einmal hatte auch niemand mehr etwas dagegen, blieb doch so mehr Zeit für den Griff zur Flasche. Von diesem Zeitpunkt an wurde es besser. Nicht, was mein Leben anging. Nur, was die Wäsche betraf. Neue Sachen hatte ich natürlich auch nicht, es waren oftmals abgelegte Sachen unserer Nachbarn, für meine Begriffe recht hässlich und wenig abwechslungsreich. Eigentlich trug ich immer dasselbe. Den Spott meiner Klassenkameraden darüber ließ ich über mich ergehen. Auch das war ein Grund, warum ich kaum Kontakte hatte. Als Zielscheibe für Hänseleien ist man nicht gerade ein Mensch, dessen freundschaftliche Nähe man sucht. Die Mutter meines Vaters, meine „gehasste" Oma also - zu diesem Zeitpunkt hielt ich ihn immer noch dafür - durfte in regelmäßigen Abständen aus der DDR ausreisen. Natürlich nur zu Besuchszwecken. Sie fuhr dann immer nach Remscheid zu Verwandten. Wenn sie zurückkam, hatte sie oft Kleidungsstücke im Gepäck. Westklamotten waren ja in der DDR sehr begehrt. Besonders Jeans. Aber die waren immer nur für meine Geschwister bestimmt, nie für mich. Wenn mal etwas für mich übrigblieb, dann das, was sonst niemand haben wollte. Also Sachen, die man im Vollbesitz seiner geistigen Kräfte niemals freiwillig getragen hätte. Zumindest nicht als Teenager. Ich hatte dafür nur ein Wort: Omaklamotten! Obwohl meine Eltern soffen wie die Stiere, hatten sie Arbeit. Das war sicherlich weniger ihr Verdienst als vielmehr der Verdienst des Staates, in dem wir lebten. Es gab offiziell keine Arbeitslosigkeit in der DDR. Irgendeinen Job hatte jeder. Und wer keinen hatte, bekam einen zugewiesen. Natürlich behielten beide ihren Job nie sehr lange, denn wegen ihres Alkoholkonsums gab es oft Probleme und so wechselten sie ihre Arbeitsplätze recht häufig. Mutter arbeitete gerade als Köchin in einer Kinderkrippe. Wenn es sich ergab, ging ich nach der Schule ebenfalls dorthin. Nicht, weil ich unbedingt meine Mutter sehen wollte, nein. Das hatte andere Gründe. Ich half gerne mit, wenn mal eine helfende Hand gebraucht wurde, egal, wofür. Mit den Kleinen zu spielen oder sie zu füttern machte mir riesigen Spaß. Das Wichtigste aber war, dass ich dort eine warme Mahlzeit bekam. Mit dem Essen kochen hatte meine Mutter es an den Wochenenden nicht so. War noch Alkohol in der Flasche, gab es keinen Grund, sich um etwas anderes zu kümmern und wenn die Flasche leer war, war sie nicht mehr in der Lage, sich um irgendetwas zu kümmern. Vater war in einem Kombinat als Heizer angestellt. Beide hatten also keine herausragenden Funktionen, aber sie brachten beide Geld nach Hause. Nur reichte es nie. Das meiste ging all-monatlich für

Spirituosen drauf. Die waren auch bei uns ziemlich teuer, und die Menge machte es zusätzlich. Eine Flasche Korn kostete um die zwanzig Ostmark und ich musste oft zum Kiosk gehen und Schnaps und Zigaretten holen. Dazu brauchte ich eine Vollmacht, ich war ja noch zu jung, um Alkohol kaufen zu dürfen, aber die gab mir meine Mutter natürlich ohne Weiteres, entband sie das doch von der Notwendigkeit, selbst dorthin zu torkeln. Bezahlt wurde, wenn gerade Geld da war, sonst dann, wenn es Lohn gegeben hatte. Das bedeutete, dass noch am Tage der Lohnzahlung das Geld schon wieder knapp war. Je mehr mein Vater trank, um so unleidlicher wurde er, ein Verhalten, das er mit vielen, fast allen Alkoholikern teilte. Diese Unleidlichkeit dokumentierte sich darin, dass er vorzugsweise entweder Mutter oder mich verdrosch. Das konnte er gut. Prügeln konnte er tatsächlich. Immerhin hatte er bereits eine Freiheitsstrafe hinter sich wegen Körperverletzung, begangen an einem seiner Freunde. Wir hatten Angst vor ihm, Mutter weniger, ich mehr. Was nicht heißen soll, dass meine Mutter gar keine Angst vor ihm hatte. An manchen Tagen schlief ich lieber auf einer Matratze in einem abgelegenen Raum auf dem Dachboden als in meinem Zimmer. Ich richtete mir auf dem Dachboden eine Art Unterschlupf ein, zwischen Kartons und was die Mieter nicht benötigten, lag eine Matratze und Bettzeug, wenn ich mal wieder flüchten musste, hatte ich wenigstens einen Schlafplatz. Naja schlafen war das ja auch nicht richtig, denn ich hatte immer Angst, dass „er" mich finden würde, leise atmen oder leise husten, Hauptsache mich fand keiner. Wenn er mich gefunden hätte, würde er mich schlagen und wenn er mich schlug, dachte ich oft, er würde mich totschlagen. Als ich älter war und mich daran voll Furcht erinnerte, dachte ich manches Mal, dass das vielleicht besser gewesen wäre. Heute, wo ich wieder neuen Mut geschöpft habe und voll Zuversicht in die Zukunft sehe, bin ich allerdings froh, dass ich noch lebe. In unserer Familie drehte sich alles um meinen Vater. Noch war er ja für mich mein Vater. War er bis spätestens siebzehn Uhr nicht zu Hause, mussten wir ins Bett. Den Grund dafür kannte niemand, außer meine Mutter vielleicht. Es hieß immer nur: "Vater kommt betrunken nach Hause, schnell zu Bett!" Waren wir nicht im Bett, wenn er kam, gab es Schläge. Den Grund dafür kannte ebenfalls niemand, außer vielleicht mein Vater. Schlimm war nur, wenn wir es nicht mehr schafften, vorher Abendbrot zu essen, sind wir hungrig zu Bett gegangen. Immerhin war es etwas, das den Magen füllte und einen Schlaf garantierte, ohne dass ich mit knurrendem Magen erwachte. Ich erinnere mich an einen Zwischenfall, der mich noch heute schaudern lässt. An einem Nachmittag schaffte ich es nicht, mit meinen Hausaufgaben rechtzeitig fertig zu werden. Ich arbeitete im Kinderzimmer so leise es nur ging, aber irgendwann fiel mir etwas aus der Hand. Sofort kam mein Vater ins Zimmer gestürmt, schlug blindlings auf mich ein, schrie mich an und zerrte mich zurück ins Wohnzimmer. Ich wusste nicht, was das zu bedeuten hatte, aber er brauchte ja nie einen Grund, um losprügeln zu können. Ich musste mich hinsetzen und ihm erklären, warum ich gegen achtzehn Uhr noch Hausaufgaben zu machen hatte. Natürlich interessierten ihn meine gestammelten Erklärungen herzlich wenig. Danach drosch mein Vater die halbe Wohnzimmereinrichtung zusammen und versuchte, meiner Mutter einen zum Glück nur kleinen Schrank an den Kopf zu werfen. In meiner Panik griff ich nach dem ersten besten Gegenstand, den ich zu fassen bekam. Es war glaube ich ein Blumentopf von der Fensterbank. Ich schlug ihn mit aller Kraft, zu der ich fähig war, auf seinen Hinterkopf, aber leider beeindruckte ihn das nur wenig. Er drehte sich herum und prügelte mich nach Strich und Faden durch. Was hatte ich ihm entgegenzusetzen? Gar nichts. Und meine Mutter konnte mir nicht helfen, sie hatte ja selbst Angst davor, halbtot geschlagen zu werden. Ich weiß nicht mehr, wie ich es in mein Zimmer schaffte und wie ich in dieser Nacht schlief. Aber ich weiß noch, dass ich am nächsten Tag in der Schule arge Probleme hatte, mich hinzusetzen. Mein ganzer Körper war mit blauen Flecken übersät. Sicherheitshalber hatte ich, damit man die Blessuren nicht sehen konnte, einen Rollkragenpullover angezogen, aber es war mitten im Frühling und es war schon warm, so fiel ich dann erst recht auf. Am nächsten Tag wollte ich den Spott meiner Mitschüler nicht noch einmal über mich ergehen lassen müssen. Eine ganze Woche lang ging ich morgens zur gewohnten Zeit aus dem Haus und versteckte mich im Wald. Um die gleiche Zeit wie immer kam ich dann wieder nach Hause, so, als wäre ich in der Schule gewesen. Ich hoffte natürlich, dass niemand meine Eltern benachrichtigen würde und ich das Schule schwänzen geheim halten konnte. Aber daraus wurde leider nichts. Ich weiß nicht, ob die Schule meine Eltern informierte oder auf welchen Wegen meine Schwänzelei herauskam, jedenfalls wusste mein Vater auf einmal davon. Wahrscheinlich hatte mich einer seiner zahllosen Saufkumpane gesehen, davon gab es wirklich fast unendlich viele oder jemand hatte mich zufällig während der Zeit, zu der ich mich auf dem Schulweg hätte befinden müssen, am Busbahnhof oder am Uhrenwerk gesehen. Ich bekam Hausarrest, was bedeutete, dass ich nicht nur auf meinem Zimmer zu bleiben hatte, sondern auch nichts zu essen bekam. Ich war einfach `nicht da´ für alle anderen. Mutter brachte mir - heimlich - etwas zu essen, denn sonst hätte ich das über das gesamte Wochenende nicht durchgehalten. Lesen und spielen war ebenfalls verboten, ich hatte nur im Bett zu liegen, Handy oder dergleichen gab es damals nicht. In meiner Wut und Verzweiflung sagte ich, dass ich abhauen und zum Jugendamt gehen wolle. Es wäre besser gewesen, ich hätte den Mund gehalten und gehandelt. Als mein Vater das hörte, brach das Chaos aus. Er kam in mein Zimmer gestürmt und schlug mich - wieder einmal - fast bewusstlos. Es wäre böse für mich ausgegangen, wenn meine Mutter nicht dazwischen gegangen wäre, aber natürlich bekam auch sie dabei wieder ihren Teil der Schläge. Mein Bruder brüllte wie am Spieß um Hilfe, er schrie, Papa solle mich doch endlich in Ruhe lassen, aber natürlich war das völlig nutzlos. Sie fragen sich, wie man das durchhalten kann? Es ist einfach: es gab Tage, an denen ich nicht geschlagen wurde. Das waren meine Glückstage!

Mutter und ich waren mit den Einkäufen fertig und auf dem nach Hause Weg, wir mussten dazu am größten Betrieb der Stadt vorbei. Es war natürlich das Ruhla-Uhrenwerk. Ein Mann stand vor dem Werkstor. Ich beachtete ihn nicht, weil ich ihn ja nicht kannte. Ich brauchte einige Sekunden, um zu begreifen, was meine Mutter mir sagte, als sie den Mann sah: "Schau, da drüben ist dein richtiger Vater!" Dann gab es für mich kein Halten mehr. Ich rannte auf ihn zu, ohne auf etwas anderes zu achten. "Hallo - bist du mein Vater?" "Ja", sagte er einfach nur. Ich war damals zwölf Jahre alt und so froh wie selten in meinem Leben. Sofort schossen mir tausend Dinge durch den Kopf. Vielleicht wird ja nun alles besser! Vielleicht darf ich ja den Kontakt zu ihm pflegen und ausbauen. Vielleicht darf ich eines Tages sogar bei ihm wohnen. Vielleicht... Erst später erfuhr ich die Zusammenhänge. Als mein Vater, den ich ab sofort natürlich als Stiefvater oder besser nur noch als Wolfram ansah, denn das war er ja auch, wegen der Körperverletzung im Gefängnis gesessen hatte, ließ meine Mutter nicht unbedingt etwas anbrennen. Sie war damals selbst noch sehr jung, achtzehn Jahre alt. Und so `probierte´ sie eben Herbert, meinen Vater, aus. Einmal nur, aber das reichte, um mich entstehen zu lassen. Erst als mein Stiefvater dann rund zwei Jahre später aus dem Gefängnis entlassen wurde, kamen die beiden wieder zusammen und heirateten schließlich. Noch am gleichen Abend erfuhr Stiefvater natürlich, dass ich meinen richtigen Vater kennen gelernt hatte. Seine Begeisterung hielt sich in Grenzen. Er murmelte etwas von `das ist nun der Dank dafür, dass ich die Göre großgezogen habe´ und begann wieder, mich zu schlagen und anzubrüllen. Von diesem Tag an ignorierte ich vieles, was mein Stiefvater mir sagte oder befahl, was dieser natürlich trotz seiner Suffbirne mitbekam und ich deshalb noch mehr Schläge erhielt. Trotz allem: ich sah in ihm nur noch den Mann meiner Mutter. Gleich am nächsten Tag wartete ich nach der Schule stundenlang vor dem Werkstor auf meinen Vater. Er war, aber auch das wusste ich natürlich nicht sofort, sondern ich erfuhr über ihn vieles erst nach und nach, Chauffeur des Betriebsdirektors. Ich war stolz auf ihn! Als er endlich aus dem Betrieb herauskam, war ich froh, ihn wieder zu sehen. Alles, was mich bedrückte und belastete, sprudelte aus mir heraus und er hörte mir geduldig zu. Eine Eigenschaft, die ich bisher nicht kannte. Zu Hause hörte mir nie jemand zu. Dann erst sagte er mir seinen Namen, Herbert, den wusste ich ja bis dahin noch gar nicht und meinte, dass nun alles gut werden würde. Ich glaubte ihm nur zu gerne. Danach brachte er mich nach Hause, aber nicht bis ganz vor die Tür, denn ich hatte Angst, dass mein Stiefvater das mitbekommen könne und dann würde er mich wieder nur schlagen. Mein Vater verstand meine Befürchtungen nur zu gut und verabschiedete sich von mir bereits an der Ecke. Schläge bekam ich trotzdem. Einfach darum, weil ich zu spät nach Hause gekommen war! Aber langsam wurde mir auch klar, warum ich anders - schlechter - als meine Geschwister behandelt wurde. Für meinen Stiefvater war ich das Kind eines Fremden. Meine Geschwister durften so ziemlich alles, was mir versagt wurde. Das ging hin bis zu einer komplett sinnlosen und nicht nachvollziehbaren Akzeptanz ihres Tuns im Gegensatz zu meinem. Im Gegensatz zu mir hatten meine Geschwister beispielsweise Fahrräder. Mir wurde zwar auch immer wieder eins versprochen, bekommen habe ich es von meinen Eltern aber nie. Auch wenn sie andere Wünsche hatten, Wünsche, die Kinder ebenso haben, wurden diese erfüllt, wenn es irgendwie ging. Und wenn das Geld meiner Eltern nicht reichte, dann sprang die Mutter meines Stiefvaters ein. Weihnachts- und Geburtstagsgeschenke - für sie gab es immer mehr. Nur für mich nicht, ich bekam das, was die anderen nicht wollten. Nicht, dass es mich - selbst in diesem Alter - wirklich gestört hätte - ich war mit wenig zufrieden. Ein Buch stellte mich vollkommen zufrieden und wenn es das nicht gab, reichten mir auch Stifte und etwas Papier, um mich zu beschäftigen. Ich war sogar ein ganz klein wenig glücklich dabei. Wenn ihnen ein Gegenstand zu Boden fiel und zerbrach, so war das völlig in Ordnung, das konnte ja mal vorkommen. Nur bei mir durfte das eben nicht passieren. Fehler und vermeintliches Fehlverhalten wurden bei mir sofort und streng geahndet. Wobei es letztlich auch egal war, wer den Fehler gemacht hatte. Da ich als die Älteste auf die beiden Jüngeren zu achten hatte und also die Verantwortung für ihr Tun und Lassen hatte, war ich ohnehin grundsätzlich schuld. Somit bekam ich auch die Strafen dafür, während meine Geschwister straffrei ausgingen. Als Hannes auf einen Baum kletterte, krabbelte Lisa ihm natürlich hinterher. Ich hatte die Gelegenheit genutzt, um mir den Roller meines Bruders auszuleihen und selbstverständlich war ich damit beschäftigt, mit Hannes seinem Roller zu fahren und nicht damit, auf die beiden Acht zu geben. Eine derart einmalige Gelegenheit, Roller fahren zu können, konnte ich mir unmöglich entgehen lassen! Erst, als ich meine Schwester schreien hörte, kam ich zurück, um nachzusehen, was geschehen war. Sie war vom Baum gefallen, brüllte wie am Spieß und schien arg verletzt zu sein, denn sie blutete sehr. Wolfram rief sofort einen Notarzt. Wahrscheinlich war er um sein Kind zu besorgt, als dass er einen Gedanken daran verschwendet hätte, mich zu verprügeln. Das übernahm dieses Mal jemand anderes. Meine Tante, die Schwester meiner Mutter also, schrie mich auf offener Straße an, ich hätte gefälligst auf die beiden Kleineren aufzupassen gehabt und verprügelte mich vor allen Leuten, die herumstanden. Ich weiß nicht, warum, aber niemand der Nachbarn und sonstigen Zuschauer einschritt oder versuchte, meine Tante daran zu hindern mich zu schlagen. Wäre ich ein wenig älter gewesen, mich hätte diese Gleichgültigkeit mehr erschreckt als die Prügel, die ich bekam. Es war aber nicht so, dass die Umstehenden gar nichts taten. Immerhin sahen sie ja zu und ergötzen sich daran, wie ein Kind verdroschen wurde. Wahrscheinlich war das interessanter als fernsehen, weil live. Danach gab es dann das Übliche: Stubenarrest mit sofortigem Zu- Bett- gehen und längere Zeit weder Fernsehen noch andere Zerstreuung. Ich weiß nicht, wie lange es war, dass ich diesen Arrest hatte, aber es war ja auch nicht das erste Mal und für mich war es beinahe so etwas wie Routine. Egal, was meine Geschwister auch anstellten, wenn meine Eltern fragten, wer irgendetwas Verbotenes getan hatte, ich meldete mich freiwillig. Es verkürzte nur das Verfahren. Die

Prügel, auch für die Verfehlungen meiner Geschwister, bekam sowieso ich. Also was sollte das Drumherumgerede? Ich nahm es auf mich, steckte die Schläge ein und das Leben ging weiter. Es oblag mir auch, meine Geschwister bei bestimmten Verrichtungen zu bedienen. Beide mussten ihre Zimmer niemals aufräumen. Wir hatten zwei Kinderzimmer - und es ist nicht zu glauben, ich hatte eins davon ganz für mich alleine zu dieser Zeit. Das andere teilten sich die beiden jüngeren. Dafür war ich dann auch für die Ordnung in deren Zimmer zuständig. Angeblich, jedenfalls waren meine Eltern dieser Meinung, waren sie dafür noch zu klein. Soweit ich mich erinnern kann, waren sie dafür auch Jahre später noch "zu klein", jedenfalls, solange ich zu Hause lebte. Seltsamerweise war ich - egal in welchem Alter - niemals für etwas, das mit Arbeit zu tun hatte, "zu klein" gewesen. Und dass alles ordentlich zu sein hatte, versteht sich von selbst. Ebenso war es natürlich meine Aufgabe, Kohlen aus dem Keller zu holen oder den Müll wegzubringen. Nicht nur, dass meine Geschwister von derartigen Tätigkeiten verschont blieben, auch meine Eltern kümmerten sich wenig darum. Sie hatten diese Aufgaben an mich delegiert und es war an mir zu sehen, wie ich damit fertig wurde. Dass ich, nachdem ich es aus den bereits genannten Gründen übernommen hatte, mich um die Wäsche zu kümmern, ebenfalls ab sofort für die gesamte Wäsche der Familie verantwortlich war, versteht sich von selbst. Und weil ich die Wäsche wusch, musste ich sie selbstredend auch bügeln, nachdem sie getrocknet war. Denn wenn ich die Wäsche nicht bügelte, bügelte sie niemand. Mit ungebügelter Kleidung ging ich nicht auf die Straße. Es ist erstaunlich, dass man - egal, was auch passiert - immer noch einen letzten Rest von Stolz in sich bewahrt. Manchmal gingen die beiden zwar Brötchen holen, aber auch das taten sie nur in meiner Begleitung, also war es für mich keine große Hilfe, eher im Gegenteil, denn ich musste ja auf dem Weg auf sie aufpassen. Gelegentlich, wenn sie gerade Lust dazu hatten, räumten sie mit mir zusammen das Geschirr ein, das ich gespült und abgetrocknet hatte und wenn sie mal besonders gut drauf war, trocknete meine Schwester sogar mit ab. Das war alles, was sie an häuslichen Pflichten zu übernehmen gedachten. Es zwang sie ja, im Gegensatz zu mir, niemand, sich um etwas zu kümmern. Wenn ich schrieb, ich musste Kohlen holen, so ist das nur ein Teil der Wahrheit. Kam ich von der Schule nach Hause, so musste ich - natürlich nur in der Heizperiode - zunächst einmal die Asche vom Vortag aus den Öfen entfernen und heizen. Tat ich es nicht, gab es Schläge - was sonst? Um überhaupt heizen zu können, musste ich auch das Anmachholz zerkleinern. Immerhin war ich ja schon zwölf Jahre alt! Gab es kein Anmachholz, taten es auch ein paar Zeitungen und zerkleinerte Kohlen. Trotz meiner Jugend war ich ein aus der Not geborenes Improvisationstalent. Aus Kostengründen durfte aber nicht überall geheizt werden. Nur Küche und Wohnzimmer. Selbst die Kinderzimmer blieben kalt. Außer an den Wochenenden, denn da hatten wir auf den Zimmern zu bleiben und die Eltern nicht zu stören. Wahrscheinlich hatten sie dann immer ungemein wichtige Dinge zu erledigen. Das hieß, ich hatte an diesen Tagen noch zwei Zimmer mehr zu heizen. Ingrid und Wolfram heizten ja zusätzlich von innen mit Hochprozentigem. War es sehr kalt, waren die Fensterscheiben meines Zimmers von innen gefroren. Ich mochte die Eisblumen. Manchmal, wenn einfach nur Eis an den Fenstern war und keine Eisblumen, die so schön anzuschauen waren, wärmte ich meinen Zeigefinger in meinem Mund und malte meinen Namen an das Fenster. Oder, noch besser, den Namen meines heimlichen Schwarms. Ich liebte die Musik von `Modern Talking´, aber mein Schwarm war nur einer: Thomas Anders! Die gesamte Hausarbeit lag mehr und mehr auf meinen Schultern. Je mehr ich machte, umso mehr bekam ich zu tun. Staubsaugen, Staubwischen, Betten machen, all das gehörte nach und nach zu meinen weiteren Aufgaben. Natürlich alles neben der Schule, den Hausarbeiten und dem Beaufsichtigen meiner Halbgeschwister. Mutter war ja, wenn sie von der Arbeit kam, immer völlig kaputt und wenn nicht, schaffte sie es, sich in den Besitz einer Flasche mit alkoholischem Inhalt zu bringen und alles um sich herum zu vergessen. Denn für Schnaps war immer Geld da.

Na ja, fast immer. Wenn keins da war, war das trotzdem kein Grund, Abstinenz zu üben. Ich musste dann bei meiner geliebten Oma (die Mutter meiner Mutter) `Geld besorgen´. Natürlich durfte ich nicht sagen, wofür das Geld gedacht war, aber Oma wusste genau, warum ich wieder mal `betteln´ kam. Sie sagte dann immer "die brauchen wohl wieder was zu saufen?" Obwohl sie es wusste und die ständige Trinkerei ihr ein Dorn im Auge war, gab sie mir das Geld. Denn sie wusste auch, dass ich es auszubaden hatte, wenn ich ohne Geld heimkam. Ohne Geld für Schnaps heimzukommen bedeutete Prügel. Oma war überhaupt meine liebste Kontaktperson. Wenn ich damals meine dreizehnjährige Tochter darum bat, mir bei der Hausarbeit ein wenig zu helfen, kam ich mir beinahe schäbig vor. Sie hat keine Ahnung davon, was ich in ihrem Alter zu tun hatte und so soll es auch bleiben. Eine Jugend oder Kindheit, die ich genießen konnte, hatte ich nicht. Ihr soll es anders gehen. Und wenn sie mir bei der Hausarbeit hilft, weil ich viel zu tun habe oder lernen muss für mein Studium oder einfach, weil sie mir eine Freude machen wollte und ich nach Hause kam und sah, was bereits getan war, dann nahm ich sie in den Arm und sagte ihr, wie sehr ich sie liebe. Worte und Gesten, die ich niemals erleben durfte! Kurz vor meinem zwölften Geburtstag fragte mein Vater - mein leiblicher Vater „Herbert", was ich mir für ein Geschenk wünsche. Ich musste nicht lange überlegen. Eine Gitarre! Ich wollte so gern Gitarre spielen können. Aber um das zu lernen, brauchte ich natürlich ein Instrument. Mein Vater hielt sein Versprechen. An meinem Geburtstag war sie da, die Gitarre. Kurz darauf meinte es das Schicksal anscheinend doch einmal gut mit mir. Ein neuer Nachbar zog ein. Zunächst kümmerte ich mich nicht weiter darum, wer da wo eingezogen war, aber dann hörte ich eben diesen Nachbarn Gitarre spielen. Für meine Begriffe spielte er sehr gut und eines Tages nahm ich allen Mut zusammen, ging zu ihm und fragte, ob er mir das Gitarrenspiel beibringen könnte. Es war nicht so, dass ich nun alleine zu ihm ging, oft waren auch noch andere Leute da, ebenfalls Musiker, die gemeinsam mit ihm spielten. Sie `komponierten´ manches

Mal selbst ein paar Stücke, machten ihre `Sessions´ und für mich war es schon ein Erlebnis, einfach dabeizusitzen und ihnen nur zuzuhören. Zu meiner Freude sagte er sofort zu, mir Unterricht zu erteilen und ich durfte von dieser Zeit an zweimal jede Woche zu ihm gehen, um zu lernen und zu üben. Ich lernte gut und schnell und hatte unheimlich viel Spaß an der ganzen Sache. Mein Vater beobachtete meine Fortschritte und meinte schließlich, dass es Zeit wäre, professionellen Unterricht zu nehmen. Er wollte mich bei der Musikschule anmelden. Aber wie so oft in meinem Leben kam es wieder mal anders, als ich es geplant und gehofft hatte. Natürlich musste ich auch zu Hause üben, Akkorde und Etüden spielen und manches klappte noch nicht ganz so gut. Kurz und knapp, gelegentlich, bei schwierigen Passagen, gab es manchen Misston. Eines Tages kam mein Stiefvater nach Hause, betrunken wie fast immer, hörte mich üben und befand schließlich, dass der Lärm, den ich machte, ihn störe. Hätte er wenigstens etwas gesagt! Ich hätte dann sofort aufgehört zu üben, aber er sagte nichts. Er nörgelte nur etwas herum, riss mir meine geliebte Gitarre ohne Vorwarnung aus der Hand und schmetterte diese auf den Boden, bis sie nur noch aus Holztrümmern mit ein paar Saiten dran bestand. Weinend sank ich in meinem Zimmer zu Boden. Ein Traum war vorbei, geplatzt! Ich wollte niemanden sehen, mit niemandem sprechen. Es dauerte lange, bis ich den Verlust überwunden hatte. Um mein dreizehntes Lebensjahr herum stand eine Klassenfahrt an. Wie üblich waren meine Eltern der Meinung, dass man dafür kein Geld ausgeben musste. Wahrscheinlich rechneten sie die Kosten der Fahrt in Flaschen Korn um. Aber dieses Mal gab mein Vater die Zustimmung, dass ich fahren durfte und auch gleich das Geld dafür. Er war natürlich clever genug, das Geld nicht meinen Eltern zu geben, sondern es direkt in der Schule abzugeben, sonst hätte weder die Schule noch ich davon auch nur einen Pfennig gesehen. Damit stand meiner Teilnahme an der Fahrt also nichts mehr im Wege. Genauer gesagt: es hätte ihr nichts mehr im Wege gestanden, aber meine Mutter und mein Stiefvater hatten immer noch tausend Einwände.

Wahrscheinlich deshalb, weil dann niemand mehr da war, der die Wohnung sauber hielt, Wäsche wusch und Suff und Zigaretten holen ging. Ein Leben ohne ihr "Aschenputtel", und sei es nur für eine Woche, war für alle unvorstellbar. Ich fuhr trotzdem mit. Wir wanderten auf dieser Fahrt oft und lange, manchmal bis zu fünfundzwanzig Kilometer am Tag und es machte Spaß. Wirklich Spaß! Diese eine Woche veränderte zwar nicht alles, aber doch viel. Vielleicht veränderte sich einiges auch nicht dauerhaft, aber wenigstens für eine Weile und etwas blieb zurück. Ich lernte endlich meine Klassenkameraden besser kennen und sie mich natürlich auch. Ich gehörte `dazu´, konnte an allem, was die anderen taten, teilhaben und fand sogar engeren Kontakt zu ein paar Mädchen aus meiner Klasse. Es war wunderbar und wir verstanden uns super! Wir alberten gemeinsam herum und ich erinnere mich daran, dass wir dermaßen überdreht waren, dass letztlich zwei der Mädchen auf Anordnung der uns begleitenden Lehrerin das Zimmer wechseln mussten. Aber das störte uns nur wenig. Wir blieben albern bis zum letzten Tag. Einem der Mädchen erzählte ich dann auch von zu Hause. Nicht alles, aber vieles. Es tat mir gut, mit jemandem reden zu können. Doch die Angst blieb. Ich ließ sie schwören, nichts von all dem weiter zu sagen, was ich ihr berichtete. Mein Stiefvater drohte mir immer damit, dass ich in ein Heim müsste, wenn ich etwas von daheim weitererzählte. Das war das eigentlich Schlimme: egal, wie es zu Hause zuging und egal, wie viel Prügel ich auch bekam, ich hatte Angst davor, woanders hinzukommen. Denn mein Stiefvater sagte mir, dass es mir in einem Heim noch schlimmer ergehen würde. Warum glaubte ich ihm eigentlich? Seltsamerweise verstand meine Klassenkameradin meine Angst und hielt dicht. Sie sagte niemandem ein Wort davon, was ich ihr erzählt hatte. Durch diesen Kontakt änderte sich wieder etwas. Seit dem Tag, als ich von der Klassenfahrt zurückgekommen war, ging ich einmal wöchentlich mit dem Mädchen zum Schulchor. Es war eine nette Abwechslung. Leider verweigerten meine Eltern ihre Zustimmung, dass ich auch zu öffentlichen Auftritten mitdurfte.

Ich weiß heute nicht mehr, warum ich meinen leiblichen Vater nicht darum bat, zu intervenieren. Aber ich tat es nicht und der Schulchor war schließlich nur eine weitere kurze Episode. In meinem vierzehnten Lebensjahr stand mir das bevor, was allen jungen Leuten in der DDR bevorstand. Na ja, fast allen. Es war die Zeit der Jugendweihe. Zu Hause war ansonsten alles unverändert, nur, dass es manches Mal noch stressiger war, mit dem Rest der Familie auszukommen. Meine Halbgeschwister wurden älter, was aber nichts an der Tatsache änderte, dass sie immer noch keinen Handschlag in der Wohnung taten und meine Eltern soffen weiter. Ich hatte verdammtes Glück, dass Holger die Bekleidung für die Jugendweihe für mich kaufte. Ich weiß wirklich nicht, wie ich sonst hätte herumlaufen müssen. Wahrscheinlich in den alten Klamotten, die ich auch sonst trug. Aber so weit kam es ja zum Glück nicht. Ich sah wirklich gut aus in den neuen Sachen. Zu allem Überfluss bekam ich von ihm auch noch einen Walkman, damals der letzte Schrei und einen Jeansanzug, bestehend aus Hose und Jacke. Aus dem Westen natürlich! Aber das war nicht das einzige Angenehme an dieser Feier. Natürlich bekam ich auch jede Menge Glückwunschkarten und andere Post von Leuten aus dem Ort und von Bekannten und Verwandten, wie das halt so ist. Wer nicht weiß, was eine Jugendweihe ist, stelle sich eine Art Einsegnung ohne Kirche vor. Das dürfte es in etwa treffen. Es gab natürlich auch Geschenke. Sogar für mich. Meist waren es Geldgeschenke, also so wie bei einer Einsegnung auch. Das Geld wurde, wie üblich, in Briefumschlägen oder in Klappkarten überreicht. Insgesamt bekam ich rund sechshundert Mark, was knapp einem durchschnittlichen DDR-Monatslohn entsprach. Es war also eine ganze Menge. Das Geld sowie die anderen Geschenke wurden offen, sichtbar für alle, auf einem eigens dazu hergerichteten Tisch abgestellt. Bis auf die Geschenke und die Tatsache, dass mehr Gäste als sonst anwesend waren, verlief die Feier wie jede Feier meiner Eltern. Erst wurde gesoffen, man hatte ja heute mal einen offiziellen Grund dazu - als ob man jemals einen benötigt hätte - dann wurde gestritten und das Ende vom Lied war, dass ich, bevor jemand auf die Idee kommen könnte, mich zur Feier des Tages zu verdreschen, auf den Dachboden ging und dort auf meiner Matratze einschlief. Es war ja eigentlich meine Feier, aber ich war nur eine lästige Nebensache. Der Alkohol war, wie üblich, erheblich wichtiger. Und an diesem Tag hatten sie wirklich allen Grund, zu feiern und sich die Hucke voll zu saufen. Immerhin war ja genügend Geld im Haus. Dass es mein Geld war, störte niemanden. Wahrscheinlich liegt es an den gemachten Erfahrungen meiner Kindheit und Jugend, dass ich bis heute kaum Alkohol anrühre. Das Geld, das ich geschenkt bekommen hatte, nahm meine Mutter an sich, weil sie es für mich auf ein eigens für mich angelegtes Sparbuch einzahlen wollte. Später, als sie wieder mal etwas zu viel getrunken hatte und anscheinend das Bedürfnis hatte, mir ihr Herz auszuschütten, gestand sie mir, dass sie das Geld nicht eingezahlt, sondern ausgegeben habe. Sie versprach mir damals hoch und heilig, dass sie es mir zurückgeben würde. Wundert es Sie sehr, wenn ich schreibe, dass ich das Geld bis heute nicht wiedergesehen habe? Mein Stiefvater war über die Geschenke meines Vaters nicht sonderlich erfreut, er stand daneben etwas bescheiden da und es gab wegen des Walkmans und des Jeans-Anzugs einigen Ärger, aber ich bekam dafür wenigstens keine Schläge. Es ist schon erstaunlich, dass es einen Menschen erfreuen kann, wenn er nicht verdroschen wird, meinen Sie nicht auch? Aber den Walkman hatte ich trotzdem nicht sehr lange. Als ich eines Tages aus der Schule kam, suchte ich ihn vergeblich und fürchtete bereits, ich hätte ihn entweder verloren oder irgendwo verlegt. Durch einen Zufall erfuhr ich kurze Zeit später, dass er angeblich heruntergefallen und kaputt gegangen war, als mein Stiefvater damit Musik hören wollte. Wer es denn glaubt... ich bis heute jedenfalls nicht. Ich schlief auch ab und zu mal bei meiner geliebten Oma, sie war wie eine Mutter zu mir. Jedenfalls kam es mir so vor, dass nur Mütter so herzlich und liebevoll sein könnten, nur meine Mutter hat das anscheinend nie gelernt. Meine Großmutter und mein Großvater besaßen ein großes Grundstück, da waren viele Tiere und ein großer Garten, denn sie kochte Obst und Gemüse auch selbst ein, mein Großvater schlachtete selbst und das war immer sehr lecker. Nur ich durfte da nicht allzu oft hin, denn mein Stiefvater wusste, dass ich dort verwöhnt werde und er tat alles, um immer neue Wege zu finden, dass ich nicht so oft zu ihnen konnte. Meine Oma hatte es selber nicht leicht, denn mein Opa war sehr krank, und dann das riesige Grundstück, dass es zu bearbeiten galt, da kann man sich vorstellen, dass sie froh war, wenn ich mal da war und etwas helfen konnte. Ich tat das auch sehr gerne, denn nur ein Einfaches Danke und einmal in den Arm genommen zu werden, das bedeutete mir sehr viel. Mit fünfzehn Jahren hatte ich meinen ersten Freund. Meinen ersten richtigen Freund, meine ich damit. Er hieß Milow. Ich lernte ihn kennen, weil ich täglich auf dem Weg von der Schule an dem Haus, in dem er wohnte, vorbeigehen musste und er schaute immer aus dem Fenster. Milow wohnte bei seiner Schwester und war ein Bekannter meines Cousins, also für mich kein vollkommen Fremder. Er war fünf Jahre älter als ich, also schon `erwachsen`. Um nicht sofort nach Hause gehen zu müssen und um jemanden zu haben, mit dem ich auch mal reden konnte, ging ich gelegentlich zu ihm. Ich ging niemals alleine zu ihm, jedenfalls nicht in der ersten Zeit, dazu hatte ich aus unerfindlichen Gründen viel zuviel Angst. Wir hörten auch oft Musik miteinander, aber niemals sehr lange, denn ich musste um fünfzehn Uhr zu Hause sein, um mit der Hausarbeit fertig zu werden, bevor meine Eltern von der Arbeit nach Hause kamen. Denn neben meinen Hausaufgaben hatte ich ja noch den gesamten Haushalt zu erledigen. Für anderes blieb da nur wenig Zeit. Für mich war es nach einer längeren Zeit, aber wahrscheinlich waren erst gut zwei Wochen vergangen, als er meine Hand nahm und sagte, dass ich `ein sehr liebes und süßes Fräulein` sei. So etwas hatte noch nie jemand zu mir gesagt. Ich war verwirrt und geschmeichelt zugleich. Vor allem aber war ich ein wenig verängstigt, denn zu Hause durfte niemand etwas von dieser Freundschaft erfahren. Ich schwieg also eisern und sagte nichts über meinen Freund. Es hätte nur wieder neue Scherereien bedeutet. Was ich nicht wusste war, dass die Mutter meines Freundes im gleichen Betrieb wie meine Mutter arbeitete. Irgendwann in irgendeiner der Mittagspausen unterhielten sich die beiden Frauen und so kam dann alles doch heraus. Tatsächlich kannten die beiden Frauen sich sehr gut, aber das wusste ich natürlich nicht, woher auch? Mit wem meine Mutter ihre Pausen auf der Arbeit verbrachte, sagte sie zu Hause nicht. Zu meinem Erstaunen hielt meine Mutter gegenüber meinem Stiefvater dicht. Sie nahm mich zur Seite und bläute mir ein, ihm kein Wort davon zu erzählen. Das hätte sie mir nicht sagen müssen, ich hatte ja selbst ein Interesse daran, diese Beziehung vor ihm geheim zu halten. Aber so war ich wenigstens mit meinem Wissen um etwas nicht völlig alleine. Der Einzige, der noch davon wusste, war Herbert. Aber bei ihm konnte ich Verständnis voraussetzen. Und nicht nur das - er half mir, wo er konnte. Immerhin hatte sich das Verhältnis zwischen ihm und meinen Eltern, meiner Mutter und meinen Stiefvater also, soweit normalisiert, dass er mich nachmittags und abends abholen durfte, um mit mir etwas zu unternehmen. Meist fuhr er mich dann rasch zu meinem Freund - er verfügte ja, was in der DDR keineswegs selbstverständlich war, über ein Auto - und holte mich auch wieder ab und brachte mich nach Hause. Viel Zeit konnten wir nicht miteinander verbringen, denn ich musste spätestens gegen zwanzig Uhr wieder zu Hause sein. Diese Zeit hielt ich auch peinlich genau ein. Etwas anderes blieb mir auch nicht weiter übrig, denn ich verspätete mich ein einziges Mal um vielleicht zehn Minuten. Ich war noch nicht einmal ganz zur Haustür drinnen, als mein Stiefvater die Tür ganz aufriss, mir eine schallende Ohrfeige verpasste und ich eine volle Woche lang Ausgehverbot bekam. Außerdem durfte ich auch nur dann weg, wenn vorher die Hausarbeiten erledigt waren und der Haushalt komplett in Ordnung war. Die erste Zeit war wunderschön. Endlich gab es einen Menschen, der mir sagte, dass er mich gernhatte, dass ich hübsch und süß sei, dass ich ein solches Leben nicht verdient hätte, kurz und gut, es gab jemanden, der sich um mich kümmerte wie nie zuvor in meinem

Leben und bei dem ich mich geborgen fühlen konnte. Doch auch hier folgte bald die Ernüchterung. Als ich ihn eines Tages besuchen wollte, sagte mir seine Schwester, er sei mit einem anderen Mädchen weggegangen. Bis dahin hatten wir noch nicht miteinander geschlafen, weil ich es nicht wollte. Aber nun gab ich mir die Schuld daran, dass er eine andere „Freundin" hatte. Ich wusste zwar, dass mir jegliche Erfahrung in Sachen Liebe und Zärtlichkeit fehlte, wusste aber auch nicht, wie ich mich verhalten sollte, um ihn an mich zu binden. Ich wollte nur nichts falsch machen, nicht bei ihm, dem ersten Menschen, von dem ich glaubte, dass er mich liebte und mir all das geben konnte, wonach ich mich gesehnt hatte. Aber trotz aller Furcht, ihn zu verlieren, war die Furcht vor dem `ersten Mal´, ich nenne es hier mal so immer noch sehr groß. Das nächste Treffen mit Milow fand am Silvesterabend des Jahreswechsels 1988 auf 1989 statt. Meine Eltern glaubten, ich wäre bei Herbert, aber ich ging auf eine Silvesterparty. Herbert hatte sich meine Mutter in einer ruhigen Minute zur Seite genommen und ihr erklärt, es sei für eine junge Frau 15 Jahren besser, wenn ich verhüten würde. So bekam ich schon seit zwei Monaten die Pille verschrieben. In der DDR war das in meinem Alter nichts Ungewöhnliches. Ich nahm sie regelmäßig bis zu diesem Abend, obwohl ja noch nie etwas vorgefallen war. Aufklärung im klassischen Sinn hatte ich nie erfahren, ich wusste natürlich halbwegs Bescheid, aber das war auch alles. Meine Informationen kamen von `Freundinnen´ und später von meiner geliebten Oma, ich schnappte mal etwas auf, was das Thema Sexualität betraf. Von Ingrid und Wolfram hatte ich diesbezüglich keine Hilfe zu erwarten, sie hätten mich bestenfalls darüber aufklären können, wie man einen Nordhäuser Doppelkorn eingießt, ohne etwas zu verschütten. Wir hatten auf dieser Party natürlich alle etwas mehr als sonst üblich getrunken, meine guten Vorsätze hatte ich an diesem Tag mal über Bord geworfen, obwohl ich eigentlich nur mittrank, um nicht weiter aufzufallen, denn der Alkohol schmeckte nicht und ich trank auch sehr wenig. Ich glaube, es war nur ein einziges Glas Bowle. Mehr vertrug ich mangels Gewöhnung nicht und ich wurde auch furchtbar müde davon. Wir waren albern und machten unsere Scherze. Mein Freund, erheblich alkoholisiert wie alle anderen auch, schloss mit seinen Freunden eine verhängnisvolle Wette ab: Wenn er statt meiner die Pille nähme und mit mir schliefe, würde auch nichts passieren. Ich nahm diese Ovulationshemmer ja nun schon eine Weile und war mir vollkommen sicher, dass ich durch das eine Mal, wenn ich sie heute ausließ, ganz sicher nicht schwanger werden würde. Mein Freund bestätigte meine Überlegungen, unterstützt von seinen Kumpels. Er meinte, es seien schließlich nur ein paar Hormone, die sich darin befänden. Ich ließ mich überreden, ihm meine Pille für diesen Tag zu geben und er nahm sie ein. Milow alberte noch etwas herum, dass er sich auch nicht anders als sonst fühle. Später schliefen wir dann miteinander. Ich war mir zwar immer noch nicht sicher, ob ich es tun sollte, aber es hatten ja alle etwas viel getrunken und ich hatte Angst, er könnte unter Alkoholeinfluss genauso gewalttätig werden wie mein Stiefvater, wenn ich es nicht zuließ. In dieser Nacht wurde ich schwanger. Es muss so gewesen sein, denn eine andere Erklärung gibt es nicht. Zunächst wusste ich natürlich noch nichts davon. Mit meinem Freund ging alles so weiter wie bisher. Das ist durchaus wörtlich zu nehmen, denn in meinem Leben veränderte sich nichts Wesentliches. Ich war ja nur eine von vielen, denn er ging fremd, wann immer es ihm passte. Ich schwieg entweder dazu oder verzieh ihm immer wieder, ich wusste schließlich nicht, wie ich mich verhalten sollte. Verlieren wollte ich ihn auch nicht. Ich denke, eines Tages war er mich überdrüssig. Er sagte es zwar nicht, aber sein Verhalten mir gegenüber änderte sich. Ich glaube heute, dass es an meinem Elternhaus lag, obwohl es natürlich nachvollziehbar war, dass ich mit meinen 15 Jahren nicht nächtelang wegbleiben durfte. Alle drei Tage ein Treffen für zwei bis maximal drei Stunden, wer hält das in diesem Alter schon lange aus? Die Zeit, in der man sich nicht sieht, kommt einem wie eine Ewigkeit vor. Aber immerhin war ich immer für ihn da, wenn er mich brauchte. Aber er brauchte mich nur noch zu einem einzigen Zweck. Ich war nur noch dazu da, ihm sexuelle Befriedigung zu verschaffen. Wahrscheinlich war ich ihm inzwischen nur noch lästig, und er wollte mich loswerden. Ich erzählte meinem Vater wie es in mir aussah und was mich bedrückte. Sagte ihm das ich mich nicht geliebt fühle, dass ich eine Umarmung bräuchte und ich einfach mal weinen möchte, ohne dass man mir vorher Schläge zuteilte. Ich noch sehr unerfahren und ängstlich was körperliche Nähe war. Mein Vater entwickelte sich zum Monster, aus der heutigen Sicht meines Lebens. Er nahm mich jeden Tag in den Arm und streichelte mich, an Körperstellen die ihm eigentlich hätten tabu sein sollen. Ich wehrte mich, und sagte ihm das ich dies nicht möchte. Er war mir zu nah, er sagte mir, dass es das normalste sei, dass ein Vater seine Tochter so „verwöhnte". Nur es durfte keiner wissen, sonst gäbe es Probleme. Er wusste ja das meine geliebte Oma mein ein und alles war in meinem Leben. Er sagte mir jedes Mal, wenn ich das jemanden erzähle, würde ich meine Oma nie wiedersehen und sie müsste für lange Zeit ins Gefängnis. Heute sage ich mir: Wie konnte ich nur so naiv sein, wie konnte ich ihm das glauben? Ich weiß es nicht. Ich entschloss mich, meinem Vater aus dem Weg zu gehen, nur noch selten traf ich ihn, es fühlte sich eklig an und ich wollte das alles nicht wie er mich berührte, und Dinge mit mir machte, die mir falsch vorkamen aber er immer wieder beteuerte das es richtig ist. Nur leider konnte ich ihm nicht ganz aus dem Weg gehen. Aber im Monat musste ich mehrfach zu ihm, um bei ihm Geld für die Sauferei meiner Eltern zu holen. Jeden Monat mindestens zweimal musste ich es über mich ergehen lassen. Ich hasste meinen Körper und hasse ihn teilweise auch noch heute. So vergingen einige Monate. Ich glaube, vier waren es insgesamt. Nach dieser Zeit bekam ich sehr starke Blutungen. So stark, dass mir das Blut an den Innenseiten der Beine hinunterlief. So, wie ich war, aufgeregt, verwirrt von alldem, ging ich zu meinem Frauenarzt. In Kenntnis der Tatsache, dass ich ja chemisch verhütete, untersuchte er mich nicht auf eine etwaige Schwangerschaft hin. Organisch konnte er nichts feststellen und er gab mir ein Medikament, ich weiß nicht, welches, damit die

Blutungen aufhörten. Sie verschwanden dann auch tatsächlich nach ein paar Tagen. Doch nun war mir ständig schlecht, ich fühlte mich allgemein recht elend. Aber auch mein Hausarzt, den ich zu dieser Zeit ständig konsultierte, konnte nichts finden. Auch das war klar, denn er konzentrierte sich mit seinen Untersuchungen auf den Verdauungsapparat. Dann schickte er mich wieder zum Frauenarzt, der zu dem gleichen Ergebnis kam, nämlich zu dem, dass keine organischen Dysfunktionen erkennbar seien. So etwas wie Ultraschall-untersuchungen gab es natürlich auch in der DDR, aber die Geräte waren kaum in einer Arztpraxis zu finden, sondern ausschließlich in den Kliniken für Geburtshilfe oder in Kliniken. Nach einer dieser end- und fruchtlosen Untersuchungen waren wieder starke Blutungen aufgetreten und ich hielt es nicht mehr aus. Irgendjemand würde mir nun sagen müssen, was mit mir los war. So konnte es jedenfalls nicht weitergehen. Ich schleppte mich zum Betrieb meiner Mutter. Anscheinend sah ich derart elend aus, dass sie sich erschrak und meinen leiblichen Vater informierte. Herbert kam, sah mich und brachte mich sofort ins Krankenhaus. Dort wurde ich eingehender untersucht, weil die Ärzte ja nicht, wie die Ärzte, die mich kannten, vorein-genommen waren. Und sie kamen auch auf die Idee, meinen Unterleib mit Ultraschall zu kontrollieren. Auf dem Monitor sah ich dann zum ersten Mal das winzige Lebewesen in meinem Bauch. Ich war im fünften Monat schwanger, fast schon im Beginn des sechsten! Zu dem bestand die Gefahr einer Frühgeburt, weil der Muttermund sich geöffnet hatte. Wahrscheinlich kamen von daher auch die heftigen Blutungen. Bis drei Wochen vor dem errechneten Geburtstermin musste ich in der Klinik bleiben, man ließ mich nach der Untersuchung und dem einwandfreien Befund erst gar nicht mehr nach Hause. Während der Zeit, in der ich im Krankenhaus lag, also mehrere Monate lang, besuchte mich gerade mal meine Mutter. Und auch das nur zwei Mal. Mein Stiefvater ließ sich nicht ein einziges Mal sehen. Milow auch nicht. Meine geliebte Oma, konnte mich nur selten besuchen, mein Opa war schwer krank und brauchte rundum Pflege. Dafür besuchte mich Herbert umso öfter, ungefähr einmal in der Woche, brachte mir frische Kleidung und was man im Krankenhaus halt so benötigt. Wenn mir etwas ausging oder ich etwas brauchte, brachte er mir das Gewünschte dann nach Feierabend. Heute weiß ich, er tat dies alles nur aus dem schlechten Gewissen heraus und Angst davor, dass ich irgendjemanden etwas erzählen könnte. In der Schule hätte mich der lange Aufenthalt in der Klinik enorm zurückgeworfen und ich hätte unter anderen Umständen die Klasse bestimmt wiederholen müssen, aber meine Lehrerin versorgte mich mit Schulmaterial und den anfallenden Aufgaben. Ich konnte, bis auf die Klausuren, alles vom Krankenbett aus erledigen, so dass ich keinerlei Ausfälle hatte. Die polytechnische Oberschule, das war die DDR-Bezeichnung für das, was man im Westen erweiterte Realschule nannte, beendete ich, trotz der schwierigen und widrigen Umstände, mit gutem Durchschnitt. Wie bereits gesagt, ich kam ungefähr drei Wochen vor dem errechneten Geburtstermin aus dem Krankenhaus, um den Zeitpunkt der Geburt zu Hause abzuwarten. In der Zwischenzeit hatte sich einiges ereignet. Meine Mutter hatte sich - in der DDR ging das damals relativ schnell, wenn es als notwendig angesehen werden konnte - von meinem Stiefvater scheiden lassen, lebte aber immer noch zusammen mit ihm in einen Haushalt, wie blöd eigentlich dachte ich damals. Mir wäre es lieber gewesen, Wolfram wäre dorthin gegangen, wo der Pfeffer wächst, aber was sollte ich tun? Woanders konnte ich ja nicht hin. Noch am Abend meiner Entlassung traf ich mich mit meinem Freund, dem Vater meines Kindes, dass dachte ich jedenfalls immer, aber dazu später mehr. Natürlich hatte er es wieder mal nicht ausgehalten und war, als ich im Krankenhaus lag, fremd gegangen. Seiner Meinung nach war es vollkommen okay, eine andere Freundin zu haben, wenn die erste schwanger von ihm im Krankenhaus lag. Natürlich hatten wir deshalb Streit, aber ich gab mich - in der Hoffnung, alles würde sich ändern, wenn erst das Kind da wäre - mit einer gemurmelten Entschuldigung zufrieden. Und für Milow war auch vollkommen klar, dass man als Frau auch dann zur Verfügung zu stehen hatte, wenn die Geburt in nur wenigen Wochen bevorstand. Wir schliefen miteinander, kurz darauf, es war gegen Abend, setzten dann die Wehen ein. Sehr lange dauerte mein Aufenthalt außerhalb des Krankenhauses daher nicht. Ich musste sofort wieder eingeliefert werden. Noch in der gleichen Nacht wurde meine Tochter geboren, nicht gerade ein Frühchen, aber doch sehr klein und zierlich, sie war gerade mal sechsundvierzig Zentimeter groß und wog weniger als 2,5 Kilo. Ich nannte sie Carolin. Aber ich konnte sie nicht, wie andere Mütter, sofort im Arm halten. Sie musste umgehend in die Kinderklinik verlegt werden, da meine Tochter Neugeborenen- Gelbsucht hatte. Auch ich musste noch ein paar Tage im Krankenbett verbringen. Milow, ich nannte ihn damals - wider besseres Wissen - immer noch meinen Freund, besuchte mich in dieser Zeit sehr oft und ich hoffte, die Geburt unseres Kindes würde eine Wende bringen. Wir durften oft in die Kinderabteilung zu unserer Tochter und sie dort besuchen und auch füttern. Nur ich konnte aus welchen Gründen auch immer, kein Muttergefühl entwickeln. Warum? Konnte es sein, dass sie die Tochter von mir und Milow war oder das Kind von meinem Vater. Es musste irgendwie gehen, irgendwie durfte keiner merken, dass ich nicht bereit war, dass Kind anzunehmen. Was soll ich machen, wer kann mir helfen? Am Tag der Entlassung waren wir für den Augenblick so etwas wie eine richtige Familie. Milow und sein Vater holten mich aus dem Krankenhaus ab und ich fuhr dann mit meiner Tochter zu meinen Eltern nach Hause. Tief in mir hatte ich die Hoffnung, dass wir nun, trotz meiner Jugend, auch auf Dauer so etwas wie eine richtige Familie sein könnten. Aber zunächst gab es nichts als Vorwürfe. Wolfram inzwischen ja schon mein Ex-Stiefvater - forderte mich auf, darüber nachzudenken, was denn die ganze Ausstattung für das Kind gekostet habe und er meinte, dass es nur recht und billig sei, wenn ich ihm diese Kosten erstatten würde. Das Jugendamt musste die Vaterschaft klären, da es ja um Unterhalt ging, der meiner Tochter zustand. In diesem Test kam zumindest heraus, dass Milow der Vater meiner Tochter ist und nicht „mein" Vater. Ab dem Tag konnte ich auch endlich mein Kind lieben, ohne das irgendwas dazwischenstand. Es war meine Tochter und die Tochter von Milow, mir fiel ein Stein vom Herzen. Meine Schule hatte ich ja in der Zwischenzeit erfolgreich abgeschlossen und ich hatte - dank der Intervention meines Vaters - einen Ausbildungsplatz. Ich lernte - wie sollte es anders sein - beim Ruhla-Uhrenwerk Feinmechanikerin. Ich hätte auch Uhrmacherin lernen können, aber das wollten alle und ich hatte beschlossen, nicht mehr das zu tun, was alle von mir wollten. Auch sonst unterschied sich meine Ausbildung in einigem von der meiner Mitlehrlinge. Um wegen des Kindes meine Ausbildung möglichst rasch abschließen zu können, beantragte und bekam ich eine Sondergenehmigung, die meine Ausbildung auf eineinhalb Jahre bei vollem Lehrstoff reduzierte. Das ging natürlich nicht so ohne Weiteres, aber durch die guten Kontakte meines Vaters zum Betriebsleiter wurde meinem Antrag rascher als ich es für möglich gehalten hatte, stattgegeben. Anstatt in den vollen Genuss des dualen Ausbildungssystems zu kommen, hatte ich jeden Tag vier Stunden Theorie und weitere vier Stunden praktische Ausbildung. Fragen Sie mich heute nicht, wie ich das geschafft habe! Tatsache ist, dass ich es geschafft habe! Aber - auch das muss hier gesagt werden, ich hatte Unterstützung, die mir sehr geholfen hat. Die Arbeitskollegen meines Vaters halfen mir, wo und wie sie nur konnten, sowohl was die Theorie als auch was die Lehrmittel angingen. Sonst wäre es wohl für mich noch viel schwieriger, wenn nicht sogar unmöglich gewesen, diese Ausbildung erfolgreich zu absolvieren. Von meiner Ausbildungsvergütung blieb mir nicht sehr viel, denn mein Ex-Stiefvater drängte weiterhin auf Rückzahlung der verauslagten Kosten für die Babyausstattung. Für meine eigene Unterkunft im elterlichen Umfeld musste ich ja ebenfalls aufkommen. Jetzt, da ich eigenes Geld verdiente, war es vorbei mit dem kostenfreien Wohnen bei meinen Eltern. Genauer gesagt, bei meiner Mutter. Damit ich wenigstens ein paar Rücklagen bilden konnte, zahlte wenigstens der Vater Unterhalt für Carolin, zwar sehr unregelmäßig aber immerhin ein paar Mark. So konnte ich etwas auf die Seite legen, von dem weder meine Mutter noch Wolfram etwas wussten. Ich hatte arge Probleme damit, von den offiziell verbleibenden einhundert Mark, die ich für mich behielt, das Notwendigste für mich und Carolin anzuschaffen. Das Geld reichte nicht einmal für genügend Windeln, also wusch ich sie jeden Morgen, bevor ich zur Arbeit ging und hängte sie auf in der Hoffnung, sie seien nach meiner Rückkehr trocken genug, um sie dem Kind wieder anlegen zu können. Meine Tochter ging in der Zeit als ich im Betrieb war in die Kindergrippe, in der DDR konnten Kinder ab der 8. Lebenswoche in eine solche Einrichtung. Vor der `Wende´ gab es keine Einwegwindeln, sondern nur solche aus Leinen, die gekocht werden mussten, damit sie wieder sauber wurden. Danach wusch ich sie dann noch einmal in der Waschmaschine. Später, als es dann, es muss um 1990 herum gewesen sein, Einwegwindeln gab, benutzte ich sie auch nur, wenn wir zum Arzt oder spazieren gingen. Sonst benutzte ich die Leinenwindeln weiter, nicht zuletzt auch darum, weil es mir das Gefühl gab, dass ich mich wirklich intensiv um meine Tochter kümmerte. Was ich natürlich ohnehin tat, aber das altmodische Flair, wenn ich die Windeln kochte, war für mich etwas Besonderes. Ich dachte dabei oft an meine geliebte Oma, die das ja auch getan hatte. Für mich gehörte es einfach zum Mutter sein dazu. Der einzige Mensch, der wirklich an mich glaubte und daran, dass ich imstande sei, meinem Kind ein den Umständen entsprechendes `Elternhaus´ zu geben, war meine Oma. Obwohl sie natürlich zuerst auch außerordentlich skeptisch war, erstens was meine Jugend und zweitens, was das soziale Umfeld, in dem ich mich gezwungenermaßen bewegen musste, anging. Die Nachmittage und Abende vergingen viel zu schnell. Ich hatte ja nebenbei auch noch viel zu lernen, einerseits, was das Muttersein anging, andererseits für meine Ausbildung. Auf den ersten Blick schien es so, als wären Veränderungen eingetreten, aber wenn sie wirklich da waren, dann nur sehr oberflächlich. Besonders die Affinität zu alkoholischen Getränken wurde bei meiner Mutter und Wolfram - sie wohnten immer noch zusammen -

immer ausgeprägter. Eines Abends saßen sie, als ich vom Werk nach Hause kam, bereits ziemlich stark angetrunken herum und hatten Gäste, deren Zustand sich nicht wesentlich von dem der beiden unterschied. Sie lärmten und schrien herum, wie das betrunkene Menschen nun einmal tun. Zu späterer Stunde war der Krach immer noch so stark, dass meine Tochter nicht einschlafen konnte und ebenfalls schrie. Also bat ich darum, dass sich alle mit Rücksicht auf Carolin etwas leiser verhalten sollten. Anscheinend passte das Wolfram nicht, denn er sprang auf und drosch wie von Sinnen auf mich ein. Dann griff er meine Tochter, riss das Fenster auf und wollte sie fallen lassen. Lediglich dem Eingreifen eines seiner wohl etwas weniger besoffenen Freunde, der ihm das Kind in letzter Sekunde entriss, ist es zu verdanken, dass nichts Schlimmeres passierte. Noch heute verfolgt mich dieses Bild, und denke viel darüber nach, was passiert wäre, wenn ich damals einfach abgehauen wäre. Polizei, Kinderheim... vielleicht hätte ich dadurch eine Veränderung wenigstens meines weiteren Lebens herbeiführen können. Doch geprägt durch meine `Erziehung´ war ich zu ängstlich, um einfach abzuhauen. Aber er hatte noch nicht genug. Nachdem er sich an meinem Kind nicht abreagieren konnte, wandte er sich wieder mir zu. Er prügelte unter den Augen der anderen, auch meiner Mutter, so lange weiter auf mich ein, bis ich zusammenbrach. Ich kam erst wieder richtig zu mir, als ein Arzt in der Wohnung stand und sich um mich kümmerte. Er wollte mich sofort in ein Krankenhaus einweisen lassen, aber ohne meine Tochter konnte und wollte ich nicht gehen. Sie alleine in der `Obhut´ dieser beiden Säufer zu lassen, wagte ich nicht und ich konnte mir auch nicht vorstellen, dass mich irgendetwas auf der Welt dazu gebracht hätte, sie alleine zu lassen. Schließlich konnte ich sie dann doch mitnehmen. Trotz der Blessuren und der Schmerzen war ich erleichtert. Zumal inzwischen auch die Polizei eingetroffen war und meinen Stiefvater erst einmal in Gewahrsam nahm. Als ich wieder aus dem Krankenhaus zusammen mit meiner Tochter entlassen wurde, konnte ich unmöglich wieder in mein Elternhaus zurück. Also wohin nun?

Für ein paar Tage fand ich bei meiner Oma Unterschlupf, aber auf Dauer ging das auch nicht. Sie meinte zwar, dass es durchaus in Ordnung wäre, wenn ich weiterhin bei ihr wohnte, aber ich wusste, dass ich zusammen mit Carolin, die ja noch ein Kleinkind war, eine zu große Belastung für sie darstellte. Ich konnte und wollte mich auch bei ihr nicht `einnisten´, denn ihr Mann, mein Opa, war zu diesem Zeitpunkt schwer an Diabetes erkrankt und er aus diesem Grund immer wieder ins Krankenhaus musste. Tatsächlich starb er auch bald darauf, als meine Tochter gerade mal ein Jahr alt wurde. Mein Cousin half mir in dieser Situation, denn alleine hätte ich ja keine eigene Wohnung anmieten können, erstens aus finanziellen Gründen und zweitens wegen meines Alters. Ich war ja noch nicht volljährig. Er war der festen Meinung, dass ich unbedingt aus der Wohnung meiner Eltern `rausmusste und bot mir an, seine Wohnung zu übernehmen, die er zwar angemietet hatte, aber praktisch nie benutzte. Sie war für ihn nur eine Art von Refugium, denn er kam als Berufssoldat nur äußerst selten mal nach Hause. So konnte ich wenigstens für ein paar Wochen dort unterkommen, eine Zeit, die ich nutzte, indem ich beim Sozialamt und Jugendamt vorsprach und die Situation so exakt wie möglich schilderte. Anscheinend erweckte ich genügend Mitleid, denn auf diese Weise bekam ich meine eigene kleine Wohnung. Zwei Zimmer nur, aber es waren unsere zwei Zimmer. Mein Leben konnte neu beginnen. Meine Tochter schlief zu Anfang noch in ihrem Kinderwagen, denn ihr Bettchen stand ja noch bei meinen Eltern und die Angst es zu holen, war zu groß. Ich wusste nicht, was passieren würde, wenn ich dort wiederauftauchte und Forderungen stellte. Also musste ich mir etwas einfallen lassen. Ich kaufte dann von einer Bekannten ein Laufgitter, das sehr groß war. In Anbetracht meiner Situation war das die beste Lösung und auch meine Tochter war damit zufrieden, dass sie darin schlafen konnte. Leider musste ich meine Eltern ab und zu besuchen, denn es gab ein weiteres Problem, das ich dringend lösen musste. Eben weil ich noch nicht volljährig war, hatte man meiner Mutter das Sorgerecht für

Carolin übertragen und sie lebte nun auf einmal, ohne dass ich es hätte verhindern können, zwangsläufig bei ihr, denn als sie Carolin durch die Polizei abholen ließ, konnte ich nichts dagegensetzen. Dieser Zustand war für mich unhaltbar, ich hatte oft Angst, dass ihr etwas zustoßen könnte. Insgesamt war sie zwar nur rund zwei Wochen im Haus meiner Mutter, aber selbst in dieser kurzen Zeit hatte ich keine Ruhe. Als dann jemand vom Jugendamt zu meinen Eltern kam und die verheerenden Zustände dort sah, war aber auch dieser Alptraum vorbei. Man entschied sich dafür, mir trotz meiner Jugend und der Tatsache, dass es noch über ein Jahr dauerte, bis ich volljährig sein würde, das Aufenthaltsbestimmungsrecht für mein Kind völlig zu übertragen. Nun hatte ich zwar alles alleine auf dem Hals, aber das war mir immer noch lieber, als die ständige Sorge und die Angst vor Wolfram. Mein Leben war das erste Mal wirklich mein Leben und ich konnte daraus machen, was ich wollte. Nur - welche Erfahrung hatte ich denn damit, ein eigenes Leben zu führen? Gar keine, wenn man davon absieht, dass ich mich an meinen Eltern hätte orientieren können, was recht einfach und bequem gewesen wäre. Dann hätte sich nämlich mein Horizont durch den Pegelstand einer Kornflasche definieren lassen. Ich hatte allerdings nicht die Absicht, es dazu kommen zu lassen. Die Beziehung zum Kindesvater hatte ich inzwischen beendet. Er ging weiter fremd und tat stattdessen was er wollt. Ein Zustand, den ich inzwischen, reifer und erwachsener geworden, nicht mehr duldete. Zudem hatte ich genügend mit meinen eigenen Sorgen zu kämpfen, denn es war nicht einfach, das Kind, die Wohnung und die verkürzte Ausbildung unter einen Hut zu bringen. Aber, wie bereits gesagt, ich schaffte alles, zwar nicht mit Bravour, aber recht ordentlich. Meine Ausbildung beendete ich mit dem Notendurchschnitt von zwei, was angesichts der anderen Probleme eine durchaus akzeptable Leistung war. Als ich die Prüfung endlich bestanden hatte, war ich seelisch vollkommen fertig. Wenn ich alles zusammenfasse, sollte man meinen, es wäre mir zum damaligen Zeitpunkt richtig gut gegangen. Ich hatte eine Wohnung, eine abgeschlossene

Ausbildung und ein Kind. Gut, ich war noch sehr jung, aber das musste nicht unbedingt ein Nachteil sein. Sagen wir, zum damaligen Zeitpunkt hätte es mir richtig gut gehen können. Es gab nur ein Problem. Und zwar ein schwerwiegendes. Carolin war ständig krank. Auch, wenn sie nicht sehr viel zu früh auf die Welt gekommen war, so war sie doch klein und zierlich gewesen. Und anfällig gegen jede Art von Krankheiten. Nicht die üblichen Kinderkrankheiten, die kamen ja erst später. Es war schlimmer. Ich kann gar nicht mehr aufzählen, woran sie erkrankte, aber es nahm kein Ende. Das Schlimme daran war, dass sie immer gleich ins Krankenhaus musste. Nicht einmal die Ärzte erkannten auf Anhieb, was meiner `kleinen´ fehlte und warum ständig dieselbe, nicht definierbare Krankheit ausbrach. Und alleine lassen konnte ich sie ja nicht, weder, wenn sie gesund war und schon gar nicht, wenn sie krank war. Kaum, dass ich meine Ausbildung beendet hatte, musste ich wegen dieser Umstände meine berufliche Karriere auch gleich wieder beenden. Mit dieser dauernden Belastung konnte ich nicht arbeiten gehen. Und auch, wenn sie zu Hause war, musste ich mich viel um sie kümmern, denn auch dann war sie oft nicht völlig gesund. Das Schlimmste war, als man bei ihr, Leukämie diagnostizierte. Diese drei Jahre, bis sie die Krankheit überwunden hatte, waren die wohl schwersten meines Lebens, jedenfalls bis zu diesem Zeitpunkt. Sie war ja nicht immer im Krankenhaus zur Behandlung oder Beobachtung deshalb, und wenn sie zu Hause war, war ich in ständiger Sorge um sie. Wie oft rief ich den Notarzt, weil sie wieder Fieberschübe hatte? Ich weiß es nicht. Und wie oft erbrach sie sich, wurde immer dünner, ohne dass ich etwas hätte dagegen tun können? Wenn sie wieder einmal im Krankenhaus war, saß ich tagelang in Sorge um sie an ihrem Bett. Hilflos sah ich das kleine Wesen an, sie war fixiert, damit sie sich, wenn sie wieder einmal nur durch Infusionen oder Magensonde ernährt werden konnte, den Schlauch nicht aus dem Hals riss, wie kleine Kinder das tun, wenn sie sich bewegen. Ich wusste, dass sie keine Schmerzen hatte, aber allein der Anblick und das Gefühl totaler Hilflosigkeit machten mich völlig fertig. Nervlich war ich nicht viel mehr als ein Wrack. Ich trank Unmengen von Kaffee, rauchte wie ein Schlot und war kaum in der Lage, etwas zu essen. Alles andere um mich herum war mir egal geworden, ich ließ alles schleifen, egal, was gerade anstand, ich ignorierte es einfach. Zu den Ämtern ging ich nicht, nicht einmal zum Jugendamt, was wirklich wichtig gewesen wäre, ich wollte nur, dass meine Tochter gesund wird. Man konnte, man durfte mir nicht das Liebste, was ich auf der Welt hatte, wegnehmen, aus dem kaum begonnenen Leben reißen! Sie war noch so klein und konnte sich nicht äußern, nicht sagen, was sie spürte, was sie bedrückte, sie war das wichtigste in meinem Leben zu dieser Zeit, und niemand durfte sie mir nehmen! Das hätte ich nicht überlebt! Binnen kürzester Zeit hatte ich so viel an Gewicht verloren, dass ich eine komplette neue Garderobe benötigte. Nur konnte ich sie mir natürlich nicht leisten. Auf Dauer war dieser Zustand unerträglich, aber ich konnte nichts dagegen tun außer abzuwarten und auf die Ärzte zu hoffen. Die Ärzte, mit denen ich über ihren Zustand sprach, machten mir nicht sehr viel Hoffnung, dass sie die Krankheit überleben würde. Aber anscheinend hatte sie etwas von mir mitbekommen, etwas sehr Wertvolles: den Willen, zu überleben! Dazu kam, dass, als meine Tochter ein Jahr alt war, ihr geliebter Urgroßvater starb. Er war vorher schon krank gewesen, aber er hing sehr an ihr und nannte sie `Blauäugelein´. Auch mich machte sein Tod, obwohl voraussehbar, betroffen. Den Höhepunkt erreichte die Krankheit, als sie etwa drei Jahre alt war. Sämtliche anderen Maßnahmen nutzten nun nichts mehr, sie musste an Maschinen angeschlossen werden. Ich weiß heute nicht mehr, was das alles für Maschinen waren, aber es war schrecklich. Der kleine Körper, umgeben von Schläuchen und Geräten, die summten, piepten und andere Geräusche machten, sah so vollkommen hilflos, so verwundbar aus, dass ich jedes Mal in Tränen ausbrach, wenn ich meine Tochter ansah. Es gab nicht mehr viele Möglichkeiten, ihr zu helfen, genauer gesagt, es war die vorletzte Hoffnung, würde dies alles auch nicht helfen, dann wäre der nächste, der letzte Schritt eine Knochenmarktransplantation gewesen. Es war nur ein paar Jahre nach der `Wende´ und so richtig glaubte ich damals nicht, dass so etwas wirklich machbar sei, vor allem, weil sie ja dann auf einem völligen Fremden angewiesen wäre. Es hätten ja erst Tests mit was weiß ich wie viel tausend Personen gemacht werden müssen. Ich konnte mir einfach nicht vorstellen, dass es jemanden geben würde, dessen Knochenmark für sie in Frage kam und der auch wirklich bereit war, diesen Eingriff an sich vornehmen zu lassen. Es war einer der wenigen wirklich glücklichen Momente in meinem damaligen Leben als Carolin, nach einer langen Woche, Bangen und Hoffen und an diesen furchtbaren Geräten hängend, die Augen öffnete, mich ansah und "Meine Mama - lieb haben" sagte. Ich ließ meinen Tränen freien Lauf, im Innersten wusste ich, dass sie es geschafft hatte. Sie war eine Kämpferin wie ich, mit einem unbändigen Willen, zu überleben. Dieser Wille ist bis heute ungebrochen, auch, wenn er sich inzwischen auf andere Weise äußert. Der Kindesvater, kümmerte sich übrigens überhaupt nicht um sie oder um mich. Ich hatte auch kein Interesse daran, die Beziehung oder auch nur den Kontakt zu ihm aufrecht zu erhalten. Zu oft hatte er mich enttäuscht und hintergangen. Ich war froh, nur für meine Tochter und mich verantwortlich zu sein, er hatte in meinem Leben keinen Platz mehr. Langsam begann ich, in meinen eigenen vier Wänden heimisch zu werden. Ich spürte die Erleichterung in mir, als meine Tochter sich definitiv auf dem Wege der Besserung befand und die Sorgen, die durchwachten Nächte, die Ängste langsam weniger wurden und schließlich fast nachließen. Es gab Tage, an denen ich fast so etwas wie glücklich war und es gab Tage, an denen ich sogar wieder lachte. Carolin lernte schnell und bereitete mir unendlich viel Freude. Wir übten auf besondere Weise das "Laufen lernen". In einiger Entfernung hielt ich ihr einen Keks hin, um sie "anzulocken". Sie setze alles dran, um an die Leckerei zu gelangen. Zuerst fiel sie natürlich laufend auf ihren Hintern, verzog weinerlich das Gesicht und verstand nicht, warum der Keks nicht von allein näherkam. Schließlich hatte sie den Dreh heraus. Um an den Keks, der auf einem niedrigen Tisch lag, zu gelangen, musste sie sich nur an den anderen Möbeln festhalten und abstützen. Und dann, eines Tages, schaffte sie es, unsicher zwar, aber zielstrebig, auf mich zuzulaufen und den Keks aus meiner Hand zu nehmen. Ich schloss sie in die Arme und wir kuschelten endlos lange miteinander, es war einer der schönsten Augenblicke in meinem bisherigen Leben. Ich gebe zu, dass auch ich mich, jung wie ich war, an meiner Tochter aufrichtete, mich an ihr festhielt und an und mit ihr wuchs. Es war eine andere Verantwortung als die, die ich in meinem `Elternhaus´ gehabt hatte. Eine Verantwortung, die nicht nur nahm, nicht nur forderte, sondern auch gab. Natürlich machte meine Tochter auch auf anderen Gebieten Fortschritte und ich war so stolz wie jede andere Mutter auch. Und auch Dummheiten blieben nicht aus und viele lustige Szenen, die mich von meiner Situation, die immer noch nicht rosig war, ablenkten. Carolin saß in der Wanne, natürlich mit einem Schwimmring, in dem sie fest genug saß, um nicht in Gefahr geraten zu können, solche Dinger, wie sie normalerweise im Schwimmbad verwendet werden. Ich war sicher, sie einen kurzen Moment alleine lassen zu können, bei geöffneter Badezimmertür, ich hörte sie ja planschen und juchzen. Konzentriert darauf, das Abendessen vorzubereiten, bemerkte ich die Veränderung nicht sofort, aber auf einmal war die Stille unheimlich. Aufgeregt stürzte ich ins Bad, voller schlimmer Ahnungen. Was ich sah, als ich im Bad stand, ließ meine Angst in zügellose Heiterkeit umschlagen: meine Tochter saß in der Wanne, hatte nicht mehr an sich halten können und ihr großes Geschäft im Wasser verrichtet. Nun trieb die "Wurst" auf dem Badeschaum und sie schubste sie immer wieder weg, wobei sie leise "Geh weg!" vor sich hinmurmelte. Es mag manchen geben, dem diese Szene unappetitlich erscheinen mag, aber Mütter werden mich verstehen. Während ich sie aus ihrer misslichen Lage befreite, musste ich immer wieder sehr lachen. So angenehm es auch war, die Fortschritte, die meine Tochter machte, zu beobachten, so unangenehm war meine andere Situation: die finanzielle nämlich. Es ging uns nicht wirklich schlecht, aber eben auch nicht richtig gut. Immerhin hatte ich noch Anspruch auf Arbeitslosengeld, dazu kam der Unterhaltsvorschuss vom Jugendamt - der Erzeuger steuerte keinen Cent zu dem Unterhalt bei - und das Wohngeld. Und manchmal reichte das, was ich zusammensparte, sogar, um mit ihr etwas unternehmen zu können. Nicht viel und nichts Besonderes, aber uns genügte es. Aber es reichte eben nicht für größere Anschaffungen. Deshalb war ich ausgesprochen froh, dass mein Vater anbot, uns eine Waschmaschine zu kaufen. Das würde mir die Hausarbeit gewaltig erleichtern. Ich weiß nicht, was mich dazu trieb, sein großzügiges Angebot abzulehnen, aber ich kaufte mir die Waschmaschine mit integriertem Trockner selber. Meine Waschmaschine war nicht nur die ersehnte Erleichterung, es war auch eine gewaltige Zeitersparnis. Es würden auch wieder Zeiten kommen, in denen ich einer Arbeit nachgehen konnte und dann wären diese kleinen Probleme längst vergessen. Aber bei aller Freude und aller Selbstständigkeit, die ich mir inzwischen erarbeitet hatte, gab es auch einen Wermutstropfen. Der bestand darin, dass ich ja noch nicht volljährig war. Deshalb musste ich - auf Anordnung des Jugendamtes - jeden zweiten Tag zu meiner Mutter. Ich wusste zwar nicht, was ich dort sollte, aber diese Vorgabe bestand nun einmal und ich musste sie befolgen. Wenn nicht meinetwegen, dann wegen meiner Tochter. Es war grausam! Ich traf morgens so gegen 11.00 Uhr bei meiner ehemaligen `Familie´ ein und suchte bereits an der Haustür nach einer Ausrede, um so schnell es nur ging wieder verschwinden zu können. War Wolfram auch anwesend, waren sie alle beide stinkbesoffen, sonst nur meine Mutter. Aber das reichte ja auch. Es war praktisch unmöglich, ein vernünftiges Wort mit ihr zu reden. Dazu kam, dass es inzwischen in der Wohnung bestialisch nach Urin stank. Wolfram pinkelte, wenn er wieder mal voll war, oft ins Bett und ich war ja nun nicht mehr da, um sein vollgepisstes Bettzeug zu wechseln. Und meine Mutter sah keine zwingende Notwendigkeit, es zu tun. Anscheinend hatte sie gelernt, den ausufernden Gestank durch exzessiven Alkoholkonsum zu kompensieren. Einige Zeit später sah ich eine Möglichkeit, mein

Leben grundlegend zu ändern. Ich wollte weg, weg von meinen Eltern, weg aus dieser Umgebung, einfach weg von allem und von vorn anfangen. Die Möglichkeit bot sich, nach München zu gehen und dort zu arbeiten. Das Problem dabei war nur, dass es in München keine Kinderkrippenplätze gab. Wie also sollte ich arbeiten? Mein Onkel und meine Tante, die in Thüringen lebten, boten sich an, unter der Woche auf meine Tochter aufzupassen, aber wie sollte ich jedes Wochenende von München nach Thüringen kommen? Die Bahnfahrten waren teuer und auf Dauer unbezahlbar. Inzwischen war ich zwar schon volljährig, hatte aber noch keine Gelegenheit und auch kein Geld gehabt, den Führerschein machen zu können. Und selbst wenn ich einen gehabt hätte, an ein Auto war gar nicht zu denken, wovon denn auch? Außerdem wäre die ganze Sache vermutlich sowieso nicht gut gegangen. Ohne Carolin hätte ich mich todunglücklich gefühlt und ich war mir auch sicher, dass eine schleichende Entfremdung stattgefunden hätte. So wollte und konnte ich nicht leben. Und ohne mein Kind ein eigenes Leben zu führen, auch, wenn ich dann Arbeit gehabt hätte, fiel mir nicht ein. Meine Tochter hätte ich niemals hergegeben, für keinen Job der Welt! Also nach kurzer Zeit- München ade! Etwas später bot Herbert an, mir den Führerschein zu bezahlen. Das wäre natürlich eine tolle Sache gewesen, aber ich wollte nicht dauernd auf andere Leute angewiesen und von ihnen abhängig sein. Auch nicht, wenn es sich dabei um Verwandte ersten Grades handelte. Aber den Führerschein brauchte ich nun mal! Und zu dieser Zeit war es mir beim besten Willen nicht möglich, ihn aus eigener Kraft zu finanzieren. Wann ich ihm das vorgestreckte Geld hätte zurückzahlen können, stand in den Sternen. Also war das auch nicht die Lösung. Ich lehnte also auch dieses Angebot ab und sah weiter nach vorne nach dem, was noch kommen könnte und von dem ich fest daran glaubte, dass es kommen würde. Denn Probleme hatte ich ja immer noch. Aber glauben Sie mir: das Lächeln meines Kindes war das Größte, Schönste und Wertvollste, was ich damals hatte. Es ergab sich nach einiger Zeit eine andere Möglichkeit, die wir beide in Erwägung zogen. Mein

Vater war inzwischen verheiratet, seine Frau war schwanger. Was lag also näher, als ihm anzubieten, seine Frau als Gegenleistung von einiger Haus- und Gartenarbeit zu entlasten, um das ich meinen Führerschein machen konnte? So lernte ich meine Stiefmutter kennen. Sie war eine recht komische Frau, vor allem furchtbar egozentrisch, aber ich kam relativ gut mit ihr aus. Sie war damals mit nichts weiter als einem Koffer voller Klamotten und ihren beiden Kindern ins Haus meines Vaters gezogen und war nun der Meinung, ihr gehörte alles, was Herbert mit in die Ehe gebracht hatte. Dazu kam, dass sie sich für die schönste Frau im Landkreis hielt und ein Make- Up trug, dass ihr von der Farbintensität her Ähnlichkeit mit einem Papagei verlieh. Aber das waren Sachen, die mich im Grunde nichts angingen. Mein Vater musste mit ihr leben, nicht ich. Und wenn es ihm so gefiel... Ich hatte mir inzwischen angewöhnt, jeden Menschen so zu nehmen, wie er ist, ohne Vorurteile und ohne offen zur Schau getragenen Ablehnung. Allerdings mit viel Vorsicht, die manchmal schon eher Angst zu nennen war. Es war die Zeit, in der ich mir meiner gesellschaftlichen Stellung bewusst zu werden begann. Langsam und unbemerkt, nicht einmal ich merkte, dass ich es tat, baute ich eine Mauer um mich auf. Sie sollte mich schützen und mir ein wenig Sicherheit bringen. Sicherheit vor dem Rest der Welt. Als meine Stiefmutter wegen einsetzender Wehen ins Krankenhaus musste, blieb ich bei meinem Vater im Haus und hielt den Haushalt in Ordnung und bereitete das Essen für ihn, denn wenn er von der Arbeit kam, fuhr er sofort in die Klinik, um nach seiner Frau zu sehen und es blieb ihm deshalb nicht sehr viel Freizeit. Mir machte es nichts aus, für ihn zu sorgen, konnte ich mich auf diese Weise wenigstens teilweise dafür revanchieren, was er bisher für mich getan hatte. Denn er gab mir immer das Gefühl etwas Besonderes zu sein, ein Mensch mit Seele, ein Mensch, der wirklich gebraucht wurde. Ich erinnere mich noch genau daran, dass ich vier Tage lang den Haushalt führte, als mein Vater sich eines Abends hinsetzte und begann, Bier zu trinken. Ich zog mich zurück in das Gästezimmer, das ich zusammen mit Carolin bewohnte, wenn ich im Haus zu Gast war oder dort etwas zu erledigen hatte. Meine Tochter schlief natürlich schon, es war ja abends und ich betrachtete sie ein paar Minuten lang, bevor ich selbst zu Bett ging. Etwas später hörte ich meinen Vater die Treppe hochkommen. Es war eine seltsame, unwirkliche Situation, aber als ich seine Schritte hörte, kam mit ihm auch die Angst unaufhaltsam näher. Ich wusste von früher, wie sehr Alkohol einen Menschen verändern kann. Auch unter dem Wissen, was er einige Jahre vorher mit mir machte. Und das Wissen, dass er getrunken hatte, ließ meine Besorgnis nur noch größer werden. Da ich schon im Bett lag, stellte ich mich schlafend, als er zur Tür hereinkam. Ich spürte, wie mein Vater sich neben mich legte und ich bewegte mich nicht. Noch bestand Hoffnung. Vielleicht, wenn ich gar nichts tat, schlief er einfach nur neben mir ein. Das wäre zwar unangenehm, aber diese Situation wäre durchaus auszuhalten gewesen. Aber es kam anders. Es kam, wie ich es befürchtet hatte. Er begann, mich zu streicheln. Noch immer bewegte ich mich nicht, aber ich musste an mich halten, um mich nicht zu versteifen, als ich seine tastenden Hände auf meinem Körper spürte. Ich hoffte, er würde, wenn ich bewegungslos blieb, das Interesse an mir verlieren und damit aufhören. Aber seine Hände wurden immer drängender, fordernder. Ich konnte nicht mehr still liegen. Laut schrie ich ihn an, flehte ihn an, er solle doch aufhören, ich wehrte mich, aber ich kam gegen ihn nicht an. Warum war ich so schwach, warum konnte ich mich nicht wehren. An-scheinend stachelte ich damit nur noch seine Gier an. Als er sich auf mich wälzte und ich mich nicht mehr bewegen konnte, ging alles furchtbar schnell. Wahrscheinlich war es ein Glück, denn er fügte mir heftige Schmerzen zu. Er sagte kein Wort, befriedigte nur seine Gelüste an mir und ließ dann abrupt von mir ab. Nachdem er das Zimmer verlassen hatte, untersuchte ich mich voller Ekel und weinend selbst. Ich blutete. Etwas später, ich unterdrückte meine Tränen, damit ich besser hören konnte, wo er sich gerade im Haus aufhielt, wurde es ruhig. Das war meine Chance. Die Tränen immer noch unterdrückend, zog ich leise erst mich und dann meine Tochter an, immer in der Hoffnung, sie wäre noch so schlaftrunken, dass sie keine lauten Geräusche machte und schlich mich hinunter. Ich war unendlich froh, dass sie von dieser Sache nichts mitbekommen hatte. Wahrscheinlich war mein Vater nur aus diesem Grund ruhig gewesen. Er hatte Sorge, die Kleine könnte aufwachen und ihn bei seinem perversen Tun stören. Sachte legte ich Carolin in den Kinderwagen, schlich mich zur Tür hinaus und weinte wieder, kaum dass ich auf der Straße war. So ging ich nachts den ganzen Weg bis zu mir nach Hause. Die Erinnerung daran tut weh und reißt alte Wunden auf, von denen ich nur glaubte, dass sie längst verheilt seien. Aber indem ich das schreibe, hoffe ich, dass der Heilungsprozess nun endlich einsetzt. Ich will nichts verdrängen, ich will auch nichts vergessen. Was ich will ist, damit distanziert umgehen zu können. Die Tage, die auf dieses Ereignis folgten, waren nur grausam. Ich tat praktisch nichts, außer, mich um mein Kind zu kümmern. Ich ging nicht hinaus, ging nicht ans Telefon, wenn es klingelte, sagte Verabredungen ab. Ich ließ mich vollkommen gehen. Lediglich den Haushalt hielt ich in Ordnung, soweit es mir möglich war. Meine alltäglichen Dinge wie Lebensmittel bekam ich gebracht, von einer Nachbarin meiner Oma. Ich selbst wäre nicht in der Lage gewesen, einkaufen zu gehen, nicht einmal, um meine Tochter mit dem Notwendigsten zu versorgen. Ich war innerlich wie tot. Sie fragen sich vielleicht, warum ich ihr nichts sagte, warum ich nicht mit meiner Großmutter darüber sprach. Ich will es Ihnen kurz erklären: meine Oma war zwar immer da, wenn ich sie dringend brauchte, aber sie stellte nie Fragen von sich aus. Wenn ich nicht alleine anfing, zu erzählen, blieb es eben ungesagt. Und genau das war es, was mich davon abhielt, über das geschehene zu sprechen: ich hätte anfangen müssen. Und dazu war ich nicht in der Lage. In diesem Moment war mein Vertrauen in jeden Menschen, ohne Ausnahme, so stark gestört, dass ich lieber schwieg, als die Nähe eines anderen Menschen zu suchen. Auch wusste ich nicht, wie sie reagieren würde. Klar, Verständnis für das Tun meines Vaters hätte sie kaum aufgebracht, aber sie hatte eigene Sorgen, war selbst krank und bedurfte selbst der Hilfe anderer. Dieses Verhalten ist bis heute so geblieben und ich weiß, dass ich das ändern muss. Bevor ich mich mit Problemen, Sorgen oder Nöten, gleich welcher Art, an andere wende, versuche ich erst, selbst damit fertig zu werden. Das ist an sich kein schlechter Charakterzug, aber ich verpasse oft den Absprung, merke nicht, wenn ich alleine nicht mehr weiterkomme und manchmal verschlimmere ich damit vieles. Ich bin dabei, mich zu ändern, auf andere wieder zuzugehen und zu glauben, dass sie nicht nur ihren eigenen Vorteil im Sinn haben. Es ist schwer, viel schwerer als ich gedacht habe, aber es gibt inzwischen Menschen, die mich auf diesem Weg unterstützen, die versuchen, mein nicht vorhandenes Vertrauen wiederaufzubauen und ich bin diesen Menschen außerordentlich dankbar dafür, dass sie das tun. Aber was in 30 Jahren nicht langsam gewachsen ist, kann nicht von heute auf morgen passieren. Ich brauche Zeit. Das Einzige, was ich in dieser Zeit tat, war zu rauchen und Unmengen von Kaffee zu trinken. Ich vernachlässigte auch in dieser trüben Zeit meine Tochter nicht, aber ich war unfähig, mehr als das Notwendigste zu tun.

Essen konnte ich nichts. Leben wollte ich nicht.

Ich schämte mich nur. Die Frage warum ich mich schämte, stellte ich nie. Ich hatte keinen Grund dazu. Im Gegensatz zu jemand anderem. Aber bei dem war von Scham keine Rede. Er, ich nenne ihn mal Erzeuger, tat so als wenn nichts vorgefallen war, er klingelte an meiner Tür, ich schaute durch den Türspion, mein Herz raste und mein Atem verstummte. Leise schlich ich mich ins Wohnzimmer und nahm meine Tochter auf den Arm, sie darf jetzt keinen Laut von sich geben. Wir mussten leise sein, er darf nicht hören das wir da waren. Während ich hier schreibe, fühle ich diese Angst in der damaligen Situation noch einmal, ich muss es aushalten, nur so kann ich es verarbeiten, ich muss diesen Schmerz noch einmal zulassen und spüren. Tränen laufen meinem Gesicht herunter, ich fühle diese Angst, diesen Ekel, diese Scham. Ich brauchte eine Pause. Es vergingen ein paar

Wochen. Ich hatte mich wieder etwas gefangen. Irgendwie musste das Leben weitergehen. Und es ging weiter. Vergessen konnte ich nicht, dazu war die Erinnerung an das Vorgefallene noch zu frisch. Aber ich schaffte es irgendwie, mich mit den Ereignissen zu arrangieren. Alles andere brachte mich nicht weiter. Außerdem hatte ich inzwischen völlig andere Sorgen. Carolin lag wieder einmal im Krankenhaus. Dieses Mal hatte sie eine Lungenentzündung. Es schreibt sich leicht, aber das eine Problem sorgte dafür, dass ich das andere fast völlig vergaß. Es würde nicht für die Ewigkeit sein, aber zumindest half es. Als es eines Tages wieder an der Tür klingelte, öffnete ich zunächst arglos, völlig mit den Gedanken bei meiner Tochter, die ja im Krankenhaus lag. Mein Vater stand da, und in einem Reflex wollte ich die Tür wieder zuschlagen. Leider war er schneller als ich. Er kam in die Wohnung und erklärte, er wolle mir nur meine zurückgelassenen Sachen bringen. Dann erklärte er mir, wie leid ihm das alles täte. Wenigstens bat er mich nicht um Verzeihung, denn verzeihen konnte und wollte ich nicht. Es folgte die obligate Frage, ob ich jemandem von dieser Nacht erzählt hätte. Vielleicht hätte ich diese Frage bejahen sollen. Ich tat es nicht. Mehr konnte ich nicht sagen, mein Hals fühlte sich wie zugeschnürt an, zu frisch war die Erinnerung, die ich gerade zu verdrängen begonnen hatte. Damals verdrängte ich viel zu viel. Herbert spürte offenbar, welche Angst ich hatte. Angst vor ihm, Angst vor allem. Und er nutzte meine Angst erneut aus. Mit Gewalt zog er mich an sich und ich musste in meiner eigenen Wohnung die gleiche Erniedrigung erneut über mich ergehen lassen. Dieses Mal störte das Kind nicht. Ich wollte schreien, aber er hielt mir den Mund zu und sagte, wenn ich schreie, sehe ich meine Tochter nie wieder. Was ist mit mir, reglos ließ ich zu, dass er mich benutzte, ich gehorchte und schluchzte leise vor mich hin. Als er endlich "fertig" war und meine Wohnung verließ, lief ich ins Bad und kniete in der Badewanne, dass Wasser lief meinem Körper entlang, wie lang, das weiß ich nicht, ich wollte sauber werden, im Duschbad benutzte ich alles, was da war, egal Spülmittel ging auch. Aber der Dreck blieb, es fühlte sich so unendlich dreckig an. Heute frage ich mich, warum ich nicht die Kraft und den Mut hatte, ihm in die Eier zu treten. Nicht einmal. Mehrmals. Ich hätte mich nicht einmal rechtfertigen müssen. Nicht einmal vor mir selbst. Und vielleicht wäre mir dann wohler gewesen. Sehr viel wohler. Es mag an den Umständen gelegen haben, dass mir die nötige Kraft fehlte und dafür viel zu viel von der Angst war, die ich mein ganzes Leben lang verspürt hatte. Seine Drohungen, ich würde meine Tochter nicht wiedersehen, diese Angst lähmte mich und bei den Gedanken was passierte und beim Schreiben, fühle ich wie mein Atem und mein Herz rast. Ich muss weiterschreiben, ich muss es los werden. Am nächsten Tag musste ich wieder bei meiner Mutter vorstellig werden. Wie ich diese Besuche hasste! Ich hatte noch keinen Führerschein, also musste ich wieder mit dem Bus fahren, die Fahrt war schrecklich, ich hatte ständig das Gefühl das die Leute mich anstarren und über mich reden. Der Fußweg durch das kleine Waldgebiet bis zu meinem Elternhaus, es war so beängstigend, die Angst, mein Erzeuger steht irgendwo und lauerte, wann ich vorbeilaufe, wann er mich wieder benutzt, ich möchte einfach nur sterben, das waren meine Gedanken. Ich hoffte, einmal vernünftig mit ihr reden zu können, ihr erzählen zu können, was mein Erzeuger mir angetan hat, wie er mich erniedrigt, aber natürlich war sie wieder mal vollkommen besoffen, als ich vorbeischaute. Also blieb mir nichts weiter übrig, als wieder mit allem allein fertig zu werden. Kurze Zeit später verprügelte Wolfram meine Mutter derart, dass sie sich nicht anders zu helfen wusste, als sich in ein Taxi zu setzen und zu mir zu fahren. Dafür war ich anscheinend gut genug. Sie wusste, dass ich ein viel zu weiches Herz habe und sie niemals vor der Tür stehen lassen würde. Mir blieb nichts weiter übrig, als sie herein zu lassen, in dem Zustand, in dem sie sich befand, konnte ich sie schlecht zurückschicken, selbst, wenn ich es auch nur ansatzweise in Erwägung gezogen hätte. Immerhin nahm sie sich während der Zeit, die sie bei mir war - es waren nur ein paar Tage - etwas zusammen. Sie trank zwar Bier, aber wenigstens keine harten Sachen wie Korn, den sie sonst leidenschaftlich gern trank. Deshalb war sie in einem leidlich nüchternen Zustand. Ich hörte ihr zu, nahm sie in den Arm, wenn sie weinte - sie weinte in diesen Tagen oft, aber ich war da - einfach nur für sie da. Heute weiß ich natürlich, dass ihre Depressionen alkoholbedingt waren. Aber meine Sorgen erkannte sie nicht. Wie auch? Sie war in dieser Zeit viel zu sehr mit sich selbst beschäftigt. Ich hoffte, dass sie nun, da sie ja bei mir war, auch mir zuhören würde, wenn ich ihr erzählte, was mein Erzeuger mit mir getan hatte. Sie hörte sich meine Geschichte auch schweigend an, dann sah sie mir lange ins Gesicht. Doch ich hoffte vergeblich auf eine Antwort oder ein tröstendes Wort. Mutter ging aus der Wohnung, blieb einige Zeit weg und als sie wiederkam, war sie sturzbetrunken. Sie äußerte sich immer noch nicht zu den Geschehnissen, aber das konnte sie wahrscheinlich ohnehin nicht mehr. So gut sie es in ihrem Zustand konnte, packte sie ihre Tasche, mit der sie gekommen war, bestellte ein Taxi und verließ meine Wohnung. Ich stand wieder einmal alleine da, selbst Mutter wäre mir noch ein kleiner Trost, eine winzige Hilfe gewesen und ich musste erneut sehen, dass ich mit allem selbst klarkommen musste. Unter Tränen sank ich zu Boden, kauerte mich zusammen und ich weiß nicht mehr, wie lange ich so saß, aber es war eine sehr lange Zeit, in der ich da kauerte und an nichts dachte. Bevor sie ging, sagte sie doch noch etwas zu mir. "Das passiert eben mal." Mehr nicht.

Ich wurde achtzehn. Volljährig.

Damit hörten wenigstens ein paar der Probleme auf, denn nun war ich auch dem Gesetz nach, ein eigenständiger Mensch. Die erzwungenen Familienbesuche konnten nun endlich aufhören. Ich fuhr nun nur noch einmal monatlich zu meiner Mutter, mehr aus Anstand als aus Gründen der familiären Bindung. Außerdem wollte Carolin - sie war ja in ihrem Alter mit den näheren Umständen nicht vertraut - unbedingt "zu Oma" und die Freude wollte ich ihr nicht nehmen. Bei den seltenen Besuchen ging eigentlich auch immer alles gut, Carolin kannte ihre Oma ja nur alkoholisiert, ich denke, dass ein kleines

Mädchen dies nicht unterscheiden kann, also warum die Kleine enttäuschen? Carolin und ich wohnten ja inzwischen in einem Dorf, ungefähr fünfzehn Kilometer von meinem alten Elternhaus entfernt in einer Zwei-Zimmer-Wohnung. Meine Tochter hatte ich bei mir ins Schlafzimmer einquartiert, denn sie kränkelte immer noch etwas und ich wollte sofort mitbekommen, wenn etwas mit ihr wäre. Langsam lernte ich auch die anderen Bewohner des Hauses kennen, darunter auch einen jungen Mann, der nur drei Jahre älter als ich war. Er arbeitete im Schichtdienst und deshalb begegneten wir uns oft im Flur, wenn ich mit meiner Tochter einkaufen oder auf den Spielplatz ging. Eines Tages fragte er mich, warum ich so ängstlich schauen würde, wenn man sich über den Weg läuft. Es war nur zu natürlich, dass wir dabei ins Gespräch kamen. Und warum sollte jeder alleine und schweigend für sich einkaufen gehen, wenn man das doch gemeinsam erledigen und sich dabei unterhalten konnte? Also gingen wir - Andy und ich – die nächsten Monate gemeinsam zum Einkaufen. Später begleitete er uns auch auf dem Weg zum Spielplatz oder wir trafen uns dort. Passieren tat erst einmal gar nichts, denn mein Kind war ja bei all den gemeinsamen kleinen Unternehmungen dabei. Nur alleine mal mit ihm weggehen - das tat ich nicht. Dafür reichte mein Vertrauen selbst in ihn, der mir noch nie zu nahegetreten war, nicht aus. Inzwischen wog ich nur noch rund sechzig Kilo, vorher hatte ich ungefähr fünfundsiebzig Kilo gehabt. Ich muss damals wirklich furchtbar ausgesehen haben, aber mein Begleiter schien das völlig zu übersehen. Natürlich war Andy klar, dass mich etwas bedrücken musste, das ergab sich aus meinem ganzen Verhalten und vielleicht auch aus einigen unbedachten Bemerkungen. Aber er fragte nie gezielt und ich dachte nicht daran, ihm auch nur das Geringste zu erzählen. Ich hatte vor allen Männern einfach nur noch Angst. Das war auch der Grund, warum ich mich niemals einem Arzt anvertraute, wenn es mir mal nicht gut ging. Da war einerseits das Schamgefühl, das ich immer noch mit mir herumtrug, andererseits der Wunsch, niemandem zur Last zu fallen. Und dann war da diese abgrundtiefe Angst, Angst vor allen Menschen und ein ebenso abgrundtiefes Misstrauen gegen alle und jeden. Der geringste Annäherungsversuch von Andy hätte dazu geführt, dass ich den Kontakt abgebrochen und wahrscheinlich auch weggezogen wäre, aber er verhielt sich ausgesprochen rücksichtsvoll, drängte nie, berührte mich nie und war einfach nur da. Aus Gründen, die mir nicht bekannt sind und die ich mir auch damals nicht erklären konnte, konnte ich seine Nähe ertragen, solange er mich nicht anfassen würde. Damals dachte ich, mit der Zeit würde sich meine Aversion gegen alles Männliche legen. Vordergründig tat es das zwar auch, aber immer, wenn ich daran denke, tut es mir heute noch in der Seele weh. Und das wird wohl auch noch einige Zeit so bleiben. Die Angst, dass mir jeder Mann auf Erden etwas antun will, ist fast verschwunden, aber die Erinnerungen bleiben. Es dauerte viele Monate, bis wir uns allmählich etwas näherkamen, bis ich es zuließ, dass er mich - vorsichtig, wie eine Porzellanpuppe - in den Arm nehmen konnte. Aber immer blieb diese Angst, dass seine Zärtlichkeiten plötzlich in Gewalt umschlagen würden. Niemals konnte ich mich so richtig über seine Liebkosungen freuen, niemals den Moment der liebevollen Hingabe wirklich genießen. Innerlich war ich versteift, verkrampft, verhärtet. Etwas später verbrachten wir auch die Nächte zusammen, das heißt, wir schliefen in einem Bett. Mehr nicht. Seine Nähe konnte ich inzwischen ertragen, auch des Nachts, wenn ich im Schlaf hilflos war, mehr aber auch nicht. Wenn ich ihm erklärte, dass ich zu mehr einfach noch nicht bereit sei, akzeptierte er es, ohne nach den Gründen zu fragen oder überhaupt Fragen zu stellen. Er drehte sich auf die Seite und schlief ein. Wieder machte ich einen Fehler. Ich sprach über mein Verhältnis mit meiner Freundin, von der ich annahm, dass sie mir zuhören und es dann wieder vergessen würde. Vielleicht wollte ich von ihr auch eins: die Bestätigung, dass ich alles richtig machte. Aber sie war völlig anderer Ansicht als ich, sie wusste ja nicht, was ich erst vor kurzer Zeit durchgemacht hatte. Vielleicht hatte sie auch eine völlig andere Lebenseinstellung. Ich weiß es nicht, und der Kontakt zu ihr ist längst Vergangenheit. Sie sagte, dass ich auf diese Weise einen Mann niemals würde halten können, kein Mann würde eine rein platonische Beziehung auf Dauer mitmachen. Wenn ich so weitermachte, würde ich Andy bestimmt verlieren. Aber das wollte ich auf keinen Fall. Denn auch, wenn zwischen uns fast gar nichts passierte, durch ihn, durch seine Anwesenheit bekam mein Leben wieder so etwas wie einen Sinn, ich hatte jemanden, mit dem ich reden konnte, der mich manches Mal zum Lachen brachte und selbst lachte. Jemanden, der mich wieder ein Teil der Gesellschaft werden ließ, aus der ich mich selbst ausgegrenzt hatte. Dazu kam noch ein weiteres Ereignis, was mich dazu bewog, den Kontakt zu dieser Freundin abzubrechen. Anscheinend hatte sie nichts Eiligeres zu tun, als im Dorf herumzuerzählen, wie es in meiner Beziehung aussah. Und wer schon einmal auf dem Dorf gelebt hat, weiß, wie schnell sich dort so etwas herumspricht. Ständig fühlte ich mich beobachtet, beim Einkaufen, auf dem Spielplatz oder bei einem Spaziergang, ich hatte immer das Gefühl, hinter meinem Rücken würde über mich und meinen Lebensgefährten getuschelt. Vielleicht bildete ich mir das nur ein, vielleicht stimmte es auch. Aber ich hielt es so oder so nicht mehr aus. Irgendwann sah ich auch ein, dass es so nicht mehr weitergehen konnte. Wenn ich mich ihm verweigerte, würde ich nie mehr ein erfülltes Leben haben, etwas würde fehlen. Die Liebe, die Hingabe, das Vertrauen. Als Andy das erste Mal mit mir schlief, hatte ich wieder nur noch Angst. Die Angst war nicht konkret, nicht auf eine bestimmte Situation hin ausgerichtet. Sie war einfach da. Allgegenwärtig und bedrohlich. Ich spürte und fühlte nichts. Ich gab ihm auch nichts. Ich lag einfach da und ließ es über mich ergehen. Natürlich bekam er mein seltsames Verhalten mit. Als ich hinterher zu weinen begann, grundlos für ihn, fragte er mich, warum ich weine. Sicherlich verstand er es nicht, also musste ich ihm notgedrungen wenigstens in groben Zügen mein Verhalten erklären. Keine Einzelheiten, um Gottes Willen! Ich sagte ihm lediglich, dass ich mal gezwungen wurde, gegen meinen Willen. Mehr möchte ich hier nicht andeuten. Ich hatte wirklich das Gefühl, dass er mich verstand, so gut es ihm als Mann möglich war. Zumindest fragte er nicht weiter, fragte nicht nach Einzelheiten, stellte keine Fragen, die ich ihm nicht hätte beantworten können. Er nickte nur und ich war froh, dass er so verständig mit meinen Ängsten und Problemen umging. Andererseits machte mir seine Reaktion auch irgendwie Angst. Ich hatte den Eindruck, dass er das, was mir widerfahren war, als völlig natürlich ansah, vollkommen normal. Ob es meine Paranoia war, die mich dazu veranlasste, so darüber zu denken - ich weiß es nicht. Ich weiß bis heute nicht, was er wirklich dachte. Ich wusste damals ja nicht einmal genau, was ich dachte. Zu viel ging mir im Kopf herum. Das Leben ging weiter. Wir waren wie eine typische Durchschnittsfamilie. Ich blieb zum größten Teil zu Hause und sorgte für meine Tochter und den Haushalt, mein Teilzeit Job machte ein wenig Abwechslung in mein Leben, Andy ging arbeiten und brachte das Geld mit nach Hause, was man so benötigt, um seine Unkosten zu decken. So hätte es ewig weitergehen können. Wir zogen in eine größere Wohnung. Erstens war eine Zwei-Zimmer-Wohnung für drei Personen zu klein, zweitens sind zwei getrennte Wohnungen teurer als eine größere. Das leuchtet ein. Zudem verfolgten mich die Erinnerungen, die ich an diese Wohnung und an diesen Ort hatte, immer noch und ich hoffte, dem zu entkommen, wenn wir woanders hinzogen. Über ein Jahr lang waren wir nun schon zusammen und ich schöpfte wieder Hoffnung. In einem etwas entfernteren Dorf fanden wir eine bezahlbare Drei-Zimmer-Wohnung, groß genug für uns alle. Kurz darauf fingen unsere finanziellen Sorgen an. Mein Lebensgefährte begann, nichts mehr zum Haushalt beizusteuern. Und ich hatte ja nur sehr begrenzte Mittel zur Verfügung, also reichte es vorne und hinten nicht. Aber das war ich ja gewöhnt und ich machte immer noch das Beste aus der Situation. Gewohnt, mit wenig, fast gar keinem Geld auszukommen, aus meinem Elternhaus kannte ich ja auch nichts anderes, wirtschaftete ich mit dem Geld, was halt da war. Niemals wäre ich auf die Idee gekommen, ihn aufzufordern, seinen Teil zu unserem Lebensunterhalt beizusteuern. Ich weiß auch nicht, wofür er sein Geld ausgab, ich fragte nicht. Nein, nun musste ich handeln, ein weiterer Minijob musste her. Aber jede Sparerei hat ihre Grenze und die erreichten wir sehr bald. Als ich sogar die Ausflüge mit meiner Tochter drastisch einschränken musste, wusste ich, dass etwas geschehen müsse. Ich hörte mich um. Im Uhrenwerk, dem Teil wenigstens, das nach der Wende noch nicht `abgewickelt´ worden war, gab es Arbeit. Zwar nur befristet und auch nur in permanenter Nachtschicht, aber es gab etwas, womit ich unsere Situation verbessern konnte. Abends brachte ich meine Tochter ins Bett, auch mein Lebensgefährte war dann zu Hause und wenn beide schliefen, ging ich arbeiten. Kam ich morgens von der Arbeit heim, stand Andy auf und fuhr zur Arbeit, während ich die Kleine fertig machte und zum Kindergarten brachte. Danach blieben mir noch ein paar Stunden Schlaf, bis ich um dreizehn Uhr wieder aufstand, um den Haushalt zu machen und gegen fünfzehn Uhr meine Tochter wieder aus dem Kindergarten abzuholen. Hilfe hatte ich keine, mein Freund hielt es nicht für notwendig, auch nur einen Handschlag zu machen. Und Geld gab es immer noch keins von ihm. Jeden Samstag, nach der Nachtschicht musste ich in den dortigen Rewe, ich hatte ja diesen Minijob und dort helfen. Unter der Woche holten wir, meine Tochter und ich, gemeinsam unseren Schmarotzer von der Arbeit ab und gingen noch etwas spazieren, wenn das Wetter es zuließ oder sofern das Geld reichte ein Eis essen. Die paar Monate gingen rasend schnell vorbei. Länger brauchte man uns Aushilfen nicht. Es war ja auch nur ein befristeter Arbeitsvertrag für diesen Zeitraum gewesen. Aussicht auf eine Verlängerung oder gar eine Festanstellung gab es schon gar nicht. Die Arbeit hatte mir Spaß gemacht, ich war mit allen Kollegen prima ausgekommen und dadurch, dass ich Samstagnacht auch zur Schicht bin, diese als Überstunden aufgezeichnet wurden, kamen wir gut über die Runden. Dazu kam, dass ich zwar arbeitete, aber trotzdem immer für meine Tochter da sein und viel mit ihr unternehmen konnte. Und sie war niemals allein, einer von uns war ja immer zu Hause. Aber es half nichts. Nach den fröhlichen Monaten mussten wir - alle

Aushilfskräfte - uns wieder beim Arbeitsamt melden und Arbeitslosengeld oder -hilfe beantragen. Aushilfe - wie das klingt! Ich hatte diesen Beruf gelernt und hatte ihn für ein paar Monate wirklich ausgeübt. Ich sah mich mehr als temporärer Arbeitnehmer, aber das änderte leider nichts an den Tatsachen. Es war vorbei! Es begann eine schwierige Zeit. Und diese schwierige Zeit begann damit, dass ich Schulden zu machen begann, weil ich nicht mehr in der Lage war, alle Rechnungen zu bezahlen. Woher auch? Mein Arbeitslosengeld reichte vorne und hinten nicht, das Kindergeld brauchte meine Tochter dringend und von Andy kam weiterhin nichts. Warum das so war, wusste ich nicht. Sicher, ich hätte ihn fragen können, warum tat ich es nicht? Vielleicht habe ich gefragt und eine ausweichende Antwort erhalten, vielleicht habe ich mich nicht getraut. Zu den Rechnungen kamen die Mahnungen und die damit verbundenen Gebühren, die Zinsen... es nahm einfach kein Ende. Mein Einkommen, sofern man das, was ich bekam, als solches bezeichnen konnte, reichte nicht einmal für das Nötigste. Ich musste mir einen weiteren Job suchen, den ich ausführen konnte ohne meine Tochter zu vernachlässigen. Ich begann in Teilzeit zu arbeiten, an der Tankstelle im Ort, besser als gar nichts und ich erhoffte mir, dass es nun wieder besser werden würde. Ein Freund öffnete mir schließlich die Augen. Ich wäre niemals darauf gekommen, dass mein Freund der Spielsucht verfallen war. Selbst als ich es erfuhr, konnte ich es einfach nicht glauben. Natürlich stellte ich jetzt vorsichtige Fragen, ich hatte immer noch Angst davor, für alles und jedes geschlagen zu werden. Andy stritt erst einmal alles ab. Und das Gegenteil beweisen konnte ich ihm nicht. Noch nicht. Mein Bruder bot mir eines Tages an, ihm mit seinem Wagen hinterher zu fahren. Ich wollte jetzt wissen, woran ich war und stimmte zu. Wir fanden dann auch unseren Wagen vor einer Spielhalle geparkt vor. Gut, nun wusste ich, dass dieser Freund nicht gelogen hatte, aber was nutzte das? Ich konnte ihn nicht vom Spielen abhalten, hätte nicht einmal gewusst, wie ich anfangen sollte. Zu tief saß die Angst vor Schlägen und vor Misshandlungen, wenn ich nicht einfach das tat, was man von mir verlangte. Nie etwas sagen, niemals Widerworte geben, versuchen, allen und allem gerecht zu werden. Diese Einstellung prägte mein Leben und sie prägte es lange. Irgendwann in dieser Zeit erfuhr ich dann auch durch Zufall, dass Andy arbeitslos geworden war. Gesagt hatte er es mir nicht, wozu auch? Und wenn nicht die Post vom Arbeitsamt statt zu seinen Eltern zu uns nach Hause gekommen wäre, hätte ich es vermutlich noch lange nicht mitbekommen. Er ging jeden Tag wie immer aus dem Haus, was er den ganzen Tag machte, wusste ich nicht, wahrscheinlich spielte er und verspielte das bisschen Geld, das er noch hatte. Mein Vertrauen zu jedem Menschen war damals - wie ich glaubte, für immer - gestorben. Drei lange Jahre dauerte es, bis mein Lebensgefährte - sofern das Wort noch zutreffend war - endlich wieder Arbeit fand. Der Schuldenberg war zwar im Laufe der Zeit immer größer und unüberschaubarer geworden, aber ich konnte wenigstens immer ein wenig zahlen, so dass er nicht mehr so schnell wie vorher anwuchs. Mein Leben war eintönig, leisten konnten wir, konnte ich mir ja nichts. Jeder Tag war wie der vorangegangene und ich wusste, dass der folgende Tag ebenso werden würde. Treffen mit Freunden war nicht möglich, es fehlte dafür das Geld und durch meine Ängste, waren es ja auch nicht mehr so viele. Ich war nur für meine Familie da. Besonders für meine Tochter und natürlich auch für meinen Freund, ich selbst hatte keine Ansprüche und durfte auch keine haben. Der Kontakt zu meinen Eltern war in diesen Jahren auf ein Minimum reduziert worden, was zwei Gründe hatte: erstens wusste ich wirklich nicht mehr, was ich dort noch sollte und zweitens nahm Andy bei den sehr seltenen Besuchen die Gelegenheit wahr, sich genauso volllaufen zu lassen wie meine Eltern. Mal ehrlich, warum sollte ich mir das öfter als unbedingt nötig antun? Der einzige wirkliche Lichtblick in dieser Zeit war Carolin. Obwohl sie noch immer heftig kränkelte und auch oft ärztlich betreut werden musste, war sie ein lebhaftes Kind. Sie lernte schnell und schien recht begabt zu sein. So klein sie auch war und so sehr ich sie auch behüten musste, gab sie mir doch enormen Halt, wenn ich nicht mehr wusste, wie es weitergehen sollte. Damit ich überhaupt einmal etwas anderes zu sehen bekam als unsere Wohnung, arbeitete ich zusätzlich ein paar Stunden wöchentlich in einem Supermarkt. Nachts in der Tankstelle und tagsüber ein paar Stunden im Supermarkt, während meine Tochter im Kindergarten war. Ich räumte dort für fünf Mark und fünfzig Pfennige, die Stunde, Regale ein. Wegen des Geldes machte ich diese Arbeit wahrlich nicht. Manchmal half ich auch am Fleischtresen aus, dass hatte den Vorteil, dass ich auch mal mit anderen Menschen in Kontakt kam. Als Feinmechanikerin eine Anstellung zu finden, war in der Gegend, in der ich wohnte, vollkommen aussichtslos und ich wollte und konnte nicht in eine Großstadt ziehen, wo ich vielleicht andere Möglichkeiten gehabt hätte. Aber wie hätte ich den Umzug bezahlen sollen, selbst wenn ich den Wunsch gehabt hätte, mich räumlich zu verändern? So blieb alles beim Alten. Zudem musste ich mich um alles kümmern, Andy ging arbeiten, kam nach Hause und wollte bedient werden. Ich hatte das Gefühl, dass er, selbst wenn er anwesend war, nie richtig `da´ war. Langsam wurde das Leben wieder ungemütlicher, die Tatsache, dass wir ja von seinem Einkommen nichts hatten, weil er alles für sich allein verbrauchte, spielte dabei keine Rolle. Auf die Gefahr, mich zu wiederholen - ich hatte nicht die Kraft und die Möglichkeit, diese Zustände zu ändern. Das Leben - was mich betraf - war einfach nur beschissen. Im sechsten Jahr unserer Beziehung wurde ich schwanger und das zu einem Zeitpunkt, der ungünstiger nicht sein konnte. Ich war damals dreiundzwanzig Jahre alt, Carolin war sechs und damit aus dem Gröbsten `raus, zudem war sie nicht mehr so oft krank wie in früheren Jahren und ich hatte die Absicht, mich selbstständig zu machen und einen Gemüseladen zu eröffnen. Wegen des dafür notwendigen Gesundheitspasses waren einige ärztliche Untersuchungen erforderlich. Wenn ich nun sowieso schon beim Arzt war, konnte ich mir auch für alle Fälle erneut die Pille verschreiben lassen. Es wäre dumm gewesen, wenn ich wegen einer erneuten Schwangerschaft gleich wieder arbeitsmäßig ausgefallen wäre. Und dass viel

Arbeit auf mich wartete, wusste ich. Als ich zu einer entsprechenden Routineuntersuchung beim Arzt war, stellte dieser fest, dass sich die Frage nach der Pille erübrigt hatte. Ich war bereits schwanger... Wie sollte ich mich entscheiden? Ich entschied mich für das Kind. Denn Abtreibung? Ich weiß nicht, es ist ein Lebewesen. Ohne über die weiteren Konsequenzen nachzudenken, gab ich die Schlüssel für die bereits angemieteten Gewerberäume wieder ab und hatte Glück, dass der Vermieter die Verträge stillschweigend und ohne weitere Kosten für mich stornierte, weil er einsah, dass man ein Geschäft nicht eröffnen konnte, wenn man schwanger war und etwas später ein Baby zu versorgen haben würde. Bis zur Geburt und kurz danach verlief mein Leben so eintönig wie zuvor. Aber danach änderte sich einiges. Wie bei mir zu erwarten, keineswegs zum Positiven. Andy und ich stritten uns nur noch. Ein vernünftiges Zusammenleben war kaum noch möglich. Auf einmal war sein neugeborener Sohn sein ganzer Stolz und meine Tochter war lediglich ein lästiges Familienmitglied. Während er seinen Sohn - wir nannten ihn Paul - verwöhnte, wo immer es ging, blieb für uns weiterhin nichts von seinem Geld übrig und ich musste sehen, wie ich mit meiner Tochter zurechtkam. Dazu kam der Umstand, dass seine Eltern ständig bei uns zu Gast waren. Selbst an den Wochenenden hatten wir keine ruhige Minute. Und für seine Eltern war Paul ja `sein´ Kind, ich hatte nichts zu melden. Sagen konnte und wollte ich nichts, ich hatte wie üblich Angst vor den Konsequenzen. Auch, wenn ich die gesamte Miete zahlen musste, lief der Mietvertrag doch auf Andy´s Namen und ich hatte die Befürchtung, dass er mich, wenn ich mich gegen die ständige Bevormundung durch seine Eltern auflehnen würde, einfach aus der Wohnung werfen würde. Es war wie immer: ich dachte einfach zu kurz. Denn wenn ich ohnehin schon die Miete zahlte, hätte ich mir doch auch gleich eine eigene Wohnung nehmen können und den Kindesvater zum Unterhalt von seinem Sohn verpflichten können. Heute weiß ich das alles, aber damals? Wenn seine Eltern da waren, und das war ja ständig der Fall, trank er zusammen mit seinem Stiefvater bis zum

Abwinken. Da ich inzwischen zu Genüge wusste, wie sich Männer unter Alkoholeinfluss verhalten, zog ich mich dann vollends zurück. Es nutze aber nicht viel. Andy begann, mich zu schlagen. Nein, diese Aussage ist nicht ganz richtig, er begann vielmehr, mich öfter zu schlagen. Prügel hatte ich auch schon früher von ihm bekommen. Zwar schlug er mich nicht auf diese Weise, wie mein Stiefvater es getan hatte, aber Schläge sind Schläge und sensibilisiert war ich ohnehin. Aber ich empfand diesen Zustand auch als völlig normal. Vielleicht lag es daran, dass ich keine Frau kannte, die nicht geschlagen wurde und da ich bisher auch noch keinen Mann kennen gelernt hatte, der seinen Anweisungen mir gegenüber nicht mit körperlicher Gewalt Nachdruck verliehen hätte, machte ich mir darüber keine weiteren Gedanken. Irgendwann lief das Fass über. Ich hatte die Schnauze voll! Eine Freundin informierte mich, dass mein Freund sich des Öfteren mit meiner jüngeren Schwester Lisa traf, meist in der Spielhalle, in der er häufig zu Gast war und die beiden sich küssten und befummelten, wie sie sich ausdrückte. Ich schloss die Wohnungstür von innen ab und ließ den Schlüssel stecken, sollte er doch sehen, wie er `reinkam oder wo er über Nacht blieb. Aber als er dann doch nach Hause kam, klingelte er erst Sturm, dann begann er, so heftig gegen die Tür zu schlagen, dass ich dachte, er würde sie einschlagen. In meiner Not rief ich zuerst meinen Bruder und dann die Polizei an. Mein Bruder kam als erster und hielt meinen Lebensgefährten so lange zurück, bis die Polizei eintraf und ihn mitnahm. Dieses Mal hatte ich eine richtig gute Idee: ich griff mir meine Kontoauszüge, die belegten, dass ich für die Wohnung die Miete zahlte und ging gleich am nächsten Tag damit zum Vermieter, wo ich die ganze Situation schilderte. Mein Plan hatte Erfolg: weil ich nachweisen konnte, dass ich für den Mietzins aufkam und wegen der Tatsache, dass ich zwei Kinder hatte, wurde mir die Wohnung zugesprochen. Andy, von dieser Minute an mein Ex-Freund, hatte nun kein Wohnrecht mehr dort. Ich hätte nun erleichtert sein können, aber ich war es nicht. Im Gegenteil. Ich fühlte mich elend. Er hing nun ständig bei meiner Schwester, die bei meiner

Mutter und Wolfram, meinem Ex-Stiefvater und ihrem Vater, im selben Miethaus wohnte, herum und ich ging dort nie hin, weil das einzige Freizeitvergnügen, das sie kannten, darin bestand, sich kontinuierlich zu besaufen. Anscheinend hatte ich eine unerklärliche Affinität zu saufenden, prügelnden Männern. Oder sie zu mir. Vielleicht, weil ich so `pflegeleicht´ war. Ich weiß den Grund nicht mehr, der mich dazu bewog, eines Tages doch dorthin zu gehen. Ich weiß nur, dass ich Andy seinen Sohn bringen wollte, weil er einen Spaziergang mit ihm geplant hatte. Da es sich auch um sein Kind handelte, war ich verpflichtet, ihm den Umgang mit Paul entsprechend den Amtsvorgaben zu ermöglichen. Zum Glück nicht ganz so oft, wie er es gerne gehabt hätte. Da er ihn ja nie abholte, wäre ich dann dauernd `auf Achse´ gewesen. Sein Interesse an dem Kind hatte seit seinem Auszug zwar schlagartig nachgelassen, aber gelegentlich, wenn es ihm gerade passte, kümmerte er sich doch mal um ihn und dann hatte ich ihn halt zu bringen. Basta! Ich klingelte und als er mir die Tür öffnete, stand meine Schwester neben ihm. Beide waren nur mit Unterwäsche bekleidet. Das sagte mir alles. Ich ließ Paul bei seinem Vater, sagte ihm, dass ich ihn in zwei Stunden wieder abholen würde, dann drehte ich mich schweigend um und ging. Ein weiteres großes Problem war, dass keiner der Väter Unterhalt für sein Kind zahlte. Für mich tat das Jugendamt gar nichts, sie zahlten nur über den gesetzlich vorgeschriebenen Zeitraum einen Vorschuss auf den mir zustehenden Unterhalt und das Geld, einen Anwalt zu bezahlen, damit er meine Interessen gegenüber den beiden Männern vertrat, hatte ich natürlich nicht. Dass ich Prozesskostenhilfe hätte beantragen können, wusste ich nicht. Überhaupt tat das Jugendamt verdammt wenig. Wenn ich richtig informiert bin, ist der Stand der Dinge bis heute, dass zwar gegen beide Väter pfändbare Titel über den Unterhalt bis auf Widerruf erwirkt wurden, die aber mangels Masse nicht vollstreckt werden können. Jeder Pfändungsversuch kostet aber erst einmal Geld, das ich vorstrecken muss und da der Ausgang der Pfändungs-bemühungen ungewiss ist, kann ich mir derartige Ausgaben einfach nicht leisten. Beugehaft? Vergessen Sie`s! Auch da muss ich erst einmal die Kosten für jeden Tag der Unterbringung in einer Justizvollzugsanstalt aus eigener Tasche bezahlen. Wieder einmal stand ein Umzug an. Wenigstens zog ich nicht weit weg, nur etwas tiefer. Im selben Haus, in dem ich wohnte, war eine Wohnung im Erdgeschoss freigeworden, eine geräumige Drei-Zimmer-Wohnung, in die ich nun einzog. Mein Bruder und seine Kumpel hatten die Aufgabe, meine Möbel von der einen Wohnung in die andere zu tragen, eine Aufgabe, die sie mit Bravour meisterten. Was neu war, war die Wohnung. Was alt war, waren die Schulden. Ich konnte nur ein finanzielles Loch stopfen, in dem ich ein anderes aufriss. So ging es also nicht weiter. Ich schaffte es, einen Kredit aufzunehmen, ich habe ja gearbeitet. Natürlich keinen großen, den hätte ich ja auch nicht abbezahlen können, aber auch mit diesem kleinen Kredit wurde es nicht viel besser. Die Fixkosten waren mit zwei Kindern höher als mit einem, ist ja klar. Dazu kam, dass ich in der Gegend, in der ich wohnte, auf ein Auto angewiesen war, besonders mit zwei Kindern, eins davon noch ein Kleinkind. Hilfe konnte ich von niemandem erwarten. Ich kannte keinen richtig, die, die ich kannte, kamen mit ihrem Leben selbst nicht zurecht und mich an meine Eltern zu wenden, hatte ebenfalls keinen Sinn. Die hätten es höchstens verstanden, wenn ich mich darüber beklagt hätte, dass kein Alkohol im Haus war. Ich konnte nicht mehr klar denken, hatte nur noch das Gefühl, mein Leben wäre vollkommen sinnlos, so, wie es jetzt war. Was erwartete mich noch? Neue Schulden, Gerichtsvollzieher, vielleicht der Verlust der Wohnung, ins Obdachlosenasyl mit zwei Kindern, die mir dann ja auch vom Jugendamt weggenommen werden und im Heim landen würden? Es käme der Moment, an dem mein geringes Einkommen gepfändet werden sollte. Das wäre das Ende gewesen. Der Zeitpunkt zum Handeln war ausgesprochen günstig. Schon seit einiger Zeit lebte ich mit meinen Kindern vollkommen alleine, fast isoliert. Meine Tante war mit Carolin spazieren gegangen, Paul lag wegen einer schweren Lungen-entzündung im Krankenhaus und musste intravenös ernährt werden, weil er jede Nahrungsaufnahme verweigerte, ich wusste nicht, wann man ihn wieder entlassen würde. Alles passte in diesem Augenblick. Tabletten hatte ich genügend, ich wusste nicht mehr weiter, was lag also näher, als sich stillschweigend aus diesem Leben zu verabschieden? Was man Leben ja nicht nennen konnte. Ich schluckte alles, was ich hatte und hoffte, dass die Wirkung schnell einsetzen würde. Aber ich hatte wieder mal eine Kleinigkeit übersehen. Mein Bruder kam des Öfteren zu Besuch, weil wir Schreiben an die diversen Ämter immer gemeinsam aufsetzten. Für Anträge war ich nämlich ebenfalls in meiner `Familie´ zuständig, zumindest was das Ausfüllen anging. Niemand von meinen Angehörigen ist in der Lage gewesen, auch nur einen einfachen Antrag auf Wohngeld auszufüllen. Das machte ich sogar noch bis vor ein paar Jahren, dann weigerte ich mich. Wer heute ihre Anträge auf alles Mögliche ausfüllt, ist mir, ehrlich gesagt, scheißegal! Hannes mein Bruder war der Einzige, der von meiner Wohnung noch einen Schlüssel hatte. So musste er nicht jedes Mal klingeln und konnte auf mich warten, wenn ich mal nicht da war. Er kam also überraschend, um nach mir zu sehen und fand mich im Badezimmer bewusstlos vor der Badewanne liegend. Immerhin erkannte er die Brisanz der Situation. Wenn er Notarzt und Polizei informierte, würde mein Suizidversuch aktenkundig werden, im Krankenhaus würde man mir eine Therapie verordnen und das Jugendamt würde mir mit Sicherheit die Kinder wegnehmen. Für seine spontane Entscheidung, die Sache selbst in die Hand zu nehmen, bin ich ihm noch nachträglich dankbar. Er bemühte sich, mich wieder zu Bewusstsein zu bringen und gab mir Salzlösung zu trinken, bis ich mich erbrach. Wahrscheinlich hätte es mit diesem Suizidversuch ohnehin nicht geklappt, denn sonst hätte er es nicht geschafft, mich alleine und ohne fremde Hilfe wieder auf die Beine zu bringen. Ich kam wieder völlig zu mir. Natürlich wollte Hannes wissen, warum ich das gemacht hatte und ich nutzte die Gelegenheit, mich einmal richtig auszusprechen. Sonst hatte ich mit niemandem über meine Probleme geredet, es hätte mich doch niemand verstanden, sofern mir überhaupt jemand zugehört hätte. Aber mehr als zuhören konnte auch er nicht. Hilfe war auch von ihm nicht zu erwarten, er kam auch gerade so über die Runden. Irgendwann erfuhr ich, dass es eine Schuldnerberatung gibt. Ich kümmerte mich intensiv darum, einen der raren Termine dort zu bekommen und schaffte es tatsächlich, dass ich dort vorstellig werden konnte. Natürlich setzte ich alle meine Hoffnungen in dieses Gespräch, aber es wurde eine herbe Enttäuschung. Der `Berater´ blickte bei meinen ganzen Zahlungsverpflichtungen nebst Zinsen und Zinseszinsen nicht einmal annähernd durch. Er meinte lediglich, dass mir bei meinem geringen Einkommen mit zwei Kindern ja eigentlich nicht viel passieren könnte, ob ich nun zahlte oder nicht. Aber wenn ich zahlte, entsprechend meinen Möglichkeiten, würde ich irgendwann, eines fernen Tages, mal wieder schuldenfrei sein. Pfänden könne man bei mir eh nichts und ich müsse lediglich aufpassen, dass ich nicht in Erzwingungshaft käme, weil man mir dann die Kinder wegnehmen würde. Heute weiß ich natürlich, dass ich an einen Vollidioten geraten war, der von der Materie so viel Ahnung hatte wie eine Kuh vom Seiltanzen, aber damals ängstigten mich seine Erklärungen furchtbar. Wenn ich daran zurückdenke, wünsche ich mir, die Zeit zurückdrehen zu können, dann hätte ich damals schon vieles anders machen können. Aber das ist ein Wunschdenken und ein Gedanke, der nicht lohnt, weitergedacht zu werden. Sinnvoller ist es, sich auf die Zukunft zu konzentrieren und die Vergangenheit hinzunehmen, wie sie war. Das Einzige, was ich mir wirklich von Herzen wünsche ist, dass meine Kinder nicht die gleichen Erfahrungen wie ich durchmachen müssen. Auf Anraten einer Behörde, ich weiß heute nicht mehr, wer mir bei welcher Gelegenheit diesen Rat gab, gab ich eine Eidesstattliche Versicherung ab. Danach zahlte ich meine Verbindlichkeiten, so gut ich konnte. Zu meinem eigenen Erstaunen war ich nach drei Jahren, also nach Ablauf der EV, mit den Abzahlungen fertig, ich muss dazu sagen, diese drei Jahre waren die sparsamsten, jeden Pfennig überlegte ich mir zweimal, bevor ich mir ein Paar Socken kaufte, bekamen die

Kinder neue Kleidung, wenn es gebraucht wurde. Ich trug meine Socken nur noch, wenn ich vor die Tür musste, zu Hause immer barfuß, so konnten sie nicht kaputt gehen. Kleidung hatte ich für außer Haus, zwei Jeans und ein paar wenige Oberteile, die bekam ich geschenkt, zu Hause nur Jogginganzug. Langsam kam ich mit meinem Leben wieder klar. Und irgendwie schaffte ich es, von meinem Arbeitslosengeld, von dem bisschen Wohngeld und von dem, was ich mir nebenbei noch als Stundenkraft im Einzelhandel und in der Tankstelle an zwei Nächten in der Woche verdiente, mich und die beiden Kinder über die Runden zu bringen. Ich konnte nun auch wieder etwas sparen und gelegentlich an mich denken. Zu aller erst erschien es mir wichtig, den längst aus meinen Gedanken verbannten Führerschein zu machen. Ich schaffte ihn - trotz den Unkenrufen der anderen, dass ich das niemals schaffen würde, innerhalb von 14 Tagen in einer Ferienfahrschule. Ich lernte, bis mir der Schädel brummte, aber ich wollte es allen anderen beweisen: was ich mir vornehme, schaffe ich auch! Einige Zeit später lernte ich erneut einen Mann kennen. Der Wohnblock, in dem ich zu dieser Zeit lebte, wurde gerade saniert. Der Mann, der mein zukünftiges Leben in erheblichem Maß mitbestimmen sollte, war einer der Bauarbeiter. Wir hatten oft Blickkontakt miteinander und lächelten uns an, wenn ich mit den beiden Kindern draußen war. Irgendwann ergab sich dann zwangsläufig ein belangloses Gespräch. Doch dabei blieb es nicht lange. Nach kurzer Zeit unternahmen wir gemeinsam mit den Kindern am Wochenende kleine Ausflüge. Mehr nicht. Hatten wir das nicht schon mal? Genau, so hatte es mit meinem `Verflossenen´ auch begonnen! Zunächst war bei all diesen kleinen Unternehmungen mein Bruder mit dabei. Es erschien mir sicherer. Ich traute zu dieser Zeit wieder einmal - und dieses Mal war ich der Meinung, dass sich das nie wieder ändern würde - keinem Menschen und schon gar nicht einem Mann. Für mich war damals klar, dass jeder mir nur Böses wollte. Ich drehte mich sogar weg, wenn ich mal auf der Straße angesprochen wurde. Trotzdem gab mir diese vorerst noch lose Freundschaft neue Kraft und neuen Auftrieb. Ich blühte etwas auf. Es war das erste Mal seit langer Zeit, dass ich wieder unter andere Menschen kam, sonst hatte ich die Wohnung nur verlassen, um mit den Kleinen spazieren zu gehen, zum Spielplatz, wo sie sich austoben konnten oder zum Einkaufen und zur Arbeit. Soziale Kontakte hatte ich gar nicht mehr und ich wollte auch keine. Wenn Carolin und Paul schliefen, schaute ich fern oder machte die angefallene Hausarbeit. Ich war einsam, aber es störte mich nicht. Oder nur manchmal. Aber mit der Zeit fasste ich immer mehr Vertrauen zu diesem neuen Gefährten, vielleicht brachte es einfach die Zeit so mit sich, vielleicht auch darum, weil er vierzehn Jahre älter als ich war und damit auch viel reifer und erfahrener. Außerdem hatte ich nun des Öfteren Angst vor dem Alleinsein. Auch mit den Kindern war ich ja als Frau immer noch allein, ein Zustand, den ich nicht länger ertrug und auch nicht mehr ertragen wollte. Inzwischen waren meine Anforderungen an das andere Geschlecht auf ein Minimum gesunken und Olaf erfüllte alle meine Anforderungen. Alle beide. Er trank nicht und er schlug mich nicht. Zumindest trank er nicht in meiner Gegenwart und das war schon viel wert. Mehr verlangte ich damals nicht vom Leben. Manches Mal brachte er mich sogar zum Lachen. Was wollte ich eigentlich mehr? Der einzige Wermutstropfen war, dass seine Mutter vehement gegen unsere Verbindung war. Sie machte auch keinen Hehl aus ihrer Abneigung gegen mich. Vor allem war sie der Meinung, ich wäre viel zu jung für ihren Sohn und er solle sich doch besser eine Frau in seiner Altersgruppe suchen. Aber er hielt unbeirrt zu mir. Es war die Zeit, in der ich glaubte, glücklich zu sein. Oder zumindest, es zu werden. Die Ansätze dazu waren zweifelsfrei vorhanden. Wir waren nun schon einige Monate zusammen und mein Leben schien wieder einen Sinn bekommen zu haben. Mit fünfundzwanzig Jahren wurde ich zum dritten Mal schwanger. Aber dieses Mal war es irgendwie anders. Es war ja keine Schwangerschaft, die mich belastete. Sicher, es hätte nicht unbedingt sein müssen, aber wir beide freuten uns trotzdem auf das gemeinsame Kind. Dass ich dann drei Kinder haben würde, belastete mich nicht sehr. Im

Gegensatz zu anderen Frauen meiner Altersgruppe war ich so wieso anders und ich machte auch die Hausarbeit gerne, dafür ging ich weniger gerne auf Partys und andere abendliche Aktivitäten und auch nicht gern am Wochenende zum Tanzen oder in die Disco. Diese Einstellung ist mir bis heute geblieben.

Olaf s Mutter war zwar immer noch ein richtiger Störfaktor, sie rief ständig an und bestellte ihn unter irgendeinem Vorwand zu sich oder versuchte, uns auf andere Arten auseinander zu bringen, aber mein Freund ließ sich trotz allem nicht beirren. Im Gegenteil. Wir beschlossen, zu heiraten, noch bevor das Kind auf die Welt gekommen war. Zwar kannten wir uns damals erst rund sechs Monate, aber warum sollte sich durch die Heirat etwas in unserer Beziehung ändern? Sie war gut und sie würde gut bleiben. Wahrscheinlich sogar besser werden. Heute weiß ich, dass eine Heirat nach einer so kurzen Zeit manchmal ein Fehler sein kann. Als wir gemeinsam die Einladungskarten zu den Gästen brachten, gingen wir natürlich auch bei meiner zukünftigen Schwiegermutter vorbei. Bis zu diesem Zeitpunkt hatten wir uns grundsätzlich nicht mit den Vor- sondern immer mit den Nachnamen angesprochen und geduzt hatten wir uns ebenfalls nicht. Ich erinnere mich noch gut daran, was sie sagte, als wir die Einladung überreichten: "Da ich es ja sowieso nicht ändern kann..., dann können wir auch `du´ zueinander sagen." Die Hochzeit selbst war nichts Besonderes, Standard halt. Und wenn ich es heute recht bedenke, waren es eigentlich zwei Umstände, die uns dazu bewegten, zu heiraten: die Tatsache, dass ich schwanger war und der Umstand, dass wir in eine günstigere Steuerklasse kamen. Von meiner Seite aus kam noch die ständige Angst vor dem Alleine sein dazu. Schon gut, Sie können es auch verfrühte Torschlusspanik nennen, wahrscheinlich war es wirklich nichts anderes als das. Nicht viel, um einen neuen Lebensabschnitt wirklich glücklich zu beginnen. Aber auch andere eheliche Gebilde waren schon auf diesem Fundament errichtet worden und hatten länger als erwartet, manchmal sogar ein Leben lang, gehalten. Ich würde ja dann etwas haben, was ich mir so sehr gewünscht hatte: eine Familie.

Eine richtige Familie. Mein zukünftiger Mann mochte meine Kinder, freute sich gemeinsam mit mir auf seins, trank kaum Alkohol, schlug mich nicht... konnte ich vom Leben noch mehr erwarten? Kaum. Es war eine Wendung zum Besseren, wie ich sie nicht zu erhoffen gewagt hatte. Als ich im siebenten Monat schwanger war, ich war zu dieser Zeit bereits verheiratet, starb meine geliebte Oma, an der ich sehr hing. Sie hatte Krebs und starb daher nicht gerade unerwartet, aber überraschend. Sie war für mich da gewesen, wenn ich sie brauchte, als ich ein Kind und eine Heranwachsende gewesen war, diejenige, die mir die Brote für die Schule machte, der ich manchmal im Garten helfen durfte, eine Arbeit, die ich sehr gerne tat und später war sie oft diejenige, die mich in den Arm nahm, wenn ich Sorgen hatte, die mich tröstete, wenn es mir schlecht ging. Und das war ja ziemlich oft der Fall. Aber - ich erwähnte es schon an anderer Stelle - alles erzählte ich ihr auch nicht. Sie kannte das Leben, hatte selbst acht Kinder großgezogen und selbst praktisch nichts von ihrem Leben gehabt. Ich erinnere mich auch daran, dass sie mich eines Tages - ich weiß aber nicht mehr, wann das war - weinend in den Arm nahm. "Kind, was du alleine schaffen kannst, dass schaff auch alleine! Eins kannst du dir merken: wenn man wirklich jemanden braucht, ist nie jemand da! Und schau immer nach vorne, niemals zurück!" Sicher, es waren Binsenweisheiten, aber sie richteten mich auf, wenn ich mir ihre Worte ins Gedächtnis zurückrief. Nicht immer, aber oft. Noch ein anderer ihrer Binsenweisheiten ist mir in Erinnerung geblieben, ein Spruch, den vermutlich jeder kennt: "Wenn du denkst, es geht nicht mehr, kommt von irgendwo ein Lichtlein her und dass Du es noch einmal zwingst und von Sonnenschein und Freude singst. Leichter trägt des Alltags Last- und wieder Kraft und Mut und Glauben hast." Sie freute sich auch, dass ich trotz der Widrigkeiten, die ich selbst zu ertragen hatte, für sie da war, als sie nicht mehr so konnte wie sie wollte und alters- und krankheitsbedingt immer mehr verfiel. Hier möchte ich einfach mal etwas abschweifen und mich meinen Erinnerungen hingeben. Ich mochte besonders die Umgebung, in der meine

Großeltern wohnten, Großvater hatte allerlei Tiere, Schweine, Hühner, Hasen, Enten und Hunde und er schlachtete noch selbst - natürlich die Hunde ausgenommen - und wurstete auch selbst. Ich aß sehr gerne bei ihnen zu Abend, denn abgesehen von der Tatsache, dass es dort praktisch immer dick belegte Brote gab, schmeckte die Wurst auch noch ausgezeichnet. Auch wenn Erdbeerzeit war, half ich ihnen beim Erdbeeren pflücken und ganz besonders beim Erdbeeren essen. Als Kind fühlte ich mich dort ausgesprochen wohl, was auch der Fall gewesen wäre, wenn meine Großeltern etwas weniger nett und fürsorglich gewesen wären. Nach Hause wollte ich nie, wenn ich bei ihnen war - wen wundert`s? Aber seit der Geburt meines ersten Kindes war der Kontakt etwas weniger intensiv geworden, teils, weil Oma wegen der Krankheit meines Opas viel um die Ohren hatte, teils auch, weil ich ja mit meinem oft kranken Kind selbst bis an den Rand der Erschöpfung gefordert war. Da blieb uns beiden nicht viel Zeit, um zwischendurch noch familiäre Bindungen aufrecht zu erhalten. Aber sooft es ging, war ich bei meiner Oma, ich pflegte sie, wenn sie krank war, brachte ihr Dinge vom Einkaufen mit usw. ..., einfach ein Stück Liebe geben, die sie mir als Kind gaben. Kurz vor meiner Hochzeit hatte sie mich in einer ruhigen Minute zur Seite genommen und gemeint, dass es ein Fehler wäre, Olaf zu heiraten. Sie begründete ihre Meinung nicht. Und ich wollte ihr einfach nicht glauben. Und nun war sie tot! Sie fehlt mir bis heute und vor allem bedauere ich, damals nicht auf sie gehört zu haben. Sie musste erkannt haben, dass Liebe in unserer Beziehung keine wirkliche Rolle spielte. Aber vielleicht wäre auch alles anders gekommen, wenn ich mir über meine Gefühle für Olaf im Klaren gewesen wäre. Schon mit einem einfachen Ehevertrag wäre sicherlich einiges anders gelaufen. Bei diesem einen Todesfall sollte es nicht bleiben und es traf wieder einen Menschen, den ich sehr gern hatte. In einem Alter, in dem andere Männer in der Blüte ihres Lebens stehen, verstarb auch noch mein Onkel. Auch er war jemand gewesen, bei dem ich zumindest ein offenes Ohr fand, wenn ich es brauchte. Und nun war er nicht mehr da. Er wurde nur 34 Jahre.

Noch heute wünsche ich mir, er wäre noch da - vielleicht ginge es mir dann besser, ich denke sehr oft an ihn und meine Großeltern, sie fehlen auch nach über 20 Jahren immer noch so sehr. Es war ein Verlust, mit dem ich auch nach ein paar Jahren nur schwer zurechtkomme. Aber soviel ich auch daran denke, sie kommen nicht zurück, nicht meinetwegen und nicht aus anderen Gründen und es ist mein Leben, dass es in den Griff zu kriegen gilt. Es war die relative Anhäufung von Todesfällen in meiner Familie, die mich wieder etwas nachdenklich werden ließ. Die nächste Schwangerschaft war ebenso unverhofft wie ungewollt. Unverhofft, weil man erst in der siebzehnten Woche meiner Schwangerschaft feststellte, dass ich wieder schwanger war und ungewollt darum, weil es in meiner Ehe bereits kriselte. Aber das war dieses Mal nicht das Schlimmste, ich war es ja gewohnt. Es gab erst einmal ein anderes Problem, das alle anderen Sorgen und Nöte in den Hintergrund treten ließ. Nach der ersten eingehenden Untersuchung erklärte man mir, dass mein Kind behindert zur Welt kommen würde. Alles, aber nur das nicht! Eine Ehe, die auf der Kippe stand, eine Frau mit siebenundzwanzig Jahren, die bereits drei Kinder hatte, inzwischen war ja Ben, der Sohn von Olaf und mir, bereits auf der Welt, keinen Job durch den Erziehungsurlaub und dann ein viertes, behindertes Kind! Gegen mich war Hiob ein reiner Glückspilz! Ich hatte diese erneute Schwangerschaft absolut nicht bemerkt, meine Periode war ohnehin sehr unregelmäßig und ich hatte nicht einmal die Gelegenheit gehabt, zu verhüten, denn ich war ja erst vor kurzem von Ben entbunden worden. Und als ich dann wieder chemisch verhütete, war es längst zu spät - ich war schon wieder in anderen Umständen! Die Behinderung, so wurde mir gesagt, würde geistiger Natur sein, körperlich wären keine Anomalien feststellbar. Die Diagnose lautete Trisomie18, Trisomie ist das Vorhandensein überzähliger Chromosomen in den Zellkernen, weiter will ich das hier nicht ausführen. Der Grad der zu erwartenden Behinderung ist wegen der verschiedenen Ausprägung und der nicht vollkommen spezifischen Grundsymptomatik auch nicht einmal annähernd vorherzusagen. Also waren auch die Aussagen der Ärzte mehr als wage. Aber ich sollte für alle Fälle noch eine Fruchtwasseruntersuchung machen lassen. Ich hatte Angst und war während der gesamten Untersuchung in Tränen aufgelöst. Während ich auf das Untersuchungsergebnis der Fruchtwasseruntersuchung wartete, baute ich rapide ab. Ich war körperlich und seelisch nur noch ein Wrack, konnte keine Nacht schlafen, musste aber `funktionieren´. Da war es wieder, dieses Wort. *Funktionieren.* Ich hatte mich selbst darauf reduziert, nicht viel mehr als eine Maschine zu sein. Ich hatte zwar die Verantwortung für meine drei Kinder, aber ich hätte sie nicht allein tragen müssen. Trotzdem tat ich es. Ich weinte, wenn ich alleine war, war vollkommen verzweifelt und lediglich eine Nachbarin spendete mir sporadisch Trost. Aber die Entscheidung lag bei mir allein, Hilfe - besonders von meinem Mann - hatte ich nicht zu erwarten. Irgendwann stand das Ergebnis meiner Überlegungen fest: sollte sich herausstellen, dass das Kind definitiv behindert zur Welt kommen würde, konnte ich es unmöglich bekommen. Nicht in meiner Situation. Ich sprach mit meinem behandelnden Arzt oft und lange darüber und wir kamen überein, dass bei entsprechender Indikation in der einundzwanzigsten Schwangerschaftswoche eine Geburt eingeleitet werden würde. Das Kind wäre dann eine Totgeburt. Aber ich hätte es auch nicht ertragen können, die Geburt auf normale Weise zu erleben. Ich wollte in eine Klinik, wollte, dass ein Kaiserschnitt unter Narkose gemacht wird und das Kind auf diese Weise geholt würde. Es wäre für mich unerträglich gewesen, eine Geburt durchleben zu müssen, bei der ich von vorn herein wusste, dass ich das Kind niemals sehen, niemals großziehen würde. Erst nach vierzehn langen Tagen stand das Ergebnis endgültig fest. Endgültig war nicht das richtige Wort, denn sicher sein konnte ich erst dann, wenn die Geburt erfolgt war, aber es war eine immense Erleichterung, als ich erfuhr, dass aller Wahrscheinlichkeit nach der Schwangerschaft komplikationslos verlaufen und das Kind doch gesund zur Welt kommen würde. Aber dieses vielleicht, dieses kleine bisschen Unsicherheit zerrte an meinen Nerven, die eh schon nicht die besten waren. Nur eine Frau in einer ähnlichen Situation kann nachvollziehen, was ich damals durchmachte. Damals - es ist erst wenige Jahre her! Eine Ehe, die am Zerbrechen war, eine Frau mit vier Kindern - ob nun eins davon behindert oder nicht - worauf konnte das hinauslaufen? Doch nur auf eins: auf das absolute Chaos! Tatsächlich verlief die Schwangerschaft ohne größere Probleme. Es traten zwar jeden Monat erneut Wehen ein, aber die ließen sich mit Wehen Hemmern und gelegentlichen Klinikaufenthalten leicht in den Griff bekommen. Zu dieser Zeit lebten mein Mann und ich bereits in getrennten Bereichen in unserem Haus. Das war es, was das Ganze noch erheblich komplizierter machte: meine Mutter war sehr häufig in dem Haus, in dem wir wohnten, zu Gast, bis sie dann eines Tages einzog, dazu an anderer Stelle mehr. Wie nicht anders zu erwarten, soff meine Mutter noch, Olaf ließ sich von ihr rasch dazu verleiten, ebenfalls mitzutrinken. Nun ist es eine Sache, ob man gelegentlich mal eine oder auch ein paar Flaschen Bier trinkt oder ein Glas Wein oder ob man das Zeug wahl- und sinnlos in sich hineinkippt. Genau das taten sie schließlich. Ich war machtlos dagegen. Wenn ich ehrlich bin, war es mir auch schon völlig egal, ob er nun soff oder nicht. Ich hatte, zumindest was meine Mutter anging, getan, was ich konnte. Meinen Stiefvater vom Saufen abzuhalten, ja auch er war noch im Leben meiner Mutter, wäre erstens vollkommen aussichtslos gewesen und zweitens wäre ich auch niemals auf die Idee gekommen, etwas - und sei es auch nur das Geringste - für ihn zu tun. Ich hatte meine Mutter, als es wirklich zu viel wurde und ich befürchtete, sie würde eines nicht mehr fernen Tages ins Delirium fallen, mithilfe anderer Personen zu einer Alkoholentziehungskur Zwangseinweisen lassen. Aber außer, dass ich jeden Tag die Fahrerei hatte, weil ich sie ja trotz der Kinder und der Schwangerschaft besuchte, wann immer ich konnte, brachte das gar nichts. Sie kam raus und soff weiter. Mehr als zuvor. Meine Mutter und mein Mann hatten absolut kein Problem damit, an einem Tag gemeinsam einen Kasten Bier zu leeren. Soviel also zu diesem Thema. Mein Stiefvater starb 14 Tage vor der Geburt unseres zweiten und meines vierten Kindes. Ich weigerte mich, zu seiner Beerdigung zu gehen und ich gestehe, dass ich auch keine einzige Träne seinetwegen vergoss. Erstens hatte er sich buchstäblich selbst zu Tode gesoffen und zweitens konnte ich nicht vergessen, was er mir angetan hatte, als ich ein Kind war. Es war nicht meine Aufgabe, nun Traurigkeit vorzutäuschen. Heuchelei liegt mir nicht und die Tränen, die ich mir hätte abringen müssen, wären nicht echt, nicht wirkliche Tränen gewesen. Also ließ ich jede Gefühlsregung, was nach Trauer ausgesehen hätte, sein. Was ich tat, war, meine Mutter auf den notwendigen Gängen zu begleiten, um die Formalitäten zu erledigen. Ich organisierte die Beerdigung und die Trauerfeier, ohne mich hätte sie das kaum hinbekommen und mehr wollte, mehr konnte ich nicht tun. Diese vierte Geburt war die schwerste. Meine Tochter lag sehr ungünstig und sie war sehr groß. Das führte dazu, dass sich bei der Entbindung mein gesamtes Becken verschob. Und das bedeutete wiederum, dass ich orthopädische Behandlung benötigte, damit das wieder in Ordnung kam. Verdammt noch mal, konnte denn wirklich gar nichts richtig klappen? Mein jüngstes Kind - Celine - war fünf Monate alt, als wieder etwas Neues kam. Sie glauben doch wohl nicht im Ernst, dass es etwas Angenehmes gewesen wäre? Bei jedem anderen Menschen vielleicht. Aber nicht bei mir! Mittlerweile achtundzwanzig Jahre, fühlte mich aber wie Mitte fünfzig und hatte Schmerzen wie eine neunzigjährige. Seit der Geburt meines vierten Kindes wurde ich meine Unterleibsschmerzen einfach nicht los. Natürlich war ich deshalb beim Arzt und natürlich wurde ich untersucht und ebenso natürlich stellte man keine Veränderungen fest. Was bedeutete, dass ich täglich mehr Schmerztabletten nahm, als mir guttat. Zudem kamen dauernd Blutungen. Der Arzt dachte, dass mit einer Ausschabung alles erledigt wäre, aber weit gefehlt! Statt besser wurde es schlimmer! Ich konnte praktisch nichts mehr tun und erledigen, es sei denn, ich hatte mich bis zur Halskrause mit Tabletten vollgestopft. Das konnte kein Dauerzustand sein! Mein Frauenarzt bestand schließlich auf einer Krebsfrüherkennung (für eine Vorsorgeuntersuchung war ich ja noch zu jung, nach Meinung der Krankenkasse kriegen Frauen ihre Karzinome ja erst ab Mitte 40). Man machte das, was bei einer solchen Untersuchung eben gemacht wird und schickte mich dann wieder nach Hause. Nach etwa zwei Wochen erhielt ich einen Anruf von der Arztpraxis, dass ich mich dringend dort persönlich vorstellen solle. Also fuhr ich hin, ohne zu wissen, was mich erwartete. Es war eine verdammt weite Strecke, über eine Stunde mit dem Auto und je länger die Fahrt dauerte, um so nervöser wurde ich. Als ich in der Praxis drankam, teilte mir der Arzt mit, dass ich Gebärmutterhalskrebs hatte. Zunächst war es der Schock, der mich überhaupt nicht reagieren ließ. Ich begriff einfach nicht, was er mir sagen wollte. Dann kam die Erkenntnis. Heute kann ich nicht mehr sagen, was mir im Einzelnen gesagt wurde, ob man mir etwas erklärte, ob man mir sagte, dass es noch früh genug für eine Operation sei, ob man mir überhaupt etwas sagte oder ob man mich mit der lapidaren Information, dass ich Krebs habe, allein ließ. Es wäre auch egal gewesen, ich hätte wohl kaum etwas von dem, was man mir sagte, verstanden oder wenigstens behalten können, um mich später eingehender zu informieren. Ich war eine achtundzwanzigjährige Frau mit vier kleinen Kindern, hatte de facto keinen Mann, dafür aber Krebs! Scheiße! Wie ich die ganze Strecke zurück wieder nach Hause kam, weiß ich nicht mehr so richtig. Ich fuhr und weinte gleichzeitig. Dabei dachte ich nur an meine Kinder, an nichts anderes. Was würde aus ihnen werden, wenn ich nicht mehr da war? Die Diagnose konnte ich meinem Noch-Ehemann nicht verschweigen. Nicht, dass es ihn sonderlich interessiert hätte. Olaf wandte sich danach nur noch mehr von mir ab, und dem Alkohol zu. Inzwischen wohnte meine Mutter gemeinsam mit uns im Haus, denn so konnte ich ihr Alkoholkonsum etwas unter Kontrolle haben. Sie hatte ihre eigenen Räume, das Haus war groß genug, nur Küche und Bad nutzten wir gemeinsam. Zum Glück war meine Mutter dazu übergegangen, fast ausschließlich Bier zu trinken.

Wenigstens den verdammten Korn, den sie früher bis zum Umfallen getrunken hatte, ließ sie nun weg. Richtig zu trinken begonnen hatte mein Mann erst, als auch meine Mutter bei uns wohnte. Und, wie gesagt, ich hatte nicht die Kraft und auch nicht den Mut, mich dagegen zu stellen, dass er trank. Seit der Diagnose hatte ich ohnehin etwas anderes im Sinn, als mich darum zu kümmern, ob jemand trank oder nicht. Er sprach auch niemals darüber, warum er sich immer mehr von mir abwandte und ich fragte nicht. Später, sehr viel später, erfuhr ich, dass er glaubte, einen Grund gehabt zu haben, sei es nun ein tatsächlicher oder ein vorgeschobener: er hatte Angst, mir weh zu tun. Wie immer das auch gemeint sein konnte. Vielleicht, wenn wir miteinander geredet hätten, früher schon, nicht erst zu der Zeit, als mir nicht nach Reden zumute war, vielleicht hätte man, hätten wir unsere Ehe noch retten können. Er, Olaf, hätte sagen können, was mit ihm los war, über seine Unsicherheit und seine Gefühle sprechen können, ich hätte ihm vielleicht die Angst und die Unsicherheit nehmen und ihm sagen können, das ich ihn dringend brauchte, jetzt und später, seine Geborgenheit, das Gefühl, nicht alleine zu sein, nicht missen wollte. Aber - ich muss auch in einem anderen Punkt ehrlich sein: ich fühlte mich ausgenutzt, ausgenutzt als Putzfrau, Hausfrau und Mutter und vielleicht habe ich selbst diese Rolle zu sehr gelebt. Vielleicht habe ich ihn manches Mal fühlen lassen, dass mir die Kinder, der Haushalt und einiges andere wichtiger war als er. Es ist müßig, darüber nachzudenken, man kann es ja so wieso niemanden wirklich Recht machen. Nach monatelangen Versuchen, die Ehe, oder das, was davon noch übrig war, zu retten und doch immer wieder vor eine Wand zu laufen, gab ich resigniert auf. Jeder, mit dem ich darüber ansatzweise sprach - ich ging immer noch nicht richtig aus mir heraus, wenn mich etwas belastete - riet mir, die Ehe nicht allein wegen der Kinder aufrecht zu erhalten. Es wäre nur ein Hinauszögern der Trennung. Bevor ich an der Situation zerbrach, sollte ich sie lieber grundlegend ändern. Nach außen hin die glückliche, intakte Familie zu spielen und daran zu zerbrechen, hatte keinen Sinn. Nicht einmal wegen der Kinder.

Im Gegenteil, sie wären es, die am meisten unter der Situation zu leiden hätten. Es konnte nur noch eine Frage der Zeit sein, bis auch sie gemerkt hätten, dass etwas nicht stimmte. Es ist vorbei. In die Klinik fuhr ich alleine. Ich hatte mich gegen eine Chemotherapie entschieden und stimmte einer Entfernung der Gebärmutter zu. Mein Mann sagte, er bekäme dafür keinen Urlaub. Als ich wieder aus dem Krankenhaus entlassen war, fragte ich telefonisch bei seinem Chef nach, ob Olaf nun ein paar Tage Urlaub bekommen könnte, der Chef sehr entsetzt, als er erfuhr, dass ich operiert wurde. Denn wir kannten uns sehr gut und duzten uns auch. Olaf hatte gelogen. Er hatte überhaupt nicht danach gefragt. Nach der gut verlaufenen Operation musste ich noch drei lange Wochen im Krankenhaus verbringen, ich fühlte mich leer, kaputt und irgendwie nicht mehr vollständig. Es wäre schön gewesen, wenn ich diese Zeit der relativen Ruhe dazu hätte benutzen können, mich einmal richtig fallen zu lassen, zu entspannen und in Ruhe über alles nachzudenken. Aber das konnte ich nicht. Ich weiß, dass ich dieses Problem mit vielen Frauen teile, die eine derartige Operation hinter sich haben, aber ich war ja auch noch so jung. Noch nicht einmal annähernd dreißig. Was mich ein wenig tröstete, war die Tatsache, dass ich wenigstens schon Kinder hatte. Mehr als meine vier wollte ich sowieso nicht. Das Schlimmste war, dass ich mit niemandem über meine Sorgen reden konnte. Wirklich mit niemandem. Es sei denn, man zählt die innerlichen Selbstgespräche zur Gattung der Dialoge. Trotz aller Widrigkeiten freute ich mich auf mein Zuause. Auf meinen Mann und auf meine Kinder. Auf meine Familie. Doch das Leben innerhalb dieser Familie ging weiter, als ob ich niemals weg gewesen war, niemals operiert worden wäre. Olaf kam nach wie vor von der Arbeit nach Hause, legte sich aufs Sofa und ließ sich so lange mit Bier vollaufen, bis er einschlief. Die Ehe, die nur noch auf dem Papier bestand, war für mich endgültig vorüber. Ich musste einen Schlussstrich ziehen. Es war der Beginn des Jahres 2001 und für mich ebenfalls der Versuch eines Neubeginns. Es gab nichts, was mich noch hielt, abgesehen von meinen Kindern. Ich hatte ein Auto und das Auto war bezahlt. Etwas Geld hatte ich auch zusammengespart. Blieb also nur, die Kinder bestens versorgt zu wissen. Nun ja - bestens... aber gut zumindest. Ich sprach mit meiner Mutter und sie erklärte sich bereit, die Kinder eine Zeit lang zu nehmen. Die Älteste war ja nun schon zwölf und nicht mehr völlig unselbstständig. Zudem machte ich mit meiner Tante aus, dass sie meiner Mutter bei den Kindern etwas zur Hand gehen sollte und da sich zwei Menschen, die ich gut kannte, um sie kümmerten, konnte ich unbesorgt fahren. Mein Ausbruch aus meinen Leben hatte zu Anfang nur einen Grund: ich wollte etwas zur Ruhe kommen und darüber nachdenken, ob und wie meine Ehe noch zu retten war. Ein Fünkchen Hoffnung hatte ich noch. Ich weiß nicht, was mich dazu trieb, mir ausgerechnet in Hamburg einen Job zu suchen. Wahrscheinlich darum, weil Hamburg weit weg war und ich wollte weg einfach nur weg aus dem bisherigen Leben, Hamburg meine Heimat in meinem Herzen. Tatsächlich verbrachte ich die Wochenenden auch gemeinsam mit meiner Familie. Freitags fuhr ich zurück in unser Haus und Sonntagnacht wieder nach Hamburg. Ich hoffte, dass wenigstens eine Wochenendehe funktionieren würde, aber das Gegenteil war der Fall. Kaum kam ich nach Hause, gingen die Streitereien wieder los, als hätten sie niemals aufgehört. Und auch weiterhin war ich, kaum dass ich angekommen war, nur die Putzfrau. Um die Kinder kümmerte ich mich natürlich auch, aber alles zusammengenommen war es eine Belastung, der ich nicht lange gewachsen war. Wir schliefen getrennt, unternahmen nichts Gemeinsames mehr. Wir hatten auch nichts mehr gemeinsam. Als das Ende abzusehen war, erklärte mir mein Mann, dass ich die beiden kleinsten, seine eigenen Kinder also, niemals bekommen würde, dafür würde er auf alle Fälle sorgen. Olaf hatte schon zwei ältere Kinder aus früheren Beziehungen, die er niemals kennen gelernt hatte. Er wollte nicht, dass ich ihm diese Kinder auch noch `wegnahm´. Ich hatte zum Glück einen Job in Hamburg gefunden, einen sehr anstrengenden, der mich forderte und der es mit sich brachte, dass Überstunden anfielen, das hatte ich schon von zu Hause aus alles organisiert so dass die eigentliche Stellensuche vor Ort entfiel und ich war froh gewesen, dass alles so gut geklappt hatte. Während der ersten zwei Monate, die ich alleine in Hamburg verbrachte, hatte ich zwar nur ein möbliertes Zimmer, aber es war wenigstens nicht allzu teuer und so sparte ich doch etwas Geld. Inzwischen hatte ich eine Wohnung von rund fünfzig Quadratmetern, dafür aber keinerlei Aussicht auf einen Kindergartenplatz, was bedeutete, dass zumindest Carolin und Paul zunächst einmal bei meiner Mutter und meiner Tante bleiben mussten. Deshalb sprach das Familiengericht in Übereinstimmung mit dem Jugendamt die beiden Kleinen - Ben und Celine - auch meinem Ex-Mann unter Vorbehalt zu. Unter anderen Umständen bezweifle ich, dass er sie bekommen hätte. Die beiden Großen blieben bei mir, beziehungsweise ich behielt das Sorgerecht. Mit denen hatte mein Ex ja nichts zu schaffen, er war ja nicht der Erzeuger. Es war eine Tortur, bis ich alle Behördengänge und Anwaltstermine erledigt hatte, aber es hatte sich wenigstens gelohnt. Nach sechs Monaten in Hamburg bekam ich dann endlich eine größere Wohnung, nämlich die mit den fünfzig Quadratmetern und einen Job von elf bis siebzehn Uhr. Somit konnte ich meinen Job im Einzelhandel als Fleisch- und Wurstfachverkäuferin aufgeben, denn teilweise bis 69 Stunden in der Woche arbeiten wäre mit meinen Kindern nicht gegangen. Das war schon mal eine wesentliche Erleichterung. Wenn ich nun noch einen Kindergartenplatz bekäme, wäre ich aus dem Gröbsten `raus. Zumindest konnte ich aber erst mal das möblierte Zimmer kündigen und mich wieder richtig einrichten. Und wirklich - ich bekam einen Kindergartenplatz zu den Sommerferien, aber Carolin bat mich, sie erst dann nach Hamburg zu holen, wenn auch Paul mitkommen könnte. Ich verstand gut, dass die beiden getrennt voneinander nicht glücklich gewesen wären. Also ließ ich auch meine Tochter vorerst, wo sie war. Es war besser für alle, auch, wenn ich mich ohne sie schrecklich allein fühlte. Termingerecht bekam ich auch meine drei Wochen Urlaub. Also holte ich in dieser Zeit meine beiden Kinder, nahm alle meine

Kraft zusammen und verbrachte mit ihnen einen wunderschönen, befreienden Urlaub. Klar, dass es nicht zu einer richtigen Reise reichte - noch nicht - aber wir machten viele Ausflüge, ich zeigte ihnen Hamburg und bereitete sie auf ein neues Leben in einer richtigen großen Stadt vor. Ich musste beiden Kindern, eine neue Garderobe kaufen, weil ihre Sachen die sie hatten, teilweise zu klein oder kaputt oder alt, da mein Ex-Mann nicht besonders viel Wert auf Kleidung legte. Es war phantastisch, wie gut alles klappte! Ein kleines Problem war, dass meine Tochter in der neuen Schule erst nicht richtig zurechtkam, doch wir waren alle sehr zuversichtlich, dass sich das innerhalb kurzer Zeit legen würde. Sie war schließlich weder dumm noch kontaktscheu. Paul kam im Kindergarten erst einmal erheblich besser zurecht, aber kurz darauf machte auch er mir ein paar Sorgen. Er wurde auf einmal aggressiv und nässte wieder ein. Nachts schrie er oft im Schlaf und ich wachte auf und versuchte, ihn zu beruhigen und zu trösten. Der Kinderarzt, den ich wegen dieser plötzlich aufgetretenen Störungen aufsuchte, maß dem keine große Bedeutung bei, er meinte, es wäre die Umstellung, die er nun langsam verkraften müsse. Immerhin war es für ein kleines Kind schwer, sich in einer völlig neuen Umgebung einzugewöhnen, zumal ihm seine beiden kleinen Geschwister sicherlich sehr fehlten. Aber dann ergab sich etwas Neues: Carolin erzählte mir, dass es ihnen bei ihrer Oma nicht sonderlich gut gegangen war. Sie waren immerhin rund ein halbes Jahr dort gewesen, zumindest unter der Woche, und langsam bekam ich aus ihr heraus, was alles passiert war. So, wie auch ich es damals tun musste, hatte meine Tochter nun sehr viel im Haushalt zu helfen und ihn teilweise praktisch alleine geführt, sie musste andauernd auf die kleineren Geschwister aufpassen und Paul wurde oft von Olaf geschlagen, wenn er nicht essen wollte, nicht schlafen gehen wollte oder nicht sofort parierte. Meine Tochter musste ihn vom Kindergarten abholen und wenn er dann `zu Hause´ war, musste er sich Mucksmäuschen still verhalten, sonst gab es gewaltigen Ärger. Er durfte fernsehen, so lange und was er wollte, nur, damit Ruhe herrschte. Aber, wie gesagt, das erfuhr ich alles erst nach und nach und als die Symptome sich bei ihm einstellten, dachte ich nicht im Traum daran, dass die Ursachen darin liegen könnten, dass er sechs Monate lang außerhalb meiner Obhut verbracht hatte. Denn immer, wenn ich zu den Wochenenden nach Hause kam, wurde den Kindern eingebläut, mir nichts von alldem zu sagen. Zum Beispiel auch nicht, dass mein Exmann meinen Sohn unter die eiskalte Dusche stellte, wenn er in die Hose gemacht hatte. Mein Sohn ist noch heute schwierig und kontaktscheu. Aber in der Schule soll er damals ein liebenswertes Kind gewesen sein. Und natürlich machte er aus Angst vor diesem Mann oft ein, auch, wenn er schon vier Jahre alt war. Nun konnte ich mir auch erklären, warum Paul niemals baden oder duschen wollte! Immer wollte er nur von mir gewaschen werden. Langsam, ganz langsam, wurde mir klar, was sich alles während meiner Abwesenheit zugetragen haben musste. Es waren ja nicht seine Kinder, mit denen wäre er sicherlich anders umgegangen, es waren ja `nur´ meine! Ich holte Celine, die kleinste aus meinem Quartett, zuerst einmal auf Besuch zu mir. Aber während sie bei mir war, setzte ich alles dran, das alleinige Aufenthaltsbestimmungsrecht für sie zu bekommen. Das Gericht sprach mir auch relativ rasch das beantragte Aufenthaltsbestimmungsrecht zu, aber leider nur für sie, nicht auch noch für ihren Bruder. Warum das so war, weiß ich nicht. Aber ich hatte wenigstens einen Teilerfolg errungen. Als sie bei mir war, musste ich entsetzt feststellen, dass es ihr so ziemlich an allem mangelte. Zunächst einmal musste ich sie auch komplett neu einkleiden, was sie trug, war nur noch für die Tonne gut und sie hatte nicht einmal richtige Schuhe, alles, was sie hatte, waren ein Paar Hausschuhe und ein Paar Sandalen. Ebenfalls wurde eine Kinderbadewanne gekauft und sie zeigte Paul wie schön es war, zu baden. Aber erst, nachdem meine kleine Tochter es ihm vorgemacht hatte, fand auch er Gefallen daran. Sie planschte vergnüglich in ihrer Wanne herum und war kaum heraus zu bekommen. Und eines Tages zog der Kleine sich vollkommen freiwillig aus und stieg zu seiner Schwester in die kleine Wanne. Ich hatte gewonnen!

Ich? Nein. Er hatte gewonnen, auch, wenn ihm das in seinem Alter nicht bewusstwerden konnte. Von nun an gab es keine diesbezüglichen Probleme mehr, er liebte es sogar, zu duschen, vorausgesetzt, ich stand mit ihm unter der Dusche. Alleine machte es ihm keinen Spaß. Schließlich kam er aus dem Kindergarten und wollte nur noch eins: sofort duschen. Inzwischen hatte ich meinen stressigen Job aufgegeben und arbeitete nur noch halbtags, damit ich mehr für die Kinder da sein konnte. Sie blühten auf, alle drei. Das sagte jeder, der uns sah, wenn wir so alle zwei Wochen mal zu meinem Exmann auf Besuch fuhren. Ich wollte es so, damit der Kontakt zu meinem bei ihm verbliebenen Kind nicht völlig abriss. Auch machte ich mir Hoffnungen, ihn eines Tages, doch noch zu mir nehmen zu können. Nur mein Sohn Paul, wollte auf einmal nicht mehr mit. Er weinte, wenn die Zeit gekommen war, als ich wieder mal fahren wollte und sträubte sich mit Händen und Füßen dagegen, zu seinem `Papa´ oder auch nur in das Haus, in dem er gelebt hatte, zu gehen. Ich akzeptierte es, was sonst sollte ich auch tun? Ihn zu zwingen hätte keinen Sinn gehabt und wäre mir auch nie eingefallen. Es musste ja auch nicht sein. Ich konnte ihn problemlos während dieser Zeit bei Verwandten unterbringen, wo ich ihn gut aufgehoben wusste und wo er sich wohlfühlte. Noch bevor ich die Scheidung einreichte, erfuhr ich von einem Notar, dass meine Oma ein Testament hinterlassen und dass ich von meiner Großmutter geerbt hatte. Aber wir hatten ja keine Gütertrennung vereinbart, also musste ich meinen Mann auszahlen. Also war ich auf einen Schlag die Hälfte des Geldes wieder los. Meinen Anteil an der Erbschaft hatte ich ebenfalls nicht lange. Aus Sorge, man könnte mir diesen Teil auch noch wegnehmen, gab ich das Geld Herbert, meinem Erzeuger, wir hatten sporadisch kontakt und trafen uns wenn auch nie alleine, meine Angst war einfach zu groß. Natürlich war diese Angst rational nicht zu begründen, aber ich fürchtete trotzdem, dass nach allem, was mir bisher widerfahren war, auch noch jemand käme, der die restliche Summe einforderte. Trotz allem, was damals vorgefallen war, nahm ich nach über zehn Jahren wieder den Kontakt zu ihm auf. Nachdem es dann einige Zeit - immerhin schon fast drei Jahre - gut gegangen war, erstens sahen wir uns nicht allzu oft und zweitens war das Verhältnis trotzdem eher distanziert - sah ich keine Veranlassung, ihm nicht das Erbe anzuvertrauen, bei ihm ist es sicherer als bei meiner Mutter. Er sagte, er wolle diese Summe bis nach der Scheidung für mich aufbewahren und anlegen, so dass es mir auf jeden Fall erhalten bleiben würde. Natürlich geschah das alles in gutem Glauben und ohne jede schriftliche Absicherung, er war ja mein Vater, was sollte schief gehen? Aber wenn etwas schief gehen kann, dann geht es schief. Zumindest, was mich angeht. Das Geld habe ich niemals wiedergesehen und ich kann den Beweis, es jemandem gegeben zu haben, nicht führen. Mir bleibt nur die Hoffnung, wenigstens einen Teil davon zurück zu erhalten, wenn mein Vater einmal sein Haus verkauft - oder stirbt. Immerhin bin ich zu einem Teil erbberechtigt. Denn dass ich auch noch mein Geld zurückbekomme - diesen Zahn hat mir ein Anwalt, den ich zu diesem Thema befragte, rasch gezogen. Nichts mit einem etwas unbeschwertem Leben. Wäre auch zu schön gewesen! Ich erzähle bewusst nicht alles der Reihe nach, weil vieles erst dadurch verständlich wird, dass ich es in einen Zusammenhang bringe, der nicht unbedingt dem tatsächlichen Ablauf entspricht. Nachdem ich nach Hamburg gezogen war, meine Kinder noch bei meiner Mutter und Olaf lassen musste, musste ich ja erst einmal eine Unterkunft für uns besorgen. Und weil ich nicht schon wieder laufend umziehen wollte, sollte es schon etwas `Richtiges´ sein. Zwischendurch machte ich eine Umschulung in dem Betrieb, in dem ich inzwischen arbeitete und war dann eine offizielle Fleischwarenfachverkäuferin. Das nutzte mir nur herzlich wenig, weil ich ja wegen der Kinder nicht im Wechseldienst arbeiten konnte, also musste ich - nunmehr mit zwei vollwertigen Ausbildungen versehen - weiterhin jobben. Ich hatte mir inzwischen einen Computer zugelegt, also war das Ganze keine große Sache, ich schrieb für ein Immobilienbüro alles Mögliche, machte Verträge fertig, schrieb Rechnungen und Mahnungen, eben alles, was in einer solchen

Firma anfällt. Dabei entdeckte ich auch, dass ich für Computer und alles, was damit zusammenhing, großes Interesse zeigte. Das Leben - unser Leben - schien nun in einigermaßen geordneten Bahnen zu verlaufen. Ich hatte Arbeit, die mich halbwegs über die Runden brachte und drei meiner vier Kinder - Carolin, Paul und Celine - bei mir. Nur Paul machte mir immer noch Sorgen. Seine Aggressionen wurden einfach nicht besser, ja, sie verschlimmerten sich sogar. Dazu kam, dass er nun nicht nur gelegentlich in die Hose pinkelte, sondern wieder wie ein Kleinkind richtig einmachte. Dabei war er inzwischen fünf Jahre alt und ich wusste mir keinen Rat mehr. Irgendeine Ursache musste das Ganze haben, aber welche? Als er dann auch noch begann, im Kindergarten gegen die Wände zu pinkeln, musste etwas geschehen. Ich ging mit ihm zu einem Kinderpsychologen. Es war eine herbe Enttäuschung für mich, als der meinte, er könne unmöglich einen Fünfjährigen behandeln. Aber er gab mir den Rat, mich an die Kinder- und Jugendpsychiatrie in Kiel zu wenden, dort könne man mir - oder besser uns - sicherlich helfen. Also nächste Station Kiel. Erst einmal telefonisch. Ich bekam relativ rasch einen Termin, um meinen Sohn dort vorstellen zu können und fuhr zum angegebenen Zeitpunkt mit ihm dorthin. Einen neuen Freund oder besser Bekannten hatte ich auch. Hatte ich vergessen, das zu erwähnen? Dann hole ich es jetzt nach. Der Kontakt begann bereits, als ich kurz nach meiner Krebsoperation nach Hause kam. Sehr viel konnte ich in der ersten Zeit danach nicht tun und die Hausarbeit strengte mich mehr an, als ich zugeben wollte. Also nutzte ich die Pausen dazwischen, um mich im Internet und besonders im Chat etwas zu entspannen. Ich suchte nicht das belanglose übliche Geplänkel des Chats, ich suchte Kontakte. Kontakte zu Leuten, mit denen ich `reden´ konnte, von denen ich hoffte, dass sie mich verstanden. Dass sie mir vielleicht ein wenig Unterstützung und Verständnis entgegenbringen würden und dass ich vielleicht sogar den einen oder anderen Ratschlag erhielt. Wer den Chat kennt, wird wissen, dass das so ziemlich das Unwahrscheinlichste ist, was einem im Chat passieren kann, aber anscheinend hatte ich Glück.

Ich fand wirklich jemanden, der mir `zuhörte´, der mich zumindest virtuell unterstützte und der mir Mut zusprach. Langsam schaffte dieser unbekannte Mann es, mich wieder ein wenig aufzubauen, mich aus meinem Tief zu holen, in das ich nach der Operation gefallen war, aus dem mich aus meiner Familie niemand herausholen konnte oder wollte. Als dann feststand, dass ich nach Hamburg übersiedeln würde - ich denke, mein Entschluss, nach Hamburg zu gehen, hing ursächlich damit zusammen, dass dieser Mann in Hamburg lebte, half er mir dann auch im realen Leben, so gut er konnte. Hamburg ist nun mal eine Großstadt und ich hatte keinerlei Erfahrungen mit Großstädten. Alle Wege waren weitläufig und die Behördengänge, die Suche nach einer Wohnung und einem Kindergartenplatz waren sehr zeitaufwändig. Ich glaube heute, ohne seine Hilfe hätte ich vieles nicht so schnell geschafft oder zumindest erheblich mehr Schwierigkeiten mit vielen Dingen gehabt. Das Leben hätte also, mit Marco an meiner Seite, wieder mal recht schön sein können. Pustekuchen! Wie so oft war ich mit den Kindern auf dem Spielplatz, mein Bekannter war zum Glück dabei, wir spielten und tobten mit meinen Kindern, schauten den Kleinen zu, wie sie spielten, als ich plötzlich keine Luft mehr bekam. Dieses beklemmende Gefühl kannte ich nicht. Es war schrecklich und ich hatte Todesangst. Trotzdem wehrte ich mich mit Händen und Füßen dagegen, sofort zum Arzt zu gehen. Es wurde zwar zu Hause etwas besser, aber ich war weit davon entfernt, mich wirklich gut zu fühlen. Also musste ich am nächsten Morgen doch noch einen Arzt aufsuchen. Die Untersuchung war kurz und schmerzlos und das Ergebnis kurz und bündig: ich hatte Belastungsasthma! Was ist das denn? Das ist ganz einfach zu erklären: Mediziner sprechen von Belastungsasthma, wenn körperliche Anstrengung Reizhusten, Atemnot oder einen Asthmaanfall auslöst. Dabei können die Atembeschwerden während der Belastung oder zwei bis zehn Minuten danach auftreten. Häufig haben Patienten neben dem Belastungsasthma zusätzlich ein allergisches Asthma. Nun ja, im Gegensatz zu den bisherigen Erlebnissen war das nicht gerade ein Beinbruch. Ich muss zwar auch heute noch täglich Tabletten nehmen und hab auch für alle (Not-)fälle mein Spray dabei, aber mehr passiert auch nicht. Auslöser des Asthmas waren meine anderen Sorgen und Ängste. Die Depressionen, die allgemeine Unzufriedenheit mit meinem Leben an sich, die ständigen Sorgen wegen der Kinder, die Scheidung, mein Sohn, der dringend psychiatrischer Behandlung bedurfte, die Querelen mit meiner Familie und vor allem das liebe Geld, besonders das, was ich wegen der Scheidung verloren hatte. Alles das war einfach etwas viel auf einmal. Dazu kam noch, dass ich mich zwar nicht gerade hatte gehen lassen, aber mein Äußeres ließ inzwischen auch stark zu wünschen übrig. Im Klartext: ich war schlicht und ergreifend dick geworden sagen wir um die 125 kg! Für wen sollte ich mich auch bemühen, gut auszusehen? Ich ging ja nie weg, ging nicht einmal auf Menschen zu, mit denen ich mich vielleicht hätte austauschen können, die mich wieder in die Welt da draußen eingeführt hätten, ich lebte für mich und für meine Kinder. Wobei die Kinder nach wie vor an erster Stelle standen. Trotz allem, was ich für sie tat, hatte ich das Gefühl, versagt zu haben. versagt als Mutter, versagt als Ehefrau. Ich war eine Versagerin, ich war oft der Meinung, ich gehörte gar nicht in diese Welt, gar nicht hierher, ich werde doch niemals glücklich, niemals zufrieden, niemals sorgenfrei. Ein Problem jagte das andere, niemals hatte ich richtig Ruhe, niemals konnte ich mich fallen lassen und abends oder am Wochenende sagen: der Tag oder die Woche war wirklich gut gewesen. Es gab ja noch nicht einmal eine Chance, dass ich irgendwann in Zukunft einmal würde sagen können, dass ein Tag oder eine Woche gut gewesen waren. Über einen längeren Zeitraum wie vielleicht einen ganzen Monat dachte ich gar nicht erst nach. Depressionen hatte ich auch so schon, nur ich dachte es wäre einfach nur Erschöpfung, später diagnostizierte man schwere depressive Episoden und posttraumatische Belastungsstörung. Also ging ich wieder einmal zum Arzt. Der wusste sich keinen anderen Rat, als mir Antidepressiva zu verschreiben, die mich zwar tagsüber etwas benommen machten, mir aber die Kraft gaben, wenigstens für die Kinder da zu sein. Leider hielten diese Medikamente nicht lange vor, ich denke, es trat rasch ein Gewöhnungseffekt ein und ich beschloss wieder einmal, aus dem Leben zu scheiden. Ich dachte nur, wenn man niemals glücklich sein darf, wozu dann weiterleben? Was kommt denn noch alles? Meine Ängste und meine Bedenken nahmen von Tag zu Tag zu und meine Hoffnung auf eine glückliche Zukunft schwanden von Tag zu Tag. Es war ausgerechnet zu der Zeit, als ich das dritte meiner Kinder, Ben, der ja normalerweise bei seinem Vater lebte, bei mir zu Besuch hatte. Obwohl ich mich mit Kindern zwangsläufig auskannte, konnte ich ihn nicht bändigen. Ununterbrochen schrie er nach seinem Vater, warf mit Spielzeug nach seinen drei Geschwistern, wurde immer aggressiver, bis er auch mich schließlich an den Haaren zog, wenn ich ihn zur Ordnung rief und er brüllte dabei wie am Spieß. Ich hielt das Theater vier Tage lang durch, dann gab ich entnervt auf. Ich sagte ihm, dass wir jetzt sofort zu seinem Vater fahren würden. Ab sofort war Ruhe, allerdings war der Junge nun auch nicht mehr von der Tür wegzukriegen. Ich packte also seine Tasche und machte mich fertig. Die beiden Kleinen, Paul und Celine blieben bei meinem Bekannten, Carolin fuhr mit, denn ich hatte nicht die Nerven, nachts alleine die rund vierhundert Kilometer hin- und gleich wieder zurückzufahren. Die Große, war ja schon „alt" genug, um eine solche Fahrt klaglos mitzumachen. Außerdem konnte sie, während ich fuhr, gut auf Ben aufpassen, ich hatte keine Lust, in einen Unfall verwickelt zu werden, weil ihm wieder irgendeine Dummheit einfiel. Knappe zweieinhalb Stunden ging es gut, dann fing das Theater wieder an. Er tobte durch den Wagen, saß nicht eine Sekunde still und nicht einmal meine Tochter konnte ihn beruhigen, indem sie mit ihm spielte oder ihm Geschichten erzählte. Er fing wieder an, nach seinem Vater zu brüllen. Ich war, ehrlich gesagt, sehr froh, als ich ihn wieder zu Hause abgeliefert hatte. Seltsamerweise beruhigte er sich sofort, als er seinen Vater sah, weinte zwar noch ein wenig, war aber wie ausgewechselt. Noch heute 2001 ist der Junge ausschließlich auf seinen Vater fixiert. Ich beschloss, noch in der Nacht wieder zurückzufahren. Später erfuhr ich, dass er sich noch in derselben Nacht wieder vollkommen beruhigt hatte. Warum Ben ein wenig anders als seine Geschwister ist, weiß ich nicht, bei denen ist es eher umgekehrt, sie hingen mehr an mir als an ihren Vätern oder an meinem Ex-Mann. Die wahrscheinlichste Erklärung ist, dass der Junge halt noch sehr klein war, als ich mit dem vierten Kind schwanger war und ihm nicht die Aufmerksamkeit schenken konnte, die er verdiente. Zudem war ja meine Schwangerschaft noch mit der Problematik der etwaigen Behinderung belastet und ich nehme an, das ich einfach nicht so viel Zeit mit ihm verbrachte als mit den anderen, nicht zuletzt auch deshalb, weil ich häufig im Krankenhaus war und er somit nicht den üblichen Mutter-Kind Kontakt zu mir aufbauen konnte. Die Bezugspersonen für ihn waren eher sein Vater und meine Mutter als ich, denn meine Mutter wohnte ja damals auch bei uns mit im Haus. Dafür war auch mein damaliger Mann derjenige, der sich häufiger um ihn kümmerte, als um die anderen drei Kinder, ich schrieb ja vorher schon, dass er ihn fast vergötterte. Als ich in dieser Nacht wieder in Hamburg angekommen war, brach ich erst einmal in Tränen aus, nahm Beruhigungstabletten - viel zu viel - und tat dann etwas, was ich zuvor noch nie getan hatte: ich trank Alkohol, und zwar eine ganze Menge. Es war eine gute halbe Flasche Whiskey und der hat bekanntermaßen vierzig Umdrehungen. Jemand, der normalerweise gar nicht trinkt, muss nach einer solchen Menge unweigerlich kotzen. Das tat ich auch und damit kamen auch die Tabletten, die sich noch nicht aufgelöst hatten, mit `raus. Marcel, der nach mir sah, sorgte dafür, dass ich schleunigst ins Bett kam, kippte den restlichen Whiskey weg, der eigentlich nur für gelegentlichen Besuch bestimmt war und wartete, bis ich eingeschlafen war. Lange musste er nicht warten. Ich schlief fast zwölf Stunden, bis ich wiedererwachte oder besser: zu mir kam. Alles, woran ich mich dann noch erinnere, sind diese rasenden, nicht enden wollenden Kopfschmerzen! Nach dieser Eskapade wurde mein Asthma wieder stärker. Ich mag nicht viel wissen, vielleicht nicht einmal genug, um zu wissen, wie man richtig Selbstmord begeht, aber eins weiß ich genau: Das nächste Mal findet mich niemand! Trotz aller Widrigkeiten und Probleme stand mir noch ein weiterer Umzug bevor. Die kleine Wohnung war nun auch zu klein geworden, zumal meine Älteste dringend ein eigenes Zimmer benötigte. Um nicht in ein paar Jahren wieder umziehen zu müssen, nahm ich dieses Mal gleich eine Vier- Zimmer-Wohnung. Dann stellte sich heraus, das mit meinem Auto, einem Seat Ibiza, kein großer Staat mehr zu machen war. Wir passten einfach alle gemeinsam nicht mehr hinein! Ein anderes Auto musste her und auch dieses Mal ging ich auf Nummer sicher: es musste ein Kombi sein. Im April 2002 zogen Marco und ich dann doch zusammen, obwohl wir das gar nicht vorhatten. Ich wollte das nicht wegen meiner Familie und meinem unsteten Leben, dass ich ja nicht richtig planen konnte, außerdem war meine Scheidung zwar der Sache nach erledigt, aber noch nicht rechtskräftig. Vor allem aber: ich wollte vorerst gar keine Beziehung zu einem Partner. Aber Marco hielt sich sowieso mehr bei mir, als bei sich auf, die Kinder kamen gut mit ihm zurecht und schließlich überwogen die finanziellen Gründe: eine Wohnung war billiger als zwei, besonders dann, wenn eine davon fast immer leer stand. Auch das war ja für mich ein `deja-vù-Erlebnis. Außerdem hätte alles andere bedeutet, die Freundschaft völlig aufzugeben. Das aber konnte ich nicht. Ich wusste, dass ich nicht ohne Hilfe weiterleben könnte, ich hätte nur wieder dauernd in der Wohnung gesessen, Angst gehabt, auf die Straße zu gehen, Angst vor allem und jedem gehabt. Auch Angst davor, etwas zu tun. Es hätte ja falsch sein können. Und dann...? Die professionelle Hilfe, die ich in Anspruch nahm, war nicht von langer Dauer. Ich war bei einem Psychologen, aber nur für drei Sitzungen, dann war ich der Meinung, dass mich das einfach zu sehr belastete. Als ob alles noch nicht genug wäre, passierte noch etwas, was mich wieder einmal aus der Bahn warf. Für jemand anderen wäre das sicherlich keine große Sache gewesen, abgesehen von den Scherereien und den Blessuren, aber mich warf es gewaltig zurück, in dem Bestreben, ein normales Leben zu führen. Der Grund war ein Autounfall. Ich fuhr- es war auch im April mit meinem neuen gebrauchten Auto zu meiner Freundin. Als ich bei ihr in die Hofeinfahrt einbiegen wollte, hörte ich nur ein lautes Reifenquietschen und im selben Moment krachte es mächtig. Vollkommen erschrocken stieg ich aus dem Wagen aus und sah, was passiert war. Ich brach sofort in Tränen aus. Nicht wegen mir oder dergleichen, ich fühlte mich vollkommen in Ordnung. Aber mein Auto war kaputt und das mächtig. Dann beschimpfte mich der junge Mann - der Unfallgegner - auch noch ziemlich wüst. `Du blöder Wessi´ und so weiter, aber das war mir ziemlich egal. Ich war auch heilfroh, dass ich an diesem Tag keins meiner Kinder im Auto hatte. Ich rief sofort die Polizei an und als nächsten einen guten Freund, den ich zu diesem Zeitpunkt zwar erst ein paar Monate kannte, zu dem sich aber in dieser Zeit ein gewissen Vertrauensverhältnis entwickelt hatte. Ich weiß nicht, warum es ausgerechnet bei ihm so war, aber er war der Einzige, dem ich Vertrauen schenke. Henry versuchte erst einmal, mich am Telefon zu beruhigen. Ich sagte ihm, dass ich mich dann telefonisch melde, wenn ich einen Ersatzwagen habe und klarer denken kann. Mehr zu diesem Mann an anderer Stelle. Mein Auto brachte ich in die Werkstatt, es fuhr ja gerade noch. Die übliche Prozedur mit Gutachten und Kostenübernahme der Versicherung brachte ich problemlos hinter mich, das Auto wurde repariert und nach einer Woche erhielt ich einen Anruf, dass ich den Wagen wieder abholen könne. Als ich das Fahrzeug dann sah, sagte ich mir, dass das unmöglich mein Auto sein konnte. Na ja, erst mal brauchte ich es und ich setzte mich hinein und fuhr los. Was zu tun wäre, konnte ich mir auch noch später überlegen. Auf der Autobahn zog das Teil ab einer bestimmten Geschwindigkeit permanent nach rechts und ich war ziemlich geschafft, als ich endlich zu Hause war. Also fuhr ich bei mir noch einmal in eine Werkstatt, weil mir außer diesem Fahrverhalten noch einiges andere seltsam vorkam. Die Werkstatt ließ ein zweites Gutachten anfertigen, ich musste zur Kontrolle die Rechnung der ersten Reparatur besorgen und der

Wagen wurde erneut repariert. Leider war es, wie sich später herausstellte, ein wirtschaftlicher Totalschaden. Zudem war sehr unsachgemäß repariert worden, denn es wurde sogar an einem der Querträger eine Schweißnaht gefunden, obwohl dieses Teil hätte ausgetauscht werden müssen. Der Wagen war nicht mehr verkehrssicher! Die Scharniere der hinteren Tür musste einmal in der Woche nachgestellt werden, damit sie nicht während der Fahrt aufging. Außerdem war sie völlig undicht. Was blieb mir übrig? Ich verkaufte den Wagen als Unfallwagen und bekam nur die Hälfte des im Gutachten ausgewiesenen Wertes dafür. Damit wäre der Fall eigentlich ausgestanden gewesen, aber das dicke Ende kam nach. Die gegnerische Versicherung - an der Schuld meines Unfallgegners bestand keinerlei Zweifel - zahlte nur die Hälfte der Reparaturkosten, sie begründete das damit, dass sämtliche Kosten inklusive des Leihwagens den Restwert meines Fahrzeugs überstiegen. Es hätte also gar nicht repariert werden dürfen. Der Wagen war gerade mal etwas über 2 Jahre alt. Mir blieb nichts weiter übrig, als - um etwaige Mahnbescheide der Werkstatt zu vermeiden - zunächst einmal die Hälfte der Reparaturkosten selbst zu bezahlen. Das riss natürlich ein tiefes Loch in meine Haushaltskasse. Bis heute ist noch nicht endgültig entschieden, wer was zahlen muss, die Sache wird jetzt zwischen Anwälten ausgetragen. Nach dem Unfall hatte ich andauernd Schmerzen, die ich vorher nicht hatte. Zunächst schob ich es darauf, dass der Aufprall doch recht heftig gewesen war und dass die Schmerzen schon wieder vergehen würden. Auf die Idee, gleich nach dem Unfall zum Arzt zu gehen, kam ich natürlich nicht. Erst am nächsten Tag und da wurde geröntgt und mir wurde für 6 Wochen eine Halskrause verpasst... Klasse dachte ich! Erst, als sich nach einigen Untersuchungen herausstellte, dass ich zwei Bandscheibenvorfälle in der Halswirbelsäule davongetragen hatte, meldete ich meine Verletzung der gegnerischen Versicherung. Nun ging das nächste Theater los. Die Versicherung - was will man von Versicherungen auch anderes erwarten - behauptete, dass es sich dabei um einen `Altschaden´ handele, der mit dem Unfall nichts zu tun habe und verweigerte auch hier die Zahlung von Schmerzensgeld. Nur - vorher hatte ich diese gesundheitlichen Probleme nie! Durch meine ständigen Schmerzen bin ich bei meiner Arbeit am Rechner sehr eingeschränkt und muss des Öfteren Pausen einlegen, von den Schmerzmitteln mal abgesehen. Inzwischen liegt auch dieser Fall beim Anwalt und ich kann nur hoffen, dass beide Sachen erledigt sind, wenn Sie das hier lesen. Ich hatte, wie gesagt, zu niemandem rechtes Vertrauen und das schloss damals Ärzte und Therapeuten ein. Das tiefe Herumwühlen in meinem Leben, das Drängen, alles zu erzählen, was man am liebsten vergessen möchte und doch nicht kann, all das nahm mich mehr mit als es mir nutzte. Menschen, die vor mir standen (oder saßen) und mir erklärten, dass sie es gut mit mir meinten und mir doch nur helfen wollten, waren mir außerordentlich suspekt. Jedes Mal nach diesen Sitzungen war ich völlig am Boden zerstört, dazu kam, dass Paul ins Krankenhaus musste, in die Psychiatrie, weil sein auffälliges Verhalten sich nicht gebessert hatte. Ich wusste, dass ein langer Weg vor ihm und vor mir lag, aber ich wollte sicher sein, dass ich alles Erdenkliche getan hatte, um ihm zu helfen und es ihm zu ermöglichen, sich in sein soziales Umfeld einzufügen. Und ich wusste auch, dass mir selbst im August noch eine Operation bevorstand, kurz und gut, ich hatte nach diesen drei Sitzungen auch gar keinen Kopf für solche Dinge, anderes war viel wichtiger. Ich war damals sehr sensibel und labil, hatte kein Durchhaltevermögen und alles, was man mich fragte oder mir entlocken wollte, machte mich sehr misstrauisch. Im September 2002 trennte sich Marco von mir, weil seine Sekretärin wohl attraktiver war. Es ist wie es ist, ich wollte auch nicht weiter darüber nachdenken. Nicht zu diesem Zeitpunkt. Nichts in seinem Verhalten deutete darauf hin, dass es vorbei wäre und das machte es umso schmerzhafter. Er ging zur Arbeit wie an jedem anderen Tag, nachdem er sich von mir verabschiedet hatte und auch für mich begann der Tag wie jeder andere. Meine jüngste Tochter war wieder bei meinem Ex-Mann, weil ich nach meiner Operation gerade mal eine Woche aus dem Krankenhaus entlassen worden war und mich wegen der Drainagen noch nicht allzu sehr anstrengen durfte. Es hatte Probleme mit der Wundheilung gegeben und eigentlich war ich nur deshalb nicht mehr im Krankenhaus, weil ich die Kinder versorgen musste. Auch Paul war noch in der Klinik und sollte an diesem Wochenende entlassen werden. Über meine OP möchte ich nicht allzu viel erzählen, nur so viel sie gab mir eine Menge Selbstbewusstsein zurück. Eigentlich hätte mein Sohn schon früher entlassen werden sollen, aber es ergaben sich wieder einmal ein paar Schwierigkeiten. Die Therapeuten in der Klinik merkten natürlich, dass irgendetwas nicht stimmte und so wurde ich zu einem Gespräch gebeten. Ich erzählte dann, dass mein Lebensgefährte aus der Wohnung unter Mitnahme der Hälfte aller Möbel ausgezogen war und dass ich mir eine Menge erst neu anschaffen musste. Ich brauchte eine neue Wohnzimmereinrichtung und im Schlafzimmer hatte ich nicht einmal mehr ein Bett. Wir hätten auf dem Boden sitzen und auf Decken schlafen müssen. Deshalb waren die Ärzte der Meinung, man solle den Kleinen noch etwas dort behalten, damit er nicht in derart chaotische Verhältnisse entlassen wird, die wahrscheinlich alle therapeutischen Bemühungen sofort zunichte gemacht hätten, denn sein Sozialverhalten hatte sich zwar gebessert, war aber immer noch sehr labil. Die Sache mit den Möbeln belastete mich natürlich zusätzlich. War der erneute Verlust eines Partners alleine schon schlimm genug, so kamen ja jetzt auf mich wieder einmal unerwartete Ausgaben zu. Marco hatte die Möbel ohne mein Wissen und ohne Rücksprache mit mir einfach mitgenommen und behauptete später, er habe nur das Minimalste benötigt, um sich eine Wohnung einzurichten, weil er ja seine vor ein paar Monaten aufgab. Heute weiß ich in etwa den Grund, warum er auszog, er wollte sich nicht ganz von mir trennen, nur frei sein, und sich mit anderen Frauen treffen, aber dazu muss ich sagen war ich mal schlau genug und habe es bei dem Auszug belassen, zwar trafen wir uns noch ein paar Mal, aber meine Gefühle und mein Vertrauen waren weg. Wer weiß, wie sehr mir noch andere Dinge dann weh getan hätten. Ich war zu erledigt, um dagegen zu opponieren, es war einfacher, neue Möbel zu kaufen, als mich mit ihm zu streiten. Während ich noch vergeblich gegen meine Depressionen ankämpfte und gleichzeitig die Operation über mich ergehen lassen musste, erwirkte Olaf rasch einen gerichtlichen Bescheid, dass ihm das Aufenthaltsbestimmungsrecht für die jüngste Tochter wieder übertragen werden solle. Das Familiengericht folgte seiner Argumentation beziehungsweise der seines Anwalts, dass der Junge ja auch bei ihm wohne und dass sie als Geschwister auch gemeinsam aufwachsen sollten. Zudem führte er den Zeitfaktor an und behauptete, ich hätte nicht so viel Zeit wie er, sich um die Kinder zu kümmern. Mein Exmann war zu dieser Zeit gerade arbeitslos geworden. Ausschlaggebend war aber wahrscheinlich, dass er meinen gesundheitlichen Zustand sehr genau kannte und ausführen ließ, dass die ordnungsgemäße Versorgung der beiden Kleinen durch meine dauernden und anhaltenden Erkrankungen nicht gewährleistet wäre. Bereits im Oktober 2001 lernte ich einen Mann aus Niedersachsen kennen, mit dem ich ein rein platonisches und freundschaftliches Verhältnis pflegte. Eben diesen Henry, den ich nach meinem Unfall anrief. Mit ihm konnte ich über vieles, wenn auch nicht über alles, reden. Wir trafen uns etwa einmal im Monat zum Kaffee trinken. Ich hatte ihn mehr durch Zufall bei meinen Streifzügen durch das Internet kennen gelernt. Ich weiß heute nicht mehr, wer wen zuerst anschrieb, es war ebenso wie im Netz üblich, irgendwie fand man den Kontakt zueinander und sich gegenseitig `ganz nett´. Viel wussten wir auch nicht voneinander und wir vertiefen unsere Unterhaltungen auch nicht. Das ging so lange, bis wir unsere Bilder ausgetauscht hatten. Heute wissen, wir, dass wir uns in die Bilder des jeweils anderen verliebt hatten, aber damals hätten wir das auf Teufel komm `raus nicht zugegeben. Der Begriff `Liebe´ existierte in Bezug auf den anderen für keinen von uns. Aber das Verlangen, uns einmal offline kennen zu lernen, wuchs, je länger wir den Kontakt aufrechterhielten. Wir schrieben uns täglich Mails, wir unterhielten uns im Netz, sofern wir Zeit fanden, wir tauschten die Handy-Nummern und sandten uns Unmengen von SMS, aber wir telefonierten nie miteinander. Je öfter wir uns austauschten, umso mehr spürten wir, dass da etwas war. Dieses `etwas´ war sehr schön. Es war Vertrauen, Ehrlichkeit und Wärme. Es war das Gefühl, verstanden zu werden. Zu wissen, dass jemand zuhörte, wenn man sprach oder aufmerksam las, wenn man etwas in einer SMS oder in einer Mail schrieb. Erstaunlich für mich war, dass ich - vermutlich wegen der vermeintlichen Anonymität, die das Netz bietet - praktisch sofort zu ihm ein gewisses Vertrauen fasste, was offline niemals möglich gewesen wäre. Schon von der ersten Online-Begegnung an schrieb ich ihm alles, was mir auf der Seele lag. Und er gab mir das Gefühl, verstanden zu werden. Es war ein Gefühl, das ich lange und schmerzlich vermisst hatte, er `hörte´ mir zu und ich weiß heute, dass sich zuerst eine tiefergehende Freundschaft, dann aber Liebe daraus entwickelte. Das erste Treffen fand dann im April 2002 statt. Wir tranken zum ersten Mal zusammen Kaffee und redeten über Gott und die Welt von Angesicht zu Angesicht. Ich weiß nicht, wann es zuletzt gewesen war, dass ein Mann, mir Blumen schenkte, aber Henry kam zu unserem ersten Treffen mit einem Strauß in der Hand an und als wir uns gegenüberstanden und ich das erste Mal seine Augen sah, hatte ich dieses Kribbeln im Bauch, von dem ich bisher immer nur geträumt hatte. Ich war nervös wie ein Schulmädchen und eigentlich weiß ich bis heute noch nicht, was mit mir, mit uns geschah. Sie meinen, ich bediene hier sentimentale Klischees? Sie können mir glauben, genauso hat es sich abgespielt. Und wenn es wirklich ein klischeehaftes Verhalten war, was ich hier beschreibe, dann war es trotz allem sehr schön! Das Treffen war so schön, wie wir beide es uns erhofft hatten. Wir wollten ja nur Freundschaft, nichts weiter. Zumindest gaukelten wir uns das vor. Vielleicht war es bei mir schon etwas mehr als nur Freundschaft, was ich wollte, aber ich wollte und konnte auch nichts zerstören und noch lebte ich ja in einer festen Partnerschaft. Also verdrängte ich erst einmal alles, was ich für diesen Mann empfand. Es war gar nicht so schwer, zunächst einmal alles zu verdrängen, denn er wohnte in Niedersachen wie ich bereits erwähnte, und ich in Hamburg, also waren regelmäßige Treffen von vorn herein nicht drin. Eine Beziehung wäre auch gar nicht so einfach gewesen, selbst, wenn wir nicht so weit von einander entfernt gewohnt hätten. Ich hatte erstens Kinder, gleich vier an der Zahl und die Mutter von Henry war absolut dagegen, dass er sich auch nur mit mir traf. Als ich dann im August im Krankenhaus lag, gaben wir unsere letzte Zurückhaltung auf und telefonierten täglich miteinander. Er war der Einzige, den es wirklich interessierte, wie es mir ging, wie ich mich fühlte und ob meine Genesung Fortschritte machte. Er sorgte sich, wenn ich Schmerzen hatte, sprach mir Trost und Mut zu. Ich fragte mich immer wieder, ob man so etwas nur aus reiner Freundschaft tut. Und ich glaubte auch, die Antwort zu wissen: nein, das war schon weit mehr als nur Freundschaft! Nur hätten wir das auf Teufel komm `raus nicht zugegeben! Wir verstecken unsere wirklichen Gefühle für den anderen voreinander. Heute lachen wir darüber, wenn wir daran zurückdenken! Also trafen wir uns nach der Zeit des gegenseitigen Kennenlernens häufiger, kamen uns näher, denn wir waren beide Singles, aber trotz allem passierte erst mal lange Zeit gar nichts. Bis auf die Tatsache, dass wir inzwischen recht zärtlich miteinander umgingen. Ein Gefühl, das mir vollkommen abhandengekommen war und das ich in dieser Form gar nicht kannte. Oder nicht mehr kannte. Oder noch nie gekannt hatte. Nennen Sie es, wie Sie wollen. Auf jeden Fall ein unbeschreibliches Gefühl. Henry drängte mich zu gar nichts. Er ließ mir alle Zeit der Welt. Er akzeptierte, wenn ich etwas nicht wollte oder nicht mochte und so wurde aus einer relativ langen Freundschaft und aus versteckten Gefühlen etwas völlig anderes, völlig Neues. Es wurde die Liebe meines Lebens. Tiefe, innige Liebe, wie ich sie in all den Jahren zuvor noch niemals verspürt hatte. Henry wehrte sich mühsam gegen die Vorwürfe seiner Mutter, sie meinte, er habe doch nun wirklich etwas Besseres als mich verdient und er hielt trotzdem zu mir. Die Entfernung war letztlich doch nicht das große Hindernis. Gut, jeden Tag sehen konnten wir uns nicht, aber alle vierzehn

Tage kam er nach Hamburg um mich zu besuchen und blieb dann übers Wochenende. Zwischenzeitlich besuchte ich ihn und verbrachte das WE im Hotel nur um in seiner Nähe zu sein und glückliche Stunden mit ihm zu verbringen. Am schönsten war, dass wir die Zeit zwischen Weihnachten und Neujahr des Jahreswechsels 2002 auf 2003 gemeinsam verbrachten. Es war die längste Zeit, die wir bisher ununterbrochen zusammen sein konnten. Selbst heute noch (zum Zeitpunkt des Schreibens) - die Beziehung besteht nach wie vor und ich wünsche mir, dass sie die letzte ist, die ich in meinem Leben eingehe - verstehen wir uns so gut, dass ich alles noch für einen Traum halte, aus dem ich jederzeit erwachen kann, aber nicht erwachen möchte. Auch, wenn es in der ersten Zeit lediglich eine Freundschaft und dann eine Fernbeziehung war, so hält diese Zweisamkeit doch schon über zwei Jahre. Zwei Jahre ohne Streit, wenn auch nicht ohne Sorgen, denn die kann er mir nicht nehmen. Aber ich kann darüber reden. Über alle meine Sorgen und das erleichtert vieles. In diesem Buch erzähle ich viel, aber nicht alles. Aber Henry, er weiß wirklich alles. Wir achten und vertrauen einander auf eine Weise, die ich bisher nicht für möglich gehalten hatte und deshalb halten wir aneinander fest. Mit allen Konsequenzen wie Schmetterlinge im Bauch bei jedem Wiedersehen, bei jeder SMS, die wir uns über den Tag schicken und wenn wir aneinander denken, lächeln wir. Gibt es etwas Schöneres? Die Momente, die wir zusammen sind, kommen uns die Stunden wirklich wie Momente vor - haben sich in unsere Herzen eingegraben und wir hoffen in den wenigen ruhigen Augenblicken, die uns für unsere Zweisamkeit bleibt, dass es so weitergeht und wünschen uns, dass viele Menschen ein ähnliches Gefühl des Glücklichseins erleben können. Jeder denkt doch heut meist nur an sich selbst, ist egoistisch auf die eine oder andere Weise und bei uns funktioniert alles, ohne dass jeder nur an sich denkt, ich werde endlich als das gesehen, was ich bin und sein möchte: als Frau, als Mutter, als ein Mensch, der einen enormen Nachholbedarf an Liebe hat und alles das, was ich bekomme, gebe ich auch bedingungslos zurück. Was also spricht dagegen, dass wir noch viele Jahre miteinander glücklich sind? Ach ja - auch mein Aussehen hat sich grundlegend verändert. Aber das können Sie ja nicht sehen.

Inzwischen habe ich, was bei vier Kindern nicht gerade einfach zu bewerkstelligen ist, eine Idealfigur mit Konfektionsgröße 40 und darauf bin ich wirklich stolz. Hier ist zu erwähnen das ich im Jahr 2003 im Frühjahr von Hamburg nach Eschershausen ins Weserbergland gezogen bin. Da ich ab Juni 2003 an der Akademie einen weiteren Beruf erlernen wollte. In Hamburg gab es keine Zweigstelle dieser Akademie und somit zog ich mit meinen Kindern ins Weserbergland. Henry und ich lieben uns immer noch, unbeschreiblich, und ich habe das Gefühl, dass es von Tag zu Tag mehr wird. Manchmal schreibe ich ihm zärtliche Gedichte oder überrasche ihn mit einer kleinen Aufmerksamkeit auf seinem Kopfkissen, wenn wir uns sehen, wenn er abends an unseren gemeinsamen Wochenenden zu Bett geht, manches Mal finde auch ich etwas auf oder unter meinem Kopfkissen. Leider haben wir nach wie vor gegen ein anderes Problem zu kämpfen, was unsere Liebe sehr belastet, aber wir verschwenden kein Gedanke daran, uns deshalb trennen zu wollen. Im Gegenteil - wir reden über eine gemeinsame, glückliche Zukunft, in der wir zusammenleben und in der kein Platz mehr für Querelen ist. Das Problem sind Henrys Eltern. Sie billigen seine Beziehung zu mir nach wie vor nicht und setzen alles daran, uns auseinander zu bringen. Der Druck, dem mein Freund täglich ausgesetzt ist, belastet nicht nur ihn, sondern er tut auch mir weh, aber ich denke, es wird nicht möglich sein, uns auf diese Weise zu trennen. Mir wäre es allerdings viel lieber, wenn ich mit seinen Eltern einen freundschaftlichen, zumindest aber `normalen´ Umgang pflegen könnte. Wir wohnen nur 20 Kilometer voneinander entfernt, ein Katzensprung also und trotzdem sehen wir uns nur an den Wochenenden. Es ist ja nicht so, dass das ein Problem wäre, das ihn allein betrifft. Auch seine Schwester hatte hinsichtlich ihres Partners mit diesen Widrigkeiten zu kämpfen und es dauerte lange, bis der Freund heute ihr Mann akzeptiert wurde. Aber ich will nicht gegen seine Eltern ankämpfen müssen, mir ist um ein spannungsfreies Verhältnis zu ihnen sehr gelegen. Und vor allem will ich mit diesem Mann glücklich sein. Nicht nur am Wochenende, auch an den anderen Tagen, immer! Aber unsere Überlegungen, doch endlich zusammen zu ziehen, werden durch die Angst vor dem überschattet, was folgen könnte. Eine nochmalige Enttäuschung würde ich nur noch schwer, wenn überhaupt, verkraften. Man kann eine Liebe wie die unsere nicht so einfach zerstören! Wenn wir zusammen sind, gehen wir oft spazieren, um uns zu unterhalten und wenn wir Differenzen haben, was nicht ausbleibt, so reden wir sachlich mit einander, niemals laut. Alleine der Gedanke, den anderen anzuschreien, tut uns weh. Ich werde aber wohl kämpfen müssen, ob ich will oder nicht. Und auch er wird es tun müssen, seinen Eltern beweisen müssen, dass er in der Lage ist, seinen Weg von nun an allein zu gehen. Allein? Nein, er hat ja mich! Aber ich habe auch wieder Angst. Angst, ihn zu verlieren, denn noch heute zahle ich einige Schulden ab. Denn die habe ich durch meine Scheidung und dem Unfall immer noch am Hals und es wird wohl einige Zeit dauern, bis auch dieses Kapitel abgeschlossen ist. Manchmal, wenn ich daran denke, weine ich in seinen Armen, er hält mich ganz fest. Nur eben, dass er für mich an den Wochenenden da ist, denn es gibt die Menschen in seinem Umfeld, die weiterhin alles Versuchen um uns auseinander zu bringen. Henry kommt gut mit den Kindern aus und diese auch mit ihm, und alles, was ich gerade beschrieben habe, könnte noch viel schöner sein. Wenn es nicht dieses Missverständnis in seiner Familie gäbe. Aber das liebste, was er sagte, er hält zu mir, egal was kommt und passieren wird, für ihn gäbe es nur seinen Engel...so nennt er mich immer. Ich sehne mich ständig nach seiner Nähe, in seinem Arm spüre ich Geborgenheit und besonders rührt mich, dass dieser Mann meinen ganzen Kummer, meine ganze psychische Labilität ernst nimmt. Sehr ernst sogar. Es ist ein Kummer, der nicht weniger wird, sondern der sich nur mal verlagert, mal in diese, mal in jene Richtung. Aber es bleiben Kummer und Sorgen. Anfang Januar 2003 hatte man mich wieder zu einem Gespräch in den Kindergarten einbestellt. Es ging, wie schon so oft, um meinem Sohn Paul. Ich bekam zu hören, dass sein Verhalten mehr und mehr Anlass zu ernsthaften Bedenken gibt, weil er immer auffälliger wird und dass eine Einschulung in diesem Jahr, so, wie es geplant war, wohl kaum möglich sein wird, wenn es sich nicht grundlegend ändert. Erneut zerbrach ich mir den Kopf darüber, warum er sich so eigentümlich verhielt. Ich war sicher, es lag weder an mir noch an meinem Partner, denn wenn er bei mir war, hatte mein Sohn nichts Eiligeres zu tun, als zu uns ins Bett zu hüpfen und mit uns zu kuscheln. Er war dann wie ausgewechselt, seine Augen strahlten und er war das vergnügte Kind, das er eigentlich immer sein sollte. Und auch an nichts anderem, was sein unmittelbares Umfeld betraf, konnte sein Verhalten liegen. Damit nicht genug, hatte ich kurze Zeit später auch ein wenig erfreuliches Gespräch in der Schule meiner Tochter. Dort wurde ich umfassend darüber informiert, dass Carolin Leistungen außerordentlich zu wünschen übrigließen und ihr Zensuren Durchschnitt um mehrere Benotungen abgesunken war. Und zwar in allen Fächern. Der Grund dafür, anscheinend hatte sie das bei einem vorangegangenen Gespräch erklärt, lag in dem aggressiven Verhalten ihres Bruders. Die Lehrer, mit denen ich sprach, meinten, dass sie dem Unterricht bisher problemlos hatte folgen können und dass sie eine intelligente Schülerin sei, also müsse ihr vorerst temporäres, aber rasantes Versagen wohl den von ihr angegebenen Grund haben. Was nun? Inzwischen war die erneute Verhaltensstörung Pauls, denn als solche musste auch ich sie inzwischen ansehen, noch ausgeprägter als noch vor ein paar Wochen. Er nässte nicht nur wieder ein, sondern machte richtig in die Hose, bohrte mit jedem Spielzeug, das er für geeignet hielt, Löcher in die Wände und spielte ständig an seinen Genitalien. Wenn ich ihn fragte, warum er das tat - immerhin war er bereits sieben Jahre alt und konnte zumindest teilweise bewusst erkennen, was er tat, bekam ich die Antwort, dass er das einfach nur lustig fand. Ich fand das weniger lustig. Aber er widersetzte sich jeder meiner Bemühungen, sein Verhalten zu ergründen oder ihn zur Rede zu stellen. Er trat nach mir, wenn ich versuchte, in ruhigem Ton mit ihm zu reden, bohrte in der Nase und verzierte mit dem Ergebnis seiner diesbezüglichen Bemühungen ebenfalls die Wände und zerschnitt schließlich sogar seine Kleidung. Ich musste ständig dafür sorgen, dass keine Schere in seiner Reichweite war. Er warf eine Banane hinter das Sofa, was recht unappetitlich aussah, warf sein Essen heimlich unter sein Bett und legte seine eingenässten Hosen in den Schrank zu der anderen, sauberen Wäsche. Ich wusste nicht mehr, was ich zuerst machen sollte, weil ich nur noch auf ihn aufpassen und nebenbei putzen und waschen musste, denn sobald ich ihn auch nur für Sekunden aus den Augen ließ, nutzte er die Gelegenheit, um neues Unheil anzurichten. Ich arbeitete damals nebenbei in einem amerikanischen Restaurant und bei einem Immobilienbüro, um uns über die Runden zu bringen und nicht von Sozialhilfe leben zu müssen, denn ich fuhr ein Auto, ich brauchte ja eins und das hätte ich beim Bezug von Sozialhilfe von Amts wegen nicht haben dürfen. Daher war es mir einfach nicht möglich, ihn dauernd zu beaufsichtigen, was er auch ausnutzte. Dabei kannte er inzwischen gar keine Grenzen mehr. Bei allen Spielen, die ich mit ihm spielte, musste es unbedingt "Tote" geben, damit das Spiel ihm Spaß machte. Mir machte es sehr viel weniger Spaß, denn ich wurde immer wieder an meine vergeblichen Suizidversuche erinnert, wenn er wollte, dass alles "tot" sein sollte. Beim Fernsehen interessierten ihn nur die blutrünstigsten Filme, also genau die, die er nicht sehen durfte, weil ich der Meinung war und bin, dass das kaum die richtige Art der Unterhaltung für einen Siebenjährigen ist. Wenn er nicht die Filme, die ihn interessierten, sehen durfte, flog kurzerhand mal Spielzeug durch das Zimmer und weil ja nun keine Schere mehr für ihn greifbar war, riss er eben die Kissenbezüge kaputt. Dazu kam, dass seine Schwester, obwohl älter und größer, mit ihm auch nicht mehr zurechtkam, Paul biss sie, wenn es ihm in den Sinn kam und ich hatte abends nur noch Angst, einzuschlafen, weil ich nicht wusste, was er wieder anstellen würde, wenn er nachts mal aufwachte. Ich hatte keine Ahnung, wie weit er sich noch in seine Aggression hineinsteigern würde.

So konnte es absolut nicht weitergehen! Die einzige Institution, die mir in dieser verqueren Situation einfiel und von der ich Hilfe erhoffte, war das Jugendamt. Ich fuhr also schnellstens dort hin und schilderte die derzeitigen Umstände in meiner Familie haarklein. Ein Psychologe nahm sich meiner an und ich konnte nun erneut detailliert vortragen, was sich zugetragen hatte. Seine Schlussfolgerung ließ eine Welt in mir zusammenbrechen. Er war der Meinung, dass mein Sohn zumindest zeitweise in eine Pflegefamilie solle, damit wir alle wieder ein wenig zur Ruhe kämen und die Situation sich entspannte. Dann teilte er mir mit, dass er den dringenden Verdacht habe, das Kind, mein Sohn, sei missbraucht worden, dies könne er aus dem Bericht der Klinik für Kinder- und Jugendpsychatrie entnehmen. Wie betäubt fuhr ich nach Hause. Irgendwie musste ich das alles ja auch meiner Tochter beibringen. Aber bei dieser Gelegenheit erwartete mich die nächste unangenehme Überraschung: Auch Carolin sagte mir, dass sie seit längerem etwas bedrückte und rückte schließlich damit heraus, dass ihr verstorbener Opa - der Vater des Vaters von Paul - sie des Öfteren an der Brust gestreichelt hätte und dass das der Grund war, warum sie dort nicht mehr so gerne hinwollten, Carolin und Paul. Ich konnte nicht glauben, was ich gehört hatte, von beiden Seiten, dem Psychologen und meiner Tochter, aber ich musste es doch tun. Warum, zum Teufel, musste man nun auch noch meinen Kindern etwas antun? Reichte es nicht, dass man mir schon so viel angetan hatte? Ich schrieb ja an anderer Stelle, dass Paul nicht gerne mitkam, wenn ich meinen Ex-Mann und die Kinder besuchte, also dachte ich, es wäre für ihn besser, wenn er in dieser Zeit bei seinen Großeltern wäre. Der war Frührentner und nahm sich immer Zeit für den Kleinen. Er freute sich auch jedes Mal, wenn der Junge zu Besuch kam. Heute weiß ich, warum! Und ich weiß auch, warum sich mein Sohn immer recht seltsam benahm, wenn ich ihn wieder abholte. Inzwischen ist Paul wirklich bei Pflegeeltern untergekommen und damit ist der Kontakt zu mir praktisch völlig unterbrochen. Ich bekomme vom Jugendamt und auch von den Pflegeeltern keinerlei Informationen, wie es ihm geht und wie er sich entwickelt. Das einzige, was mich hoffen lässt, ist die Zusage, dass ich ihn ab Anfang des Jahres 2004 wieder gelegentlich sehen kann. Ich freue mich sehr darauf und habe doch auch Angst. Eigentlich spricht nichts dagegen, dass er später wieder bei uns zu Hause wohnen könnte, aber wird er das auch wollen? Er geht inzwischen zur Schule, hat einen eigenen Freundeskreis, lebt in einer Großstadt und wird sich immer mehr in die `neue´ Familie integrieren. Es ist nicht sehr wahrscheinlich, dass er in ein paar Jahren Lust dazu verspüren wird, als Teenager zu seiner Mutter und seiner Schwester aufs Dorf zu ziehen. Ich hoffe, dass er sich für seine richtige Familie entscheiden wird, aber wissen kann ich es nicht und ich rechne tief in meinem Innersten auch nicht damit. Nun ist er also weg und ich habe nur noch meine älteste Tochter bei mir. Und natürlich - wie sollte es anders sein - war es auch wieder ein traumatisches Erlebnis, das mich dazu bewog, den Job, der mir eigentlich sehr viel Spaß machte, aufzugeben. In dem Immobilienbüro fiel - branchenüblich - auch oft Arbeit in den Abendstunden an und das Geld konnte ich gut gebrauchen. Weniger gut gebrauchen konnte ich die immer dreister werdenden Versuche meines Chefs, mir näher zu kommen. Bisher war es mir immer erfolgreich gelungen, sie abzuwehren, aber als wir eines Abends von einer Hausübernahme zurückkamen, nahm er mich auf einmal fest in die Arme und wollte mich unbedingt küssen. Ich machte mich los, knallte ihm eine und fuhr nach Hause. Am nächsten Tag kündigte ich fristlos und er musste meine Kündigung zum Glück akzeptieren, erstens weil ich keine Kündigungsfrist in meinem Vertrag hatte und zweitens, weil er ja unmöglich bekannt werden lassen konnte, wie er mit seinen weiblichen Mitarbeitern verfuhr. Ich war zuerst am Boden zerstört, aber Henry, dem ich die ganze Geschichte erzählte, beruhigte mich erst einmal. Auch seiner Meinung nach war die Kündigung und die Ohrfeige das einzig Richtige, was ich tun konnte. Ich bekomme nun Wohngeld und Geld vom Arbeitsamt, dass ich wegen meiner Umschulung beziehe, Carolin und ich können damit gut leben. Vielleicht kann ich etwas nebenbei dazuverdienen, mit einem Minijob. Wenn ich Glück habe, sehr viel Glück, dann schaffe ich das alles, ohne daran zu zerbrechen.

Wenn es anderen schlecht ging, war ich immer auf die eine oder andere Weise für sie da, aber nun, wo ich selbst vor dem Abgrund stehe und jeder Schritt, egal in welcher Richtung, mich diesem Abgrund näherbringt, stehe ich ohne jegliche Hilfe da. Nein, das stimmt nicht ganz: ohne meinen Freund wäre ich schon längst in diesen Abgrund gefallen. Aber all diese drängenden, immer größer werdenden Nöte hindern mich daran, wirklich glücklich zu sein. Was mich am meisten bedrückt, ist, dass diejenigen, für die ich immer - oder fast immer - da war, mir nun nahezu gleichgültig gegenüberstehen. Natürlich handelt es sich dabei um meine Familie. Ich hatte das vorher nie erwähnt, weil ich es für selbstverständlich hielt, dass man sich innerhalb der Familie gegenseitig hilft, aber anscheinend teilt niemand meine Auffassung. Wenn jemand von ihnen - wie ich jetzt - Sorgen, Nöte oder sonst wie geartete Probleme hatte, heulten sie sich bei mir aus. Ich hörte zu, viel mehr als das konnte ich ja nicht tun, aber ich half auch, wenn es mir möglich war, mit materiellen Dingen aus. Damit meine ich, dass ich gelegentlich, sofern ich es entbehren konnte, Geld gab, wenn Not am Mann war. Wiedergesehen habe ich bis heute davon nichts. Und ganz ehrlich - ich hatte es eigentlich auch nicht erwartet. Aber dieses Verhalten enttäuscht trotzdem sehr. Es ging auch nicht allein um finanzielle Zuwendungen, auch um Behördengänge, das Ausfüllen von Anträgen oder das Erstellen von Schriftstücken für Ämter und Behörden. Meine Leute sind teilweise noch nicht einmal in der Lage, eine vernünftige Bewerbung zu schreiben oder Anträge auf Wohn- oder Arbeitslosengeld auszufüllen. Früher hatte ich das ja alles gemacht, aber ich kümmere mich nun auch nicht mehr darum, ob jemand etwas zustande bringt oder nicht. Zudem herrscht eine seltsame Einstellung bei meinen Leuten: seit ich wieder die Schulbank drücke und einen qualifizierten Beruf begonnen habe - und nebenbei schon jetzt versuche, mich auf meine zukünftige Selbstständigkeit vorzubereiten, denn ich habe fest vor, mich selbstständig zu machen, glauben alle, ich verdiente schon das große Geld und sie könnten mal kurz vorbeischauen und absahnen. Aber daraus wird leider nichts - und das schreibe ich durchaus mit einer gewissen Schadenfreude - denn ich habe den Kontakt zu meiner Familie vollkommen abgebrochen, für mich gibt es nur noch meine Kinder, meinen Freund und meine Zukunft. Denn sie liegen mit dem Arsch zu Hause, lassen sich - was auch sonst - den Sprit schmecken oder sind mit Mitte 20 arbeitslos, wissen nicht oder wollen nicht wissen, wie man an eine Stelle kommt und pennen bis Mittag. Von wem hier die Rede ist? Von meiner Schwester natürlich! Vor die Wahl gestellt, entweder arbeiten zu gehen oder bis Mittag zu schlafen, entscheidet sie sich regelmäßig für die Bettruhe. Danach wird dann ferngesehen. Ihre Kinder sind auf sich angewiesen, im Kindergarten werden sie wenigstens verpflegt und haben einen halbwegs geregelten Tagesablauf. Zu Hause haben sie dann ihre Ruhe und können spielen, ohne dass sie jemand dabei stört. Erziehung findet kaum statt. Das klingt bitter und es soll auch bitter klingen, weil ich gerade versuche, aus meinem Leben noch etwas halbwegs Vernünftiges zu machen. Im Gegensatz zu anderen Mitgliedern meiner Familie, bei denen es wohl auch zu spät wäre, wenn sie es, nach einer Lebertransplantation, weil das alte Organ total hinüber ist, versuchten. Das ist der Grund, warum ich zu meiner Familie keinen Kontakt pflege und auch keine Lust habe, alte "Familienbande" wieder aufleben zu lassen. Der Kontakt zu meinen Kindern besteht nach wie vor, mit Ausnahme meines Sohnes in der Pflegefamilie, den ich derzeit nicht sehen darf, Ben und Celine sehe und besuche ich regelmäßig, aber nur sie, nicht die Angehörigen. Die sind für mich nur lästiges Beiwerk. Während ich also nun diese Ausbildung absolviere, geht der Druck wegen der Schulden unvermindert weiter. Es sind nur noch ein paar und das schaffe ich auch noch, meine Beharrlichkeit in Bezug auf Abzahlungen zahlte sich doch ein wenig aus, aber immer noch genügend, um mich nachts nicht ruhig schlafen zu lassen. Ich habe versucht, Vergleiche zu schließen, aber diese Vergleiche hatten nicht lange

Bestand, weil ich nicht einmal die im Vergleich vereinbarten Raten aufbringen konnte und somit schlug wieder die volle Schuldsumme durch. Eine Stundung brächte gar nichts, weil ich ja erst in rund zwei Jahren wieder mit einem Einkommen - und dann auch nicht gleich mit einem festen - rechnen kann. So lange stundet niemand. Die mageren einhundertsechzig Euro, die ich maximal dazuverdienen kann, helfen da auch nicht sehr viel. Irgendwie ist das alles ungerecht! Denn ich habe ja nicht nur selbst Schulden gemacht, ich habe auch noch für andere gebürgt und bin für andere Zahlungsverpflichtungen eingegangen. Ich habe vieles gutgläubig getan, und das wird mir jetzt zum Nachteil. Auslöser war eine kurze Sperre vom Arbeitsamt, um die Lawine ins Rollen zu bringen, denn in diesen Wochen konnte ich ja gar keine Zahlungen leisten, da war ich froh, dass ich an manchen Tagen wenigstens etwas zu essen hatte. Das Arbeitsamt brachte es tatsächlich fertig, mir eine Arbeit in einer entfernteren Großstadt anzubieten, aber niemand sagte mir, wie ich den Umzug dorthin finanzieren solle. Mit einem Darlehen konnte ich wenig anfangen, das hätte ich zurückzahlen müssen und ich war ja schon froh, dass ich mit allen anderen Zahlungen nicht weiter in Verzug geriet. Die Möglichkeit, mir eine kleine "Pendler-Wohnung" zu nehmen, hatte ich ebenfalls nicht, weil auch das mit einigen Kosten verbunden ist. Zudem hatte ich ja niemanden, der meine Tochter beaufsichtigte, wenn ich unter der Woche weg war. Meine Befürchtung, sie könnte dann in einem Heim untergebracht werden, war ja nach meinen bisherigen Erfahrungen, die ich mit dem Jugendamt gemacht hatte, nicht so abwegig. Zudem - das gebe ich ehrlich zu - war es eine Art von Tätigkeit, die mich absolut nicht reizte und die Entfernung zu meinem Freund wäre auch erheblich gewesen. Die ganze Woche lang isoliert zu sein und darauf zu hoffen, dass zu Hause nichts passierte, hätte ich nicht ausgehalten! Wenn ich schon noch ein paar Jahrzehnte lang arbeiten muss, dann bitte auch in einem Bereich, der mir wenigstens ein wenig Genugtuung verschafft und der auch ein wenig Zukunft hat, obwohl man das ja heute mit Sicherheit von keinem Beruf mehr sagen kann. Vielleicht hätte ein Widerspruch gegen die Sperre Erfolg gehabt, ich weiß es nicht, aber selbst, wenn - ich hätte auf jeden Fall, bis dem Widerspruch stattgegeben worden wäre, ohne Geld dagesessen. Nun ja, es wird höchste Zeit, diesen Kreislauf irgendwie zu unterbrechen. Zumindest unterschreibe ich heute lieber gar nichts mehr, als dass ich mich noch einmal derart `reinlegen lasse` wie früher. Außerdem habe ich inzwischen genügend Wissen und Erfahrung, dass ich weiß, worauf ich mich einlassen kann und worauf nicht. Und derzeit kann und will ich mich auf gar nichts einlassen. Die Frage, warum ich immer noch so viele Schulden habe, ist leicht zu beantworten: ich war leichtgläubig bis dämlich. Zunächst einmal brauchte ich nach meinem Umzug tatsächlich ein paar neue Möbel, weil ich damals nur mit meinen persönlichen Sachen nach Hamburg zog und das, was ich `mein Eigen´ nannte, bekam ich mühelos in mein Auto. Alles, was ich vor meiner Ehe besaß und was wir während der Ehe angeschafft hatten, überließ ich meinem Exmann bei der Scheidung. Außerdem hatte ich ihm ein komplett möbliertes Haus überlassen, und um den Rest wollte ich einfach nicht kämpfen. Ich hatte keine Lust dazu und war zudem sowieso mehr als nur angeschlagen, was Körper und Seele anging. Dazu kam, dass ich mich auch durch meinen Mann zu Ausgaben hinreißen ließ, die im Grunde unnütz und überflüssig waren, einiges bestellte meine Mutter während der Zeit, in der ich in Hamburg war, munter auf meinen Namen bei diversen Versandhäusern. Ich wusste davon nichts, bekam ja auch niemals eine Rechnung zu sehen oder ein Mahnschreiben. In Hamburg war ich nur mit zweitem Wohnsitz gemeldet und da mein erster Wohnsitz immer noch in meinem Haus war, fiel das Ganze auch nicht weiter auf. Erst, als dann die Mahnungen, die mich dann an meinem ersten Wohnsitz erreichten, denn nach einigen Monaten meldete ich mich bei der Behörde um, immer drängender wurden und schließlich der Gerichtsvollzieher vor meiner Tür stand, erkannte ich in etwa, was da gelaufen war. Aber ich kannte noch nicht das ganze Ausmaß, sonst wäre ich wohl sofort entweder zusammengebrochen oder hätte meine

Mutter erschlagen. Und wenn der Gerichtsvollzieher erst mal vor der Tür steht, sind die Kosten natürlich noch erheblich gestiegen. So werden selbst aus relativ kleinen Summen rasch sehr große. Inzwischen reicht es mir und für die Dinge, bei den ich den Nachweis erbringen kann, dass ich sie nicht bestellt habe, soll nun gefälligst meine Mutter finanziell geradestehen. Wie, ist mir vollkommen egal! Wozu gibt es Rechtsanwälte? Einige aus dieser Gilde befassen sich gerade mit dieser Thematik. Wenden wir uns meinen Kindern zu. Dass mein Sohn inzwischen in einer Pflegefamilie lebt, habe ich ja schon geschrieben. Es ist vielleicht besser für ihn, aber es schmerzt mich sehr. Paul bekommt dort alle Hilfe, die er braucht, also psychologische Beratung und Betreuung, die ich ihm nicht geben kann. Erstens, weil ich davon zu wenig verstehe und zweitens, weil ich durch die Ausbildung zeitlich so eingespannt bin, dass dafür auch kaum noch Platz wäre. Zudem ist das Jugendamt der Meinung, dass mein Sohn in die Obhut von Menschen gehört, die sich ihm gegenüber auch in seiner jetzigen Situation, die sich nicht viel gebessert zu haben scheint, durchsetzen können. Angeblich ist eine leibliche Mutter nicht in der Lage, eine optimale Betreuung in diesem Fall zu gewährleisten, weil sie einfach gegenüber ihrem Kind zu `weichherzig´ ist. Und - ganz ehrlich - derzeit würde ich ihn wohl auch nicht zurückbekommen, wenn ich entsprechende Anträge stellte. Das Jugendamt ist der Meinung, er wäre dort, wo er jetzt ist, zumindest für eine gewisse Zeit besser aufgehoben. Na toll! Andere Eltern saufen und das interessiert kein Schwein, auch nicht das Jugendamt. Aber eine Mutter in einer Ausbildung... das interessiert sehr wohl! In wenigen Wochen, im Oktober also, soll ich endlich wieder Kontakt zu ihm bekommen. Nicht real - um Gottes Willen! Nur telefonisch, damit er sich wieder an mich gewöhnt. Wenn alles gut geht, kann ich ihn dann ab 2004 zumindest an einigen Wochenenden mal wiedersehen und - falls er das dann überhaupt noch will - in die Arme schließen. Und vielleicht darf er dann auch die Wochenenden bei mir und mit mir verbringen. Bis dahin ist mein Kontakt zu ihm auf den Briefverkehr beschränkt. Alles andere würde nach Meinung des

Jugendamtes die Integration in die neue Familie nur stören. Integration - das heißt wohl, dass ich ihn vorerst doch nicht sehen werde, es sei denn, ich setze dieses Recht gerichtlich durch! Inzwischen, während ich hier an meinem Buch weiterschreibe, ist der Oktober längst ins Land gegangen, aber gesehen habe ich Paul bis heute nicht! Sämtliche Anfragen und Anträge, die ich stellte, wurden abschlägig entschieden. Aber auch zu diesem Thema liegt nun eine Akte bei meinem Anwalt. Auch wegen dem Unterhaltstitel füllt sich dort die Akte, allein diese Forderungen belaufen sich schon auf über 25.000.- Euro. Es ist also nicht nur so, dass ich Verbindlichkeiten habe, ich habe auch Forderungen. Nur kann ich die nicht durchsetzen. Das Jugendamt zahlt ja nur bis zu einem bestimmten Alter den Unterhaltsvorschuss, dann ist Ende und als ich heiratete, fiel auch dieser Zuschuss weg. Es ist alles beim Anwalt und die Akten werden immer dicker, aber davon bekomme ich das meinen Kindern zustehende Geld nicht, und die Väter leben derzeit allesamt von Sozialhilfe, also ist bei denen nichts zu holen, da nützen mir sämtliche pfändbaren Titel der Welt nichts, die kann ich einrahmen und mir übers Bett hängen oder mir an die Toilettentür nageln! Wenn ich Glück habe und sie kommen wieder mal auf die dumme Idee, zu arbeiten, kann ich vielleicht mal einen Teil ihres Lohnes pfänden lassen, aber selbst das ist noch unbestimmt. Ansonsten kann ich mir alle Titel, die ich gegen sie habe, mit in den Sarg schmeißen lassen, wenn ich mal sterbe. Man weiß nicht, wie man seine Familie jeden Monat durchkriegen soll, aber den Vätern passiert einfach nichts. Sie haben angeblich nichts, und damit hat es sich! Nachdem die Freundschaft zu meinen bereits beschriebenen Bekannten sich immer mehr vertiefte und wir feststellten, dass es für uns beide verdammt schwierig war, so weit von einander entfernt zu wohnen, ergab sich daraus ein erneutes Problem. Er konnte aus beruflichen Gründen nicht weg und meine Ausbildung hatte im Frühjahr 2003 noch nicht begonnen, somit war ich diejenige, die in ihren Entscheidungen in Bezug auf ihren Wohnsitz frei war. Also war es wieder an mir, meine Sachen zu packen und umzuziehen. In Hamburg fühlte ich mich ohnehin nicht mehr sehr wohl, ich war ziemlich isoliert, hatte keine Arbeit und meine Wunschausbildung konnte ich dort auch nicht machen, das war nur in Niedersachsen möglich, weil es hier freie Studienplätze gab. Außerdem waren die Fahrtkosten zwischen unseren Wohnorten ja auch ein Kostenfaktor, wenn wir abwechselnd nur für ein Wochenende runde achthundert Kilometer fuhren. Dazu kam, dass auch meine Tochter Hamburg Leid war und ich die Vier-Zimmer-Wohnung ohne Arbeit nicht länger halten konnte. Ich glaube aber auch, dass der drängendste Beweggrund der war, nun wirklich alles hinter mir zu lassen so gut es ging und ein völlig neues Leben, ein geordnetes Leben und ein Leben, das mir weniger Probleme als vorher bescherte, zu beginnen. Ich zog nach Niedersachsen in einen Nachbarort, der nur rund zwanzig Kilometer vom Wohnort meines Freundes entfernt ist. In denselben Ort konnte und wollte ich nicht ziehen. Dem standen ein paar Probleme entgegen. Ja, ich weiß - schon wieder Probleme. Glauben Sie mir, ich würde dieses Wort nie wieder gebrauchen, wenn ich es nicht müsste. Aber in der nächsten Zeit werde ich wohl nicht umhinkommen, es öfter, als mir lieb ist, in den Mund zu nehmen oder zu schreiben. Das Problem ist, ich erwähnte es bereits, Henrys Mutter. Sie ist strikt gegen unsere Beziehung und tut alles, um ihren Sohn von mir fern zu halten. Deshalb sehen wir uns auch meist nur am Wochenende, wo er bei mir bleibt und unter der Woche für ein paar Stunden. Ich hoffe, dass sich das im Laufe der Zeit ändern kann, aber jetzt gerade habe ich eben die schlechteren Karten. Mein Freund ist angestellt in der Firma seiner Eltern und lebt aus diesem Grund, eben weil er nahe am Unternehmen sein möchte, noch zu Hause bei seinen Eltern. Während ich das hier schreibe, wird mir bewusst, dass seine Mutter noch nicht einmal darüber informiert ist, wie weit wir in unserer Beziehung bereits fortgeschritten sind. Sie würde mir die Tür eintreten und mich an den Haaren aus dem Ort schleifen, wüsste sie es auch nur annähernd. Aber ich denke, sie wird es erahnen können, aber das ist mir an dieser Stelle egal. Natürlich will sie, wie jede Mutter, für ihren Sohn nur das Beste, und das bin ich in ihren Augen natürlich nicht. Geschieden, vier Kinder, die nicht einmal alle bei ihr leben! Noch nicht mal eine in ihren Augen ordentliche Ausbildung! Da muss sich doch was Besseres finden lassen? Denn beide kleineren Kinder leben weiterhin beim Vater. Ich hoffe nur, dass das kein Dauerzustand wird, denn die Bestrebungen meines Ex-Mannes, die Kinder dauerhaft bei sich zu behalten, sind mir bestens bekannt. Beide gehen inzwischen in den Kindergarten und fühlen sich ausgesprochen wohl. Mein Ex lebt in der unmittelbaren Nähe seiner Mutter und die passt auf jeden Fall auf, dass es den Kindern gut geht, da bin ich mir völlig sicher. Gelegentlich besuche ich sie mal, denn ich muss immer auf die Zustimmung. meines Exmannes warten. Abgesehen davon blockt Olaf auch etwas, er ist der Meinung, beide wären zu klein, als das sie begreifen könnten, warum Mama immer wieder kommt und dann auch wieder geht. Ich weiß allerdings auch, dass sie mir, wenn ich dann wieder wegmuss, tatsächlich tagelang nachtrauern und das ist wirklich nicht gut für sie. Ich versuche daher, über meinen Anwalt eine Klärung herbeizuführen, die uns allen vieren gerecht wird und niemanden mehr als notwendig belastet. Wenn ich bei meinem Exmann zu Besuch bin, sehe ich wenigstens, dass er inzwischen nicht mehr so viel trinkt, eigentlich nur noch ab und zu ein Glas Rotwein und das sei ihm herzlich gegönnt. Selbst, wenn er wollte, könnte er sich nicht bedenkenlos vollaufen lassen, seine Mutter passt da zu genau auf und vor der hat er einen Mordsrespekt. Seit mein Exmann genau wie ich den Kontakt zu meiner Familie praktisch völlig abgebrochen hat, geht es ihm wieder besser. Seltsam, dass man oft von `Trennungsschmerz´ spricht. Hier sollte eher der Begriff `Trennungsfreude´ Einzug halten. Nun zurück zum hier und jetzt, Ja, also was ist das denn nun für eine Frau, die drei ihrer vier Kinder nicht bei sich hat und nur mit ihrer ältesten Tochter zusammenlebt? Carolin, die Älteste, hat sich inzwischen gut in ihrer neuen Umgebung und in der Schule eingelebt. Das wichtigste ist, dass sie wieder ein paar Freunde gefunden hat. Das zweitwichtigste ist, dass ihr

Notendurchschnitt wieder stimmt. Aber das eine hängt sicherlich mit dem anderen zusammen. Sie wird als Mensch akzeptiert und das gibt ihr Auf- und Antrieb. In Hamburg hatte sie kaum noch Freunde und lebte eher zurückgezogen, genau wie ich. Aber sie leidet, weil sie die Einzige von meinen Kindern ist, die noch bei mir lebt und der Verlust ihrer Geschwister, besonders der ihres ältesten Bruders, trifft sie sehr und belastet sie mehr, als sie zugeben will. In diesem, spätestens im nächsten Jahr wird sie zur Kur fahren, damit sie mal etwas anderes sieht als eine Mutter, die den ganzen Tag nur am Arbeiten und Lernen ist und vor allem wird sie dort auch betreut, vielleicht schafft sie es, mit einem dieser Betreuer einen Kontakt herzustellen, der es ihr erlaubt, über ihre ganze Ängste und Sorgen, die sie mir nicht anvertrauen möchte, zu reden. Carolin sagt, sie will mich nicht auch noch mit ihren Problemen belasten, ich hätte schon genug Eigene. Für ihr Alter ist sie außerordentlich verständig und reif, es lässt sich nicht vermeiden, dass sie das eine oder andere, was mich belastet, hautnah mitbekommt. Ich hoffe, dass ich in nicht allzu ferner Zukunft über alles mit ihr reden kann und es sich dann nicht nur um immer dieselbe Problematik handelt. Dass ich mit meinem derzeitigen Leben nicht sonderlich zufrieden war, haben Sie sicherlich schon mitbekommen. Nur war es für mich nicht ganz so einfach, daran etwas zu ändern. Eine Arbeit in meinem erlernten Beruf fand ich nicht, ich hätte ja jetzt, da meine einzige mir noch verbliebene Tochter nun schon fast vierzehn Jahre war, ohne Weiteres wieder arbeiten gehen können. Aber ich fand nichts in meiner Umgebung als. Mir blieb also nur, mich auf irgendeine Weise weiterzubilden, etwas mit Computer. Dass ich die Arbeit am Computer sehr mochte, habe ich schon an anderer Stelle erwähnt, also warum nicht Interesse und Beruf verbinden? Aber ich konnte ja nicht einfach irgendeine Ausbildung auf eigene Kosten machen, ich brauchte dazu die Hilfe des Arbeitsamtes. Nun sind ja die Begriffe `Hilfe´ und `Arbeitsamt´ schon ein Widerspruch in sich, jeder weiß das, der schon mal mit dieser Institution zu tun hatte. Ich wollte unbedingt Mediengestalterin werden und das setzte voraus, dass ich, bevor ich überhaupt etwas in Angriff nehmen konnte, einen Test bei der Bildungsstätte, die diese Ausbildung anbot, machen musste. Wie ich es erwartet hatte, bestand ich die Prüfung. Jetzt musste ich also nur noch den zuständigen Arbeitsamtssachbearbeiter davon überzeugen, dass das Amt die Kosten für diese Art der Ausbildung übernehmen müsse. Aber das war leichter gesagt als getan. Zunächst einmal wurde mein Antrag mit der Begründung abgelehnt, dass es ja auf dem Arbeitsmarkt generell und bei den IT-Berufen besonders schlecht aussehen würde, was die Beschäftigungschancen anging. In diesem Bereich würde keinem Förderungsantrag stattgegeben werden, ich könne mir aber gerne etwas anderes aussuchen, Altenpflegerin zum Beispiel. Nichts gegen Pflegeberufe, aber das war nun gar nicht meine Passion. Abgesehen davon, dass dort fast ausschließlich im Schichtdienst gearbeitet wurde und meine Tochter nächtelang allein sein müsste, dass wollte ich nicht. Außerdem machte ich mir aus derartigen Berufen absolut nichts und ich konnte mir auch nicht vorstellen, dass ich eine gute Pflegerin abgegeben hätte. Warum, zum Teufel, kann ich nicht das machen, was mir Freude bereitet und von dem ich weiß, dass ich darin gut, wenn nicht sogar sehr gut sein kann? Ich lief mir die Hacken ab und schrieb unzählige Briefe an das Arbeitsamt. Es war mir vollkommen egal, was man dort von mir hielt, was ich wollte war diese Ausbildung! Drei Monate lang ging das Theater, dann hatte man wohl von mir und meinen nervigen Vorsprachen die Schnauze voll: ich bekam die gewünschte Ausbildung bewilligt. Abgesehen davon, dass es wirklich nicht nur ein kleiner Sieg war, war er für mich umso größer, weil ich zum ersten Mal in meinem Leben etwas für mich allein durchgesetzt hatte. Ich glaubte fest daran - und glaube es auch noch jetzt, während ich hier sitze und schreibe - dass ich, wenn ich meine Ausbildung beendet habe, einen Beruf gefunden habe, mit dem ich heute auch wirklich - und nicht nur kurzfristig - etwas anfangen kann. So sehr mir meine Ausbildung auch Freude bereitet und so gerne ich auch zur Schule gehe, so sehr belastet mich immer noch eins: das Verhältnis zur Mutter meines

Freundes. Es belastet mich sehr, dass ich von dieser Frau nicht akzeptiert werde. Natürlich wäre alles viel einfacher, wenn Henry und ich zusammenziehen würden, aber was soll er dann den ganzen Tag für Launen an der Arbeit ertragen, denn seine Eltern reden ja nicht mal mehr viel mit ihm, nur das, was nötig ist. Aber es wäre natürlich auch schön, ihn dauerhaft an meiner Seite zu haben! Es geht hier auch nicht um Teilbereiche meines Lebens, die diese Frau nicht akzeptiert und mit denen ich selbst nicht so recht zufrieden bin, es geht um mich als Person im Allgemeinen. Natürlich möchten jede Mutter und jeder Vater für seine Kinder nur das Beste, aber irgendwann beginnt man dann doch, sich von seiner Idealvorstellung zu lösen und Konzessionen zu machen. Aber ich bin dieser Frau in nichts für ihren Sohn gut genug. Ich habe die falsche Ausbildung, vier Kinder, bin geschieden... also eine richtige Unperson für sie. Und was für diese Frau besonders wichtig ist: eine Frau, die für ihren Sohn in Frage kommt, muss Geld haben. Dafür aber keine Kinder, idealerweise muss sie aus demselben Gewerbe kommen wie ihr Sohn und - ganz wichtig: auf keinen Fall darf sie geschieden sein. Geschiedene Leute sind ganz schlimme Personen! Fragen Sie mich nicht, warum. Gefühle zählen nicht. Doch was wird sein, wenn wir uns - was ich mir niemals wünsche - wegen seiner Mutter trennen müssten? Ich kann es mir nicht vorstellen, dass es einmal soweit kommt - aber trotzdem. Was dann? Wieder eine Enttäuschung mehr und wieder einmal das Vertrauen in andere Menschen verloren! Ich weiß nicht, was danach sein wird. Sicher, ich spüre, dass Henry mich nicht verlieren will, dass er immer noch zu mir hält, dass er versucht, ständig zu vermitteln, er spürt genau wie ich, dass unsere Partnerschaft etwas Besonderes ist, etwas, was man nicht verlieren, nicht missen möchte. Er sieht mich als Einziger als Mensch, als Person an, die ich nun mal bin und die ich auch bleiben möchte, egal, was ich in meinem Leben noch erreiche oder auch nicht. Das macht ihn so einzigartig. Ich sehe den Glanz in seinen Augen, wenn er bei mir ist und ich sehe die Trauer, wenn wir uns wieder trennen müssen, die Leere in seinem Blick, wenn er wieder zurück in sein Elternhaus fahren muss. Aber es ist uns ja verwehrt, zusammenleben zu können, das schrieb ich ja bereits. Ich begreife nicht, dass man glaubt, einen Menschen beurteilen zu können, den man gar nicht kennt. Mit dem man noch nie ein Wort gewechselt hat. Man kann ihn nicht beurteilen, aber man kann ihm mit Vorurteilen begegnen. Mit albernen Vorurteilen! Auch, wenn das für mich unverständlich ist, kann ich es nicht ändern. Nichts an einer bestehenden Situation ändern zu können, ist sehr schlimm für mich. Allerdings sehe ich schon wieder Licht am Ende des Tunnels. Einiges scheint sich wirklich langsam, sehr langsam zum Besseren zu wenden. Es sind die vielen kleinen Dinge, die mich wieder hoffen lassen. Mein Freund unterstützt mich, in dem er da ist, wenn ich ihn brauche, und sei es nur, um mich bei ihm fallen lassen zu können oder einfach nur zu reden. In dieser Hinsicht gibt er mir mehr als genug. Meine Tochter hat sich auch wieder gefangen und führt ihr Leben so, wie ich es in ihrem Alter gerne getan hätte. Ihre Leistungen sind durchaus bemerkenswert und mehr verlange ich von ihr auch nicht. Ich hatte so sehr gehofft, mit meinem anderen Kind inzwischen wieder Kontakt aufnehmen zu können, aber da beginnen sie schon wieder, die Probleme. Paul wurde nun vor Kurzem eingeschult und ich dachte, dass ich vielleicht dabei sein könnte, wenn er das erste Mal in seinem Leben vor dem Schultor steht, aber das wurde mir verwehrt. Dabei ist ein solches Erlebnis doch ein wichtiger Einschnitt im Leben eines Kindes. Und auch im Leben der Mutter. Es ist schlimm, von derartigen Ereignissen zwangsweise ausgeschlossen zu sein. Was ist das nächste prägende Ereignis für ihn? Die Konfirmation? Ich wünsche mir sehr, dass ich dann gemeinsam mit ihm dieses Fest feiern kann. Ich weiß nicht, warum ich nicht einfach hingefahren bin, niemand kann mich schließlich daran hindern, auf der Straße zu stehen und zuzusehen, wie die Erstklässler die Schule betreten. Aber wahrscheinlich fehlte mir erstens der Mut und zweitens - was hätte ich davon gehabt, ihn aus der Ferne zu sehen, ohne ihn zu berühren, ihn in den Arm nehmen und mit ihm sprechen zu können? Wenn er mich vielleicht gesehen hätte - wie hätte er sich verhalten? Ich weiß es nicht. Vielleicht hätte ich ohne es zu wissen allein durch meine nicht gewünschte Anwesenheit sogar gegen eine Auflage des Jugendamtes verstoßen? Es hätte nur unnütz weh getan. Ihm und mir. Mittlerweile gehe ich zur Ausbildung und es macht mir sehr großen Spaß, etwas zu lernen. Ich kann von dem Rechner in der Schule und zu Hause nicht genug bekommen. Manchmal vergesse ich auch einfach die Zeit und bemerke erst wenn es draußen dunkel ist, dass ich mal etwas essen muss. Aber eines habe ich gelernt, vertraue niemanden, der dir gleich angeblich Gutes tun will, denn das geht meist nach hinten los. Man hat mir viel in meinem Leben genommen, aber eines nicht, das winzige Fünkchen Hoffnung und den Willen zum Kämpfen, wenn man etwas erreichen will. In meiner Partnerschaft bin ich sehr glücklich, wenn sich das letzte Problem noch lösen wird und Henry seiner Mutter endlich die Wahrheit sagt: dass wir uns lieben und dass er sich nicht von mir trennen wird. Denn so viel Liebe kann auch eine Mutter nicht zerstören, ich halte daran einfach mal fest und hoffe, dass es diesmal in meinem Leben etwas besser wird. Wenn ich Zweifel bekomme und die Beziehung aufgeben will, um sein Leben nicht auch noch zu zerstören, dann sagt er immer wieder zu mir: "kämpfe weiter - kämpfe für uns - zusammen schaffen wir das." Aber wie lange soll ich noch kämpfen und wie viel soll meine Seele noch ertragen? Nach außen hin bin ich eine starke Frau - die immer bereit zum Helfen ist, aber fragen Sie mich nicht wie es ist, wenn ich alleine bin, dann sind ab und an die Abende mit Tränen ausgefüllt, der Schmerz des Verlustes meiner Kinder, der Schmerz wegen der Trennung meines Freundes während der langen Arbeitswoche. Ich komme nach Hause und es ist keiner da, der sich mit mir freut und über Kummer oder Freuden spricht. Meine Tränen sieht keiner, aber wenn man mir in meine Seele und in mein Herz schauen würde, dann wäre es so, als ob man einen reißenden Fluss sieht. Meine Tochter kann und will ich nicht belasten, es freut mich zu sehen, dass sie sich zu einem eigenständigen Menschen entwickelt. Aber noch glaube ich fest daran, dass unsere Liebe dies alles auch besiegt und dass auch für mich eines Tags das Glück einziehen wird. Und diesem Mann bin ich dankbar für jeden einzelnen Moment, den wir zusammen genießen und verbringen. Und nur für ein wir werde ich weiterkämpfen, denn diesen Mann liebe ich mehr als mein eigenes Leben. Mittlerweile bin ich gesundheitlich erneut etwas angeschlagen, ich habe eine Schilddrüsenunterfunktion und schlechte Blutwerte der weißen Blutkörper, aber glauben Sie mir: das ist etwas, was man hinnehmen kann und womit man alt werden kann, wenn der Rest im Leben auch nur teilweise aus Glück besteht. Es war alles aufgeschrieben, was ich für Aufschreibens Wert gefunden hatte. Ich war fertig. Fertig mit allem. Nun ja, mit fast allem. Das, was ich geschrieben hatte, musste noch Korrektur gelesen und lektoriert werden. Aber dann, dann war ich fertig. Inzwischen war es fast Weihnachten. Ein halbes Jahr lang hatte ich mein Leben Revue passieren lassen. Ich war sicher, dass es nichts mehr gab, was mich noch aus der Bahn werfen konnte. Es ging aufwärts, zumindest hoffte ich das, und alles, was sonst noch passierte, waren Peanuts gegen das, was mir bisher widerfahren war. Einen Tag vor Heilig Abend bekam Carolin ein gesundheitliches Problem. Ihre Hand schwoll an. Nichts Ernstes, sollte man meinen. Aber innerhalb weniger Stunden reichte die Schwellung bis hoch zum Ellenbogen. Allergisch war sie nicht, das wussten wir. Und ein Insektenstich um diese Jahreszeit, war sehr unwahrscheinlich. Ich erinnerte mich. Ihr Vater hatte das auch mal gehabt, lange war es her, dass ich daran gedacht hatte in diesem Moment, war ein Segen. Aber damals lebten wir noch in der DDR und es gab niemals eine Untersuchung, warum das bei ihm so war. Diese Symptome kamen und gingen, es blieb keine Schädigung zurück, jedenfalls keine sichtbare und damit hatte es sich. Als Carolin Arm nicht abschwellen wollte, versuchte ich, telefonisch ihren Vater zu erreichen. Seine Nummer hatte ich nicht, aber ich bekam sie über Umwege, von meinem Bruder, denn er wohnt im selben Ort wie Carolins Vater und ab und an haben die beiden Männer mal Kontakt miteinander. Ich war so froh, dass mein Bruder mir die

Telefonnummer gab, aber Carolins Vater ging nicht ans Telefon. Henry beruhigte mich, so gut er konnte, aber meine Hilflosigkeit machte mich fast ohnmächtig, ich fing vor Verzweiflung an zu weinen. Es blieb mir also nichts weiter übrig, als meine Tochter ins Auto zu laden und sie ins nächstgelegene Krankenhaus zu fahren. Es waren inzwischen ein paar Stunden vergangen, seit Carolin diese seltsame Schwellung hatte und ich wusste nicht mehr, was ich noch tun sollte. Ich hatte nur noch Angst um sie. Kurz bevor ich mit ihr losfuhr, versuchte ich es noch einmal. Dieses Mal hatte ich Glück und er ging ans Handy. Ich konnte ihm nur recht ungenau schildern, was mit „unserer" Tochter los war. Wir wussten es ja selbst nicht genau. Aber Milow wusste inzwischen genau, was das für eine seltsame Krankheit war, seine Auskunft beruhigte mich keineswegs. Inzwischen war Milow ja auch schon Mitte dreißig und er hatte sich untersuchen lassen, als bei ihm die gleichen Symptome vermehrt auftraten. Er sagte mir, um welche Krankheit es sich handelte, ein Name, den ich zum ersten Mal hörte und welches Medikament dagegen hilft. Allerdings sagte er mir auch gleich, dass es sich um eine Erbkrankheit handelt und dass sie nicht heilbar sei. Zum Glück für uns alle kam Henry mit in die Klinik, ich war sehr froh, in ihm eine Stütze und einen Halt an diesem Tag zu haben. Auto fahren konnte ich selbst nicht mehr, ich war vollkommen fertig und meine Gedanken kreisten immer wieder um Carolin. Ich hielt es nicht für möglich, wie unfreundlich wir im Krankenhaus behandelt wurden. Sämtliche Ärzte waren der Meinung, es handelt sich um eine Allergie und ich solle mich nicht so haben. Alle meine Einwände, es handelt sich dabei vermutlich - oder eher sehr wahrscheinlich - um einen genetischen Defekt, der sogar einen Namen hatte - hereditäres Angioödem oder kurz HAE - wurden nicht zur Kenntnis genommen. Erst, als Henry intervenierte, bequemte man sich zu weitergehenden Untersuchungen. Und schließlich wurde mir mitgeteilt, dass Carolin zur Beobachtung im Krankenhaus bleiben musste. Gemeinsam mit Henry fuhr ich wieder nach Hause, um für sie alles einzupacken, was im Krankenhaus im Allgemeinen benötigt wird und wir fuhren wieder hin. Zu meinem Entsetzen teilte man mir dieses Mal mit, dass Carolin umgehend in die Uniklinik nach Göttingen verlegt werden muss. Sie wurde sofort dorthin transportiert und dort stellte man dann sehr rasch, einen Tag später nämlich fest, dass sie wirklich an dieser relativ seltenen Krankheit litt. Niemand hatte mich aufgeklärt, worum es sich dabei handelte und ich hatte natürlich auch keine Ahnung. Ebenso wenig Henry, also machten wir uns im Internet schlau. Denn selbst die Ärzte in Göttingen hatten noch nie mit dieser Krankheit zu tun gehabt und mussten auch erst Rücksprache mit der Uniklinik in Mainz halten. Was wir dort lasen, ließ bei uns beiden den Mut sinken, dass alles gut werden würde. Nicht nur, dass es tatsächlich eine äußerst seltene Krankheit ist, offiziell hatten zu diesem Zeitpunkt in Deutschland nur rund 500 Personen diesen Gendefekt, sie ist auch noch - derzeit zumindest - unheilbar. Ich will Sie hier nicht mit medizinischen Einzelheiten langweilen, die ich vermutlich ohnehin nicht richtig wiedergeben könnte, aber es handelt sich dabei um die angeborene Veränderung eines Gens auf einem bestimmten Chromosom, das wiederum für die Bildung eines speziellen Enzyms verantwortlich ist. Fehlt dieses Enzym, kommt es bei den Betroffenen zu einer Fehlsteuerung des Komplettsystems, was dann eben zu diesen Schwellungen führt. Gefährlich sind nicht die Ödeme, die sichtbar sind, sondern die, die man nicht sieht, weil sie die inneren Organe betreffen. Das laßen wir nun alles und wir hatten Angst. Carolin wusste noch gar nicht genau, was ihr bevorstand und das ängstigte uns ebenfalls. An diesem Abend, am Heiligen Abend, saß ich, statt Weihnachten zu feiern wie alle anderen auch, auf dem Sofa und war mit meiner Verzweiflung allein. Wenn doch nur Henry da wäre, aber nein, wegen des Verhaltens seiner Mutter mir gegenüber saß ich alleine, ich hatte zwar einen Weihnachtsbaum und der Baum sah wirklich gut aus, aber der wurde nicht beleuchtet. Die Lichter blieben aus! Ich hätte es einfach nicht ertragen können, einen Baum in seinem Glanz erstrahlen zusehen. Abends, als ich dann zu Bett ging, meldete sich Henry telefonisch bei mir und wollte wissen, wie es mir ginge. Mir ging es natürlich gar nicht gut, aber das sagte ich ihm nicht. Eigentlich hätte er auch wissen müssen, wie ich mich fühlte. Am 25.12. kam er dann endlich zu mir. Aber ein `richtiges´ Weihnachtsfest wurde es trotz allem nicht. Henry, gutgläubig, wie er nun einmal ist, erzählte dann alles etwas später seiner Schwester, was nicht so schlimm gewesen wäre, wenn diese es nicht sofort seiner Mutter berichtet hätte. Natürlich kam wieder einer der äußerst passenden Kommentare von ihrer Seite. Sie meinte tatsächlich, dass mir nun wohl nichts Besseres mehr einfiele, als Henry mit einem "behinderten" Kind halten zu wollen. Ich frage mich, wie perfide diese Frau noch denken kann! Ich war über diesen Satz, als er mir überbracht wurde, furchtbar erschrocken und sagte nur: "sie soll doch froh sein, dass sie gesunde Kinder hat." In mir wuchs Ärger und Hilflosigkeit zugleich, wie kann eine Mutter so was allen Ernstes von sich geben? Es tat weh. Wir fuhren nach Göttingen und versuchten Carolin zu erklären, was sie für eine Krankheit hat und auch darüber aufzuklären, dass diese Krankheit ihr ganzes Leben ab sofort dauerhaft verändern wird. Sie ist zwar vom Alter her verständig genug, um zu begreifen, was auf sie zukommt, aber selbst einem Erwachsenen fiele es schwer, sich mit derartigen Gegebenheiten abzufinden. Sie weinte und ich versuchte, sie zu trösten, obwohl auch mir eher zum Weinen zu Mute war, aber ich spürte, dass ich ihr nicht den Halt und die Zuversicht geben konnte, derer sie bedurfte. Carolin konnte inzwischen bereits aus eigener Erfahrung berichten, wie es ist, mit einer unheilbaren Erbkrankheit geschlagen zu sein. Ich weiß nicht, ob es Unbedarftheit des Pflegepersonals war oder Vorsatz, auf jeden Fall war die Bemerkung ihr gegenüber äußerst verletzend, von Taktlosigkeit kann kaum noch die Rede sein. Diese Krankenschwester sagte zu ihr, dass sie es verantwortungslos fände, dass jemand - in diesem Fall also ihr Vater - Kinder in die Welt setzt, wenn er weiß, dass er eine derartige Krankheit hat und weitergibt. Ich glaub, ich hätte ihr eine reingehauen, wenn ich dabei gewesen wäre. Die Krankheit verläuft in drei Schüben beziehungsweise

Stadien und Carolin hat jetzt das zweite Stadium erreicht, was gut 20 Jahre andauern kann. Niemand weiß, wie oft diese Symptome auftreten können und ob sie rechtzeitig bemerkt werden, wenn sie innerlich auftreten. Passiert etwas, muss ich den Notarzt rufen, der dann das Medikament intravenös verabreicht, dann müssen wir warten und wenn keine Besserung eingetreten ist, muss sie sofort wieder in die Uniklinik gebracht werden. Schwierig ist auch die Handhabung der Medikamentierung. Nicht die Verabreichung des Mittels an sich, das kann jeder Haus- und Notarzt, nein, die Beschaffung ist so kompliziert. Ich darf zwar das Medikament für Notfälle zu Hause im Kühlschrank aufbewahren, aber ich bekomme es nicht in der Apotheke, sondern muss jedes Mal nach Göttingen in die Uniklinik fahren, um es von dort gegen Quittung abzuholen. Wird es verbraucht, muss ich gegen Vorlage der Verpackung eine neue Einheit anfordern, um sie dann wieder etwa zwei Tage später persönlich in Empfang zu nehmen. Einige Monate später vergingen und wir haben uns viel informiert und gelesen über diesen Gendefekt. Inzwischen hat sich diese Prozedur wenigstens etwas verändert, auch der Hausarzt kann nun dieses Medikament verordnen, da eine Einheit davon auch in Carolins Schule deponiert werden muss und auch der Hausarzt selbst muss es für den Notfall bereithalten. Wir werden beide lernen müssen, das Medikament notfalls selbst zu spritzen, denn wenn eine Schwellung im Bereich der Atemwege bei ihr auftritt, ist keine Zeit mehr für aufwändige Fahrten irgendwohin. Dann ist Eile geboten. Wir müssen, egal, wohin wir auch gehen oder fahren, ständig eine Ampulle dieses Medikaments mit uns herumtragen. Das bedeutet, dass jemand von uns immer eine kleine Kühltasche mit sich schleppen muss, denn das Präparat darf ja nicht warm werden. Das gilt natürlich auch für Carolin, wenn sie alleine unterwegs ist, für eine junge Frau in ihrem Alter keine Selbstverständlichkeit. Egal, ob sie schwimmen geht oder mit Freunden unterwegs ist, die Kühltasche muss mit! Sie und wir werden uns daran gewöhnen! Unser aller Leben hat sich mit der Krankheit verändert. Carolin wird später vor der Frage stehen, ob sie Kinder bekommen will, da dieser genetische Defekt autosomal dominant und nicht rezessiv vererbt wird. Das heißt, jedes ihrer Kinder könnte die Krankheit haben und weitergeben. Ob sie irgendwann mal ein "normales" Leben führen kann, wissen wir nicht und auch ich werde in der nächsten Zeit sehr belastet sein, denn ich muss auch während meiner Ausbildung permanent erreichbar sein und notfalls alles stehen und liegen lassen, wenn ein neuer Anfall auftritt. Carolin wird jetzt 6 Wochen zur Reha fahren, damit sie seelisch und physisch aufgebaut werden kann, denn wir müssen alle lernen, mit der Krankheit zu leben und versuchen, die Gedanken in andere Bahnen zu lenken, um nicht immer in Angst leben zu müssen. Es wird ein langer Weg, aber ich denke, wir werden es schaffen und jeden Tag genießen, den sie anfallsfrei ist, auch, wenn sie vielleicht kein normales Leben mehr führen kann. Carolin ist zuversichtlicher als ich und das ist gut so. Denn mit dieser Krankheit ist ihre Aussicht auf einen Arbeitsplatz auch nicht gerade rosig. Aber sie will ihren Weg gehen und wenn es nach ihr geht, wird sie später ein Studium beginnen und dann werden wir sehen, wie ihr weiteres Leben verläuft. Nun hoffe ich, dass Henry trotz allem weiterhin zu mir hält - nein, ich hoffe es nicht, ich wünsche es mir so sehr! Ich werde Carolin helfen, wo und wie immer ich kann, bis sie der Meinung ist, dass sie mich nicht mehr braucht und das wird wohl noch einige Zeit dauern. Wir werden es gemeinsam durchstehen!

Bis hier her, war mein Buch schon einmal veröffentlicht. Da das Leben aber weiter ging und ich immer noch am Kämpfen war und die Liebe im Leben gefunden hatte. Aber es gab so viele offene Fragen, was meine Kinder und dergleichen betraf, hier nun der Entschluss: Die Fortsetzung meines Buches aus 2003 – Seele aus Glas.

Als wir nun endlich wussten, dass die Krankheit meiner Tochter nie geheilt werden konnte, mussten wir anfangen uns damit auseinanderzusetzen. Wir fuhren in den kommenden Monaten sehr oft nach Mainz in die Universitätsklinik und ließen viele

Untersuchungen machen. Die Diagnose war: hereditäres Angioödem kurz gesagt auch HAE. Ein unheilbarer Gendefekt, nun ja, auch hier steckten wir den Kopf nicht in den Sand und kämpften. Nach vielen Aufklärungsgesprächen und den Anschluss an den HAE Verein lernten wir die Signale zu erkennen und zu verstehen und im Notfall richtig zu handeln. Heute im Jahre 2010 müssen wir nicht mehr jedes Mal den Notarzt rufen, dass dieser das Berinert, ein Notfallmedikament, intravenös gespritzt wird, Carolin lernte es mit den Jahren selber und glauben Sie mir, es erleichtert einem das Leben, wenn man selbst tätig werden kann. Doch auch die Krankheit meiner Tochter konnte mich nicht davon abhalten, weiterhin meine Ausbildung mit anschließendem Studium zu machen, es machte mir Spaß, ich lernte viel, auch wie im Lehrplan stand noch zwei Bewerbungsgespräche für einen Praktikumsplatz. Doch es wäre ja viel zu einfach, nein, an dem ersten Praktikumsplatz hatte ich keine Freude. Jeden Tag dasselbe, Anzeigen für die Zeitung setzen, ich konnte die Farbe Schwarz nicht mehr sehen. Ich brauchte das kreative, die Farben, also kam ein drittes Bewerbungsgespräch. Es war in einer Druckerei 75 km von meinem Wohnort entfernt. Egal auch die Fahrzeit jeden Tag konnte mich nicht abschrecken, dieses Angebot anzunehmen. Nach den ersten 4 Wochen meines neuen Praktikums wurde es also endlich kreativ und farbenfroh. Ich lernte in der Druckerei alle Abteilungen kennen, ich lernte so viel wie nie zuvor, dieser Beruf war und ist heute noch meine Berufung. Meine Arbeitskollegen waren alle nett, in den Pausen wurde viel gelacht, jeder half jedem, wenn es eng wurde und Termine eingehalten werden mussten, wir waren ein Team. Ich baute nach 5 Monaten ein Netzwerk auf, in der Druckvorstufe wurden neue Computer angeschafft, ein Server für die Datenablage, der Vorteil, der Ablauf im Aufbau der Medien konnte schneller gehen. Ich hatte Hundertprozentiges Vertrauen von der Seite meines Chefs, ab sofort hatte ich dafür zu sorgen, dass der Arbeitsablauf in der Druckvorstufe reibungslos läuft. Hierzu an anderer Stelle mehr. Es machte mir Spaß, ich wollte nur noch arbeiten und jeder Erfolg, jedes Lob von den Kunden war ein Stück Antrieb für mich. Aber der ganze berufliche Erfolg hatte auch Schattenseiten, die lagen in meiner Beziehung mit Henry. Wie soll es auch anders sein, glücklich an der Arbeit, aber unglücklich zu Hause? Eines Freitags abends kam er nach Hause und es wunderte mich, warum er so traurig war, er kein Rucksack bei sich hatte, wie eigentlich jedes Wochenende. Was war los, ich ahnte Schlimmes. Das war auch so, mein Glück wieder am Ende, Henry setzte sich auf die Couch. Er hatte Tränen in den Augen, ich fragte, was denn los sei, er brauchte lange bis endlich Töne und Buchstaben sich aneinander reiten. Er sagte: meine Mutter möchte, dass ich mich von dir trenne, ich werde nicht bei dir bleiben können. In meinem Kopf nur noch leere, ein Chaos der Gefühle, was soll ich tun, ich liebe diesen Mann, aber da ist etwas, was uns nie in Ruhe lassen wird - richtig seine Eltern. Ich weinte minutenlang, wusste nicht, ob ich es zulassen soll, dass Henry mich in den Arm nahm. Nein ich musste raus, raus aus dem Zimmer, nachdenken. Nach einer Weile kehrte ich zurück, er saß da noch immer an derselben Stelle. Ich schaute ihn mit verweinten Augen, aber klaren Gedanken an, und sagte, du kannst gehen, wir trennen uns, ich werde niemals versuchen Kontakt zu halten, wenn du mir in die Augen siehst und mir sagst: ich liebe dich nicht mehr. Ich hatte Angst, große Angst, dass Henry das sagt, ich setzte in diesem Moment, alles was ich liebte auf eine Karte. Henry schaute mich stumm an, Tränen flossen über sein Gesicht, der Glanz dieser wunderschönen blauen Augen, ich suchte ihn, fand ihn nicht. Sag es zu mir und du kannst gehen, heute und jetzt, er drehte sich wortlos um ging zur Tür hinaus. Ich schloss die Tür, und sank weinend zu Boden, nein stehe auf sagte ich mir, ich ging zum Fenster schaute ihm nach, er schloss seinen Kofferraum auf, holte seine Tasche raus, und schaute zu mir hinauf. Der Kofferraum fiel zu, er kam zur Tür, es klingelte, ich drücke auf den Summer. Da stand Henry wieder vor mir, eine Tasche in der Hand, und sagte: du weißt, dass ich dich liebe, und du weißt, dass ich das, was du hören wolltest, nicht sagen kann, darf ich bleiben? Nun schossen mir tausend Dinge durch den Kopf, ich wusste nicht, was passiert war. Ich setzte alles auf eine Karte und gewann einmal in meinem Leben? Wir fielen uns in die Arme, umarmten uns, redeten und wohnten von nun an zusammen. In den nächsten Wochen suchten wir für uns eine größere Wohnung und fanden diese auch. Die Renovierung lief chaotisch ab, der Umzug dasselbe, aber es war geschafft. Die Intrigen seiner Eltern gingen weiter, immer wieder Angst der Traum könnte platzen. Im Herbst 2004 besuchten wir Paul in der Pflegefamilie, ich wusste, was ich jetzt brauche, ist mein Sohn, und mein Sohn braucht mich, ich kämpfte um meinen Sohn mit einem Anwalt, damit er wieder nach Hause kann, kurz vor Weihnachten dann ein Brief, Paul soll ab Januar 2005 wieder in meinem Haushalt leben. Glücklich wie nie zuvor in meinem Leben umarmte ich Henry, er hielt mich fest. Am nächsten Tag kam ich aus der Druckerei nach Hause, nahm auf dem Weg nach Hause Henry mit, da ging es wieder los, seine Mutter fragte ihn, ob er mal wieder häuslich werden wollte und nach Hause kommen will?! Ich dachte an das Schlimmste, nein es kam anders, Henry sagte zu seiner Mutter, ich bin häuslich und fahre jetzt nach Hause. Ich konnte es nicht glauben, glücklich und zufrieden schliefen wir abends ein. Aber ich wusste genau, noch ist der Kampf nicht gewonnen, was auch in den nächsten Jahren zu spüren war. Auf Arbeit glücklich zu Hause ängstlich und vorsichtig, das Jahr verging schnell und das neue Jahr wird hoffentlich besser werden. Wir besuchten Paul, an diesem Tag durften wir ihm endlich sagen, was in den nächsten Wochen passiert. Paul kam in die psychologische Behandlung, sechs Wochen und länger wurde uns von der Klinik erzählt, eine solche Therapie benötigt Zeit. Nach erstaunlichen zwei Wochen durfte Paul für eine Nacht nach Hause, wir unternahmen als Familie am Samstag etwas, Sonntag zusammen essen, reden und kuscheln. Paul brauchte mich sehr, ich fühlte wie glücklich er war in meinem Arm. Überraschend durfte Paul nach 5 Wochen Klinik nach Hause, Henry und ich holten Paul ab. Ich war so glücklich, aber dieses Glück hatte Schattenseiten. Unser Alltag holte uns auf den Boden der Realität zurück. Henry und ich gingen wieder arbeiten, die Kids, also Carolin und Paul, mussten zur Schule. Carolin erzählte uns nach vielen Tagen, dass es nicht mehr geht, dass sie nach der Schule mit Paul alleine zu Hause war. Wir hörten uns an, was die Probleme waren. Ich erschrak, ich hatte meine Bügel Utensilien stehen lassen. Paul wollte seine Machtkämpfe gegen Carolin gewinnen, aber seine Schwester war konsequent und ließ das ein oder andere nicht zu. In seiner ganzen Wut griff Paul das Bügeleisen wollte seine Schwester damit verletzen. Tage zuvor ist Paul mit einem Messer auf Carolin losgegangen, sie selber ein Teenager war so stark, aber sie konnte den Aggressionen von Paul nicht entgegensetzen, was nun, ich stand kurz vor meinem Abschluss, vormittags saß ich in der Akademie um zu lernen, nachmittags arbeiten in der Druckerei, konnte ich es schaffen? Aggressionen von Paul, Familie, Abschluss, Beruf? Ich musste! Henry und ich beschlossen am nächsten Tag früher Feierabend zu machen und durch den Keller unseres Hauses zu gehen, um zu warten was passiert, sie wundern sich, Haus, ja wir hatten ein Haus, dazu komme ich später. Paul setzte wieder alles daran, seiner Schwester das Leben schwer zu machen, ich hatte genug gehört das reichte mir, ich auf 180, platzte in das Geschehen zwischen den beiden Kindern. Paul sehr erschrocken, Carolin und Henry wussten, dass es ernst wird. Ich schrie ihn an, ich war so wütend, sein Glück, dass er schneller war als ich, ich war stinksauer. Als ich ihn endlich packte, schrie er mich an, mit den Worten die sich in meine Seele brannten, gib mich doch wieder weg, du hast mich doch sowieso nicht lieb. Ich weinte und hielt ihn fest in meinen Armen, seine Wut wurde weniger, langsam löste ich den festen Griff und sagte, doch ich habe dich lieb, und gebe dich nicht weg. Egal, was du dir jetzt einfallen lässt und machst, um uns wehzutun. Du bist und bleibst hier bei uns, die nächsten Tage waren schon unheimlich und gewöhnungsbedürftig. Es war harmonisch friedlich und wir waren als Familie glücklich, denn Paul hatte seine Wut und Aggressivität im Griff und sie kamen nur noch selten. Nun sind sie neugierig, denn ich schrieb unser Haus? Jetzt möchte ich Ihnen erzählen wie es dazu kam. Ich lag seit Tagen im Krankenhaus, am Wochenende, besser gesagt, an einem Sonntag durfte ich nach Hause, Henry holte mich morgens ab, wir verbrachten mit unseren Kindern einen schönen Tag. Als ich abends wieder zurück in die Klinik musste, fuhren wir an einem Grundstück vorbei, am Zaun des Hauses stand ein Schild „Haus zu verkaufen". Wir riefen an und machten einen Besichtigungstermin, ein paar Tage später, ich war aus der Klinik entlassen, schauten wir uns das Haus an. Es war ein komisches Gefühl, ich sollte mit dem Mann, den ich über alles liebe, ein Eigenheim anschauen, war es ein Traum, war es Realität, es war Realität, Henry und ich Händchenhaltend, gingen ins Haus, uns überkam ein Schauer des Glücks, wir sahen nur die erste Etage, schauten uns an und sagten, ja das soll es werden. Natürlich schauten wir uns noch die anderen Räume an. Ich handelte den Preis noch etwas runter und nun lag es an uns. Wir gingen jeden Schritt gemeinsam, zur Bank, zum Notar, zur Besitzerin des Hauses, alles was erledigt werden musste, es gab nur ein wir. Das formelle war erledigt was nun, Fragezeichen in unseren Gesichtern, wir gingen zum Haus, alleine nur Henry und ich, standen in fast jedem Raum, sagten nichts, schauten uns an und nur ein Lächeln gaben wir dem anderen. Wollen Sie wissen, was nun auf uns zukam? Okay, aber nur kurz und knapp denn, was das für Arbeit bedeutete kann sich jeder denken, es gab keine Heizung, Fenster aus dem Baujahr 1960, Elektrizität und Sanitäranlagen auch über 40 Jahre alt, in der Küche ein Nachtspeicherofen, im Bad und Gäste-WC ein Heißluftgerät. Was nun? Klar bei der Besichtigung sahen wir das alles schon, aber jetzt war es unser Haus, nun musste es weitergehen. Henry und ich saßen abends zusammen am Tisch, und besprachen was nun passieren soll. Wir brauchen ein Wasser,- und Heizungsinstallateur, Tischler für Fenster und Böden, sowie Decke, in der unteren Etage, Elektriker, Fliesenleger und so weiter. Ich nahm ein paar Tage frei, organisierte alle Handwerker. Abends, an jedem Abend, besprachen Henry und ich, was als nächstes passieren muss, denn wir wollten so schnell wie möglich aus der Wohnung raus, denn der Schimmel kam immer wieder, ein Labor welches ich beauftragt hatte nahm Proben. Es waren vier verschiedene Schimmelpilze, unter anderem auch der schwarze Schimmel. Alle Handwerker waren nach zwei Monaten fertig. Unser Bad hat eine Eckbadewanne bekommen 140 x 140 cm, für ein sonntägliches Bad stand dem nichts mehr im Wege. Seine Familie wusste von nichts, wir hatten Angst vor Intrigen oder dergleichen. Die Renovierungsarbeiten gingen super voran, ein guter Freund half uns auch.

Nun liebe Leser, das war die Zeit in Kurzform, ab dem Kauf des Hauses, besprachen wir alles zusammen, aber alles andere lag nur an mir, das Organisieren der Handwerker und kontrollieren ob es voran ging etc. etc..., Henry und Urlaub mehr als zwei Tage? Das war schon Glück. Ja, dass war jedes Mal dasselbe Theater, aber hier ist es kurz einzufügen es reicht ja aus, wenn er der Sklave der Firma ist und die restliche Familie seiner Seite mindestens dreimal im Jahr in den Urlaub fährt. Was meistens zur Folge hatte, der Lohn wird auf zwei Teilzahlungen geleistet oder blieb gänzlich aus. Nun mein Tagesablauf, in der Schule, Arbeit, Familie, Baustelle. 6 Uhr aufstehen, 7 Uhr Baustelle, Besprechung mit den Handwerkern, 8 Uhr Fahrtrichtung Schule, 9 Uhr Ankunft in der Schule, 13 Uhr Abfahrt in die ca. 75 km entfernte Druckerei, 14 bis 18 Uhr Arbeiten, manchmal auch länger, Henry abholen, Besichtigung, was im Haus tagsüber geschah, vor der Baustellenbesichtigung war Abendessen mit den Kindern, spätestens 23 Uhr im Bett. In der Schule war nun die Zeit der Prüfungsvorbereitung, ich nahm auch oft die Aufgaben mit, um sie zwischendurch zu machen. Nun endlich Prüfung bei der IHK, ich war nervös, denn ich wusste, in den letzten wichtigen acht Wochen hatte ich eine mehrfache Belastung. Aber ich schaffte meine Prüfung mit gut, Schule war nun Geschichte und der Einzug ins Haus rückte näher. Von nun an arbeitete ich als selbständige Mediendesignerin weiter in der Druckerei. Nun verdiente ich Geld, denn mein Praktikum war zu Ende und jetzt begann der Ernst. Ich Pechvogel, sensibel und unsichere, ängstliche Person bekam in der Druckerei die Stelle von der ich nur zu träumen konnte. Ich übernahm die Leitung, der Druckvorstufe, bekam auch Praktikanten und Schüler, die den Beruf als Mediengestalter sich anschauen wollten. Diese Zeit in der Druckerei war so schön, ich war glücklich, man gab mir Aufgaben, die nur Vorgesetzte bis dahin erledigt hatten. Ich gab alles, mein Chef würdigte meine Arbeit mit kleinen Überraschungen. Nun endlich Einzug in unser neues zu Hause. Möbel alle auf den Sperrmüll, denn Schimmel im Holz, nein danke. Ich verdiente zu dem Zeitpunkt nach allen Abzügen etwas mehr als Henry. Denn durch meine Selbständigkeit musste ich meine Abzüge ja anders berechnen, unserer Familie ging es gut, ich hatte zwar das seelische Problem mit meinen beiden kleinen Kindern, die waren noch immer bei meinem Exmann, es quälte mich, ich arbeitete viel, um die Gedanken loszuwerden, die mich quälten. Wollte endlich mal Erfolg, Anerkennung, wollte zeigen, dass ich etwas kann. Ich wollte einfach nicht mehr das hässliche dumme Entchen sein. Nun kauften wir uns nach und nach neue Möbel, ein Sofa eine Schrankwand auf die mussten wir 5 Monate warten, aber soll ich Ihnen liebe Leser etwas sagen? Es ist gar nicht schlimm, wenn man auf einer Matratze sitzt mit den Kids, und fernsieht, denn die Liebe in einer Familie ersetzt viel mehr als Sie denken. Wir waren eigentlich glücklich, wenn diese Intrigen und dergleichen doch endlich aufhören würden, von Henry seiner Familie. Ich will von Henrys Familie nicht geliebt werden, ich will akzeptiert werden, mehr nicht. Aber bis heute ist dies ein Wunsch, der nie in Erfüllung gehen wird. Durch meine Selbständigkeit erhielt ich ein Projekt, von einem Autor, Journalist und Verleger der für BMW arbeitet. Ja, Sie lesen richtig, ich durfte für BMW arbeiten. Das Briefing war sehr interessant, ich wollte es nicht versuchen, ich wollte diesen Auftrag haben, und hatte keine Angst vorm Versagen. Ein Buch ca. 600 Seiten, Prägung, Hardcover, Schutzumschlag, Kapitel Bändchen in den M3 Farben usw., was war das für ein Traum? Nein, es war Realität. Ich bekam das Projekt, Freude und Panik alles zusammen kam in mir hoch. Nein, du gibst nicht auf, du machst das Ding, sagte ich mir, und eine Stimme, die mir vertraut vorkam, sagte, du schaffst das. Nun begann der Stress tagsüber in der Druckerei, wo ich noch immer war, abends bis tief in der Nacht, meistens schliefen alle schon, arbeitete ich alleine an diesem Buch. Dann, als ich merkte, dass es reichte, da war es meist schon zwischen 2 und 3 Uhr nachts, schnell ging ich zu Bett, kuschelte mich an meinen Mann an und schlief ein, durch dieses BMW -Projekt trat ein Mensch in meinem Leben, der mir heute noch wichtig ist, natürlich nach Henry und den Kids. Aber dieser Mann Peter ist mein „Papa" sie fragen sich jetzt, wieso Papa? Nun die Erklärung; Peter kam, am Ende des Projekts zu mir, wir arbeiteten an den Korrekturen vom Buch, ein paar Tage brauchten wir, denn es sollte perfekt werden. Peter ist der Autor dieses Buches. Wir fuhren nach Hannover in die Druckerei zur Daten Abgabe. Er sagte zu mir, Pauletta du bist für mich mehr geworden, als nur meine Designerin, in den letzten fünf Monaten wo wir zusammenarbeiteten, du bist nicht nur meine zukünftige Designerin, sondern ich liebe dich, wie eine Tochter die ich mir immer gewünscht habe. Seit dem Tag, sage ich liebevoll Papa und ich bin seine Pauletta. Heute viele Jahre nach unserem ersten Projekt haben wir eine wundervolle tiefe Freundschaft aufgebaut, Papa mit Freundin, Henry und ich, vier Erwachsene die nichts trennen kann. Auch heute, wenn es mir schlecht geht ist Papa da, ich habe manchmal das Gefühl, dass er es merkt, denn geht es mir schlecht, klingelt am selben Tag, dass Telefon, und wir reden und reden, weinen und lachen. Ja Papa weiß wie er mich am Ende zum Lachen bringt, ab und zu besuchen wir uns gegenseitig, geht leider nicht so oft, denn er ist in die Eifel gezogen, aber zum Glück gibt es Technik, die es erlaubt, dass man Kontakt halten kann. Er kennt lückenlos mein Leben, er weiß alles. Auch von den Intrigen, die erzählt werden, die meine Schwiegereltern und Schwägerin von sich geben, einmal musste ich Papa zurückhalten, er wollte klären, dass man sich mit Intrigen und schlechten reden ja nicht zusammenfinden kann, er wollte klären, dass man sich nicht lieben aber akzeptieren sollte, und vor allen Dingen respektieren. Ich redete mit Engelszungen auf ihn ein, dass es dadurch nur noch schlimmer wird und gar nichts bringen würde. Er war sehr traurig, dass ich ihm das nicht tun ließ, aber aus tiefer Freundschaft und Liebe zu mir, tat er es nicht. Zum Glück. Wer weiß, was passiert wäre. In meinem Herzen hat mein Papa einen Platz gefunden, den niemals ein anderer Mensch bekommt. Mein Papa ist der wertvollste Mensch in meinem Leben, er akzeptiert mich, so wie ich bin, mit allen Stärken und Schwächen, Papa schön, dass es dich gibt, danke für alles, wir lieben dich, deine „Tochter" Pauletta und Henry. Das Jahr 2005 ging dem Ende zu, wir hatten uns in unserem Haus eingelebt und Henry und ich genossen die Zweisamkeit und das Familienleben. Eigentlich könnte ich ihnen jetzt sagen, wir haben es geschafft, und ein Happy End erzählen, aber lieber Leser, so einfach ist es leider nicht. Im Dezember 2005 haben Henry und ich uns entschlossen, dass wir uns einen Hund holen wollen. Wir schauten im Internet nach Riesenschnauzer, in einem Tierheim in Lübbecke fanden wir einen Rüden. Ich rief dort an und machte einen Termin aus, mit der ganzen Familie fuhren wir zwischen Weihnachten und Silvester ins Tierheim. Sam, so war sein Name, saß in seinem Zwinger, als wir auf den Zwinger zugingen, kam Sam zur Tür, ich bückte mich nach unten, sah in seine dunkelbraunen, traurigen Kulleraugen, ich war stark, sein Blick machte mich traurig und ich weinte, Henry neben mir mit Tränen in den Augen. Sam schaute mich an und durch das Gitter des Zwingers streichelte ich ihn am Kopf, und sagte; Sam wir holen dich hier raus. Am selten selben Tag gingen wir mit ihm ein Stück spazieren, die darauffolgenden Tage auch. Denn zwischen den Festtagen darf ein Tier kein Tierheim verlassen. Ich fieberte den 2. Januar 2006 entgegen, heute holen wir Sam, sagte ich, immer wieder. Die Fahrt zum Tierheim kam uns wie eine Ewigkeit vor, endlich angekommen, alle Papiere unterschrieben, Sam an der Leine in meiner Hand, gingen wir zum Auto. Ich hockte mich zu ihm und sagte, ab jetzt geht es dir gut. Können Hunde weinen? Ich glaube ja, denn Sam schaute mich zwar noch immer etwas traurig an, aber seine Kulleraugen leuchteten, als ob es Tränen der Freude waren. Am Auto sollte

Sam in den Kofferraum, er wusste mit seinen 6 Jahren gar nicht, was er jetzt tun sollte, Henry hob ihn hoch und setzte ihn in den Kofferraum, damit er die Fahrt gut übersteht. Sam zitterte, hat er Angst? Vor was, er sollte ihm jetzt gut gehen. Aber lieber Leser glauben Sie mir ein Hund hat auch Gefühle, ich denke er konnte noch nicht, dem ganzen was gerade geschah, sein Vertrauen schenken. Zu Hause warteten eine Kuscheldecke und Spielzeug natürlich für Hunde und ein Knochen auf ihn. Die Fahrt war komisch, Sam lag im Kofferraum, man hörte ihn nur hecheln. Endlich zu Hause angekommen, etwas vorsichtig und zurückhaltend ging er durchs Haus, dann sah er seine Decke, als ob er es wusste, dass es seine war, legte er sich darauf und schlief. Ich saß, es eine Weile neben ihm, schaute ihn an, streichelte durch sein Fell. Naja Fell trifft es nicht gut, es war sehr verfilzt und strubbelig. Also machten wir einen Termin beim Hundefriseur.

Paul und Carolin freuten sich über Sam, jeden Mittag lagen Sam und Paul im Flur, um Mittagsruhe zu halten. Am nächsten Tag gingen Henry und ich zum Hundefriseur, nein nicht wegen uns, mit Sam natürlich, er war so lieb mein Teddybär. Er schaute mich an, mit seinen dunkelbraunen Augen und ließ sich sein Fell auf 9 mm kurz schneiden. Jetzt sah er wenigstens aus wie ein Riesenschnauzer. Spinne so heißt das oben an den Augen, und der Bart lang, Rest kurz. Ich war happy, Henry stolz, so fuhren wir zu dritt wieder nach Hause. Das Jahr 2006 verlief wie im Flug, ich arbeitete viel von zu Hause aus, der Grund war einfach, meine Kinder und Sam sollten so wenig wie möglich alleine sein. Sam litt in der Vergangenheit schon genug, im April machten wir einen Kurzurlaub in Kiel. Sam traute sich anfangs nicht mal in die Ostsee, bis Frauchen, also ich, bis zu den Waden drinstand, dann sprang dieser große Hund ins Wasser und ich war triefend nass. Aber egal, mein Sam darf das, wir hatten dann richtig viel Spaß im Wasser. Noch eines wunderte mich seit Wochen, er war schnell schlapp und müde, ich machte mir große Sorgen und beschloss zum Tierarzt zu gehen, sobald wir wieder zu Hause sind. Am Sonntag fuhren wir nach Hause, unser Bekannter kam ein paar Tage mit. Er hatte gerade den Führerschein bestanden und wollte so gerne eine längere Strecke fahren. Cool dachte ich, ich werde aber in meinem gerade 4 Monate alten Auto als Beifahrer sein, er hatte gerade den Führerschein, ich musste alles beobachten. Wir fuhren los, Sam im Kofferraum am Schlafen, Henry auf dem Rücksitz und ich als Beifahrer. Juhu der Elbtunnel ich mag es durch diesen Tunnel zu fahren, ich nahm mein Handy zur Hand schrieb eine SMS an Henry, er saß ja hinter mir aber ich wollte etwas fragen. Ich schrieb: „Wir sind nun seit fast vier Jahren zusammen willst du mich heiraten? dein Engel". Er nannte mich von Anfang an immer Engel. Aha ich wusste ja die Antwort und grinste schon, ich schrieb also eine weitere SMS, dass es nur ein Test war ob er mich liebt, kam seine Antwort schon an, bevor ich meine zweite abschicken konnte. Henry schrieb: ja mein Engel ich möchte dich heiraten. Ich schaute noch auf mein Handy und war sprachlos denn wir wollten nie heiraten, nun was soll ich sagen, zweite SMS gelöscht und mich umgedreht, mit Tränen in den Augen, grinste ich ihn an. Am nächsten Tag fuhr ich mit Sam zum Tierarzt, nur mal schauen lassen, weil er immer so schnell schlapp ist. Die Tierärztin untersuchte ihn, konnte aber am Herz und Lunge nichts hören was auffällig war. Beruhigt oder doch eher leicht beruhigt fuhren wir wieder nach Hause. Sam ging es Tag für Tag schlechter, warum? Ich bemerkte am Rutenansatz eine Beule die war so groß wie ein Hühnerei was ist das? In Panik rief ich Henry an, er möchte bitte früher nach Hause kommen, Sam geht es nicht gut, ich wollte nicht alleine zum Tierarzt. Frühen Abend fuhren wir zum Tierarzt ich machte mir Sorgen, große Sorgen. Die Tierärztin schaute sich Sam sehr genau an, nahm Blut ab und gab ihm meine Hormonspritze. Tage später stand Sam im Flur und es tropfte Blut aus seinem Penis, was zur Hölle ist das jetzt? Wieder blieb ein Tierarztbesuch nicht aus, es könnte von der Prostata kommen, es könnte, reichte mir nicht aus. Wieder Hormonspritzen, wieder Blutuntersuchung, dass ganze schon fast 3 Monate. Mir reicht es nun, ich fuhr in die nächste Tierklinik erzählte dem Tierarzt alles. Er schlug vor, dass wir Sam kastrieren sollten, er machte Blutuntersuchungen und eine Woche später den Termin zur Kastration. Morgens um 9 Uhr war die Operation ich wartete, es dauert so lange, warum, ist was passiert? Zwei Stunden später, kam Sam zu mir, in den Aufwachraum, er sah so friedlich aus. Der Tierarzt wollte mit mir sprechen, hockte sich neben mich, während ich Sam streichelte. Er erzählte mir folgendes: die OP, was die Kastration betraf, lief gut, nur er entdeckte auf dem Ultraschallbild im Magen ein Geschwür, er nahm eine Probe ab und eine weitere am Rutenansatz von der Beule. Es würde jetzt ein paar Tage dauern, bis das Ergebnis da ist. Ich hatte Angst, große Angst um meinen Sam. Er wachte langsam auf und wedelte sofort mit seiner Rute als er mich sah. War er glücklich, dass ich da war? Ja ich denke schon. Zu Hause angekommen legte Sam sich auf seine Decke und schlief weitere paar Stunden. Er fraß in den nächsten Tagen nur sehr mäßig. Nach ein paar Tagen klingelte plötzlich mein Handy morgen um 7 Uhr, der Tierarzt. In mir stieg die Angst hoch und ich ging dran. Das Gespräch war kurz wir sollten in die Praxis kommen, der Arzt wollte mit mir reden. Angst, Sorgen und Kummer fuhren als Begleiter mit, angekommen in der Tierklinik sagte man mir, es dauert nur einen kleinen Moment, der Arzt kommt gleich. Er begrüßte mich und bat mich, mit in seinen Behandlungsraum zu kommen. Der Doktor schaute mich an und fing an zu erzählen, es tut mir leid ich habe leider keine guten Nachrichten für Sie, und Sam. Das Labor, der Gewebeproben war da, leider muss ich Ihnen mitteilen, dass das Geschwür im Magen und an der Rute Krebs ist. Es ist zwar verkapselt, aber es ist Krebs, bösartiger Krebs. Er erzählte mir auch den Namen, wie man dieses Ding da nannte aber ich hörte nicht mehr zu, fing an zu weinen und fragte, wie lange haben wir noch? Seine Antwort, das kann ich Ihnen leider nicht sagen, an der Route könnten wir operieren, aber ich rate davon ab, weil es Sam zusätzlich belastet. Im Magen können wir leider nichts machen, durch die Gefäße würde es nicht gut gehen. Mein Rat wäre: genießen Sie die Zeit mit Sam, versuchen sie, soweit es geht, normal mit ihm zu leben, ich gebe ihnen

Medikamente mit und spezielles Futter, welches den Körper nicht belastet und im Magen schnell verdaulich ist. Keine Ahnung, was ich damals dachte, ich weiß, dass ich weinte und immer wieder fragte warum, warum? Der Weg nach Hause war voller Gedanken und Fragen. Angekommen und völlig fertig vom Weinen legte ich mich mit Sam aufs Sofa und wir schliefen ein. Die Tür geht auf, weil mein Mann nach Hause kam, oh Gott schon so spät? Ja, mein Engel, antwortete er, er sah mir gleich an das etwas nicht stimmte. Was ist denn los, fragte er, und setzte sich zu uns, wieder fing ich an zu weinen, und unter Tränen erzählte ich ihm, vom Tierarztbesuch am Morgen. Er saß neben mir und starrte mich an, es tut mir so leid, hörte ich bevor er in den Garten ging. Weinte er auch und ich soll es nicht sehen? Ja es war so, er weinte und ich durfte nicht sehen, dass auch er einmal schwach war. Die nächsten Tagen verliefen normal, etwas schleppender als sonst, aber normaler Familienalltag mit Arbeit, Kinder und Sam. Die Kinder kuschelten viel mit Sam, wenn ich arbeiten musste. Kein Abend konnte ich einschlafen ohne die Frage warum? Es war Oktober geworden Sam wurde immer kurzatmiger, Gassi gehen länger als 30 Minuten, war nicht mehr möglich. Gut dann eben viermal 30 Minuten, auch gut, statt zwei bis dreimal, zwei Stunden am Tag. Für die Eheschließung am 12.12.2006 war auch alles fertig alle Papiere haben wir nach Hamburg zum Standesamt geschickt, Ferienwohnung war gebucht, alles in trockenen Tüchern. Anfang November, sollte mich das Glück verlassen, warum sollte ich glücklich sein was habe ich getan? Ich gehe morgens wie gewohnt ins Büro, und Sam schlief noch, vor der Schlafzimmertür, er sah so friedlich aus mein Kuschelbär. Gegen Mittag wurde ich unruhig, Sam kam noch nicht ins Büro, ich schaute nach ihm. Er lag noch immer da und schaute mich traurig an. Ich setzte mich zu ihm, streichelte ihn, habe versucht ihn zu animieren, dass er mit runterkommt. Leider vergebens er wollte aufstehen, aber brach wieder zusammen. Ohne lange zuwarten, rief ich in der Tierklinik an, man kannte uns ja schon. Eine Stimme am anderen Ende sagte: kommen sie sofort zu uns, wir schauen uns das einmal an. Meine Hände zitterten, ich rief Henry an und bat ihn, mit mir in die Tierklinik zu fahren. Er sagte in der Firma Bescheid und war ca.30 Minuten später da. Es kam mir vor wie eine Ewigkeit.

Henry musste den mittlerweile nur noch 40 kg schweren Hund zum Auto tragen, er konnte nicht mal mehr alleine die Treppen gehen, Stumm und ohne irgendwelche Geräusche, saßen wir im Auto auf dem Weg in die Tierklinik. In der Tierklinik angekommen, sah uns die Arzthelferin an und nickte uns zu. Wir wussten, dass sie uns gesehen haben, und warteten mit Sam draußen. Sam lag neben mir, ich hockte mich zu ihm und weinte. Ich flüsterte ihm zu, dass alles gut werden würde. Der Tierarzt winkte uns rein, langsam schleppend, lief Sam freiwillig in die Räume der Tierklinik. Erstarrt aber gefasst blieb ich stehen, der Arzt sagte: wir hatten ja schon darüber gesprochen, dass der Tag kommen würde, er ist nun da und wir sollen Sam nicht länger leiden lassen. Was? Welcher Tag? Warum? Heute? Meine Augen füllten sich mit Tränen. Henry nahm mich an die Hand und fragte, dürfen wir dabeibleiben? Ja sicher dürfen Sie das, es wird Sam guttun, wenn Sie dabeibleiben. In einem weißen sterilen Raum hoben Henry und der Arzt Sam auf eine grüne Liege. Sam senkte seinen Kopf in meinen Händen, seine großen, braune Augen, schauten in meine. Er wurde ruhiger seine Augen noch immer mit meinem verbunden. Sein Kopf fiel in meine Hände, der Arzt schaute mich an, nickte mir zu und dann verließ er den Raum. Henry war schon draußen er konnte nicht dabeibleiben. Ich nahm mir einen Stuhl, Sam sein Kopf in meinen Händen, mein Kopf an seinen gelehnt. Wie lange ich da noch saß, dass weiß ich nicht. Die Tür ging auf und der Arzt legte seine Hand auf meine Schulter und sagte aber nichts, gehört hätte ich ihn wahrscheinlich sowieso nicht. Tränen liefen über mein Gesicht, meine Augen brannten schon, egal ich habe gerade meinen Kuschelbär gehen lassen müssen. Er ist jetzt Schmerzfrei und sicherlich glücklich im Himmel angekommen. Bis heute verfolgt mich diese Zeit, bis heute denke ich Sam, es waren neun Monate volles Glück und auch voller Schmerz und Angst die ich durchlebte. Auch für Sam waren es 9 Monate, die er noch glücklich leben durfte. Als ich zum Auto zurück ging, saß Henry bei geöffneter Kofferraumklappe auf dem Rand. Da weinte ich, wir fielen uns in die Arme. Wir saßen beide eine Weile noch im Kofferraum, ich hielt die Leine und das Halsband fest in meinen Händen. Die nächsten Wochen vergingen, meine Kinder und ich redeten jeden Tag über Sam. Es war eine komische Stimmung, aber wir haben uns Mühe gegeben in den Alltag ohne Sam zurückzufinden. Der 12.12.2006 rückte immer näher, am 10.12. fuhren wir mit Carolin und Paul nach Hamburg, in unsere Unterkunft. Am 11.12 besorgten wir noch einen kleinen Blumenstrauß für mich, und hielten uns den ganzen Tag in Hamburg auf. Am 12.12. morgens um 7 Uhr klingelte der Wecker, Aufstehen, fertigmachen, heiraten, oh mein Gott es war soweit. Jeder von uns wollte ins Bad, ich blieb noch ein bisschen liegen, und warte bis der Rest der Familie sich fertig gemacht hatte, denn nur so hatte ich meine Ruhe zum Duschen schminken und anziehen. Als ich aus dem Bad kam, standen die drei fertig im Flur, noch mal durchgehen ob wir alles haben ja hatten wir. Henry im Anzug sah so anders aus als sonst, aber schön anzusehen. Wir fuhren los Richtung Standesamt, nach einer Weile sagte ich, wo ist deine Krawatte und lachte, Mist vergessen. Er sah mich an, und sagte, wo sind die Blumen, Mist auch vergessen. Eigentlich zu spät zum Zurückfahren, egal dann eben ohne Krawatte und ohne Blumen, Stau, nein, nicht jetzt, wir beschlossen, nächste Ausfahrt rauszufahren, ich rief unsere Trauzeugen an, die schon vor dem Standesamt warteten, Peter also Papa und seine Freundin aus Bielefeld, Peter, ja aus der Eifel angereist, sagten uns: macht ruhig wir laufen nicht weg. Zwanzig Minuten, zu spät angekommen, aber da es an diesem Tag eh die letzte Eheschließung war, also kein großes Problem. Wir gingen rein gaben uns das Ja-Wort. So, nun bin ich das zweite Mal verheiratet hoffentlich für immer. Jetzt war es Zeit ins Steakhouse zu fahren, wir verbrachten dort den restlichen Tag und gegen Abend fuhren wir in die Unterkunft und Peter mit Freundin nach Hause zurück, am nächsten Morgen ging es für uns auch zurück nach Hause, Henry ging gegen Mittag zur Arbeit, er musste ja, seine Eltern waren etwas komisch was Urlaub an ging, aber das erzählte ich ja bereits. Abends kam er nach Hause und erzählte mir, dass sie den Ring gesehen haben und fragten ob er geheiratet hat, Henry sagte als Antwort: ja habe ich und ich bin glücklich. Das restliche Jahr, naja es waren ja nur noch ein paar Tage, verlief wie im Flug. Bis März verlief das neue Jahr uninteressant, wir fuhren zur Arbeit täglich 10 Stunden oder mehr. Der Verlust von Sam saß immer noch sehr tief. Oft saß ich nur in meiner Freizeit da, und dachte an meinen Sam, in dem Moment kullerten meine Tränen. Es war März geworden unsere Terrasse musste gemacht werden, wir kauften Sand, Kies und Terrassenplatten. Um die Terrasse zu vergrößern trugen wir ein Stück Hang ab, man stelle es sich so vor, wir haben gerade Fläche mit schräglaufendem Hang zur Terrasse, wir wollten den schrägen Erdteil nicht haben. Mein Bruder, und ich natürlich nur nach der Arbeit, nahmen Spaten und Schaufel, dann ging es los. Lehmboden unter der Schicht Mutterboden, geile Sache dachten wir, das kann ja noch lustig werden. Immer wenn ich von der Arbeit kam, hatte mein Bruder viel geschafft er schenkte mir seinen Urlaub in dem er meinen Hang abtrug. Endlich war es geschafft, der Hang und 80 cm Tiefe waren abgetragen. Nun ging es los. Eine Stützmauer zu errichten, aus roten Blumenkästen, Eisenstäbe wurden eingesetzt und Beton aufgefüllt. Die letzten eineinhalb Steine wurden mit Erde befüllt, als der Beton trocken war, was ich dann auch machte. Efeu und viele bunte Blumen wurden gepflanzt und ich war so glücklich über das Ergebnis genau wie ich es mir vorgestellt hatte. Nun arrangierte ich, dass die Terrasse verlegt werden konnte, Sand, Kies und Drainage wurden verarbeitet, natürlich musste man erst die alten Platten aufnehmen, dies machten meine ältere Tochter und ich. Zur Entsorgung sollten diese gleich in den Container, den ich eigens dafür bestellt hatte. Nach ca. 14 Tagen war alles fertig, meine bzw. unsere Terrasse war fertig und so schön, ich saß viel draußen wir haben immer, wenn es möglich war draußen gegessen. Die Ruhe und der neu angelegte Garten mit der schönen Terrasse einfach ein Traum für die Seele. Ich arbeitete da immer noch sehr viel und lange, warum? Warum, diese Frage stelle ich mir noch heute, Warum, kann ich nicht, wie andere nach acht Stunden Arbeit, einfach Freizeit genießen? Darauf habe ich keine Antwort. Viele Möglichkeiten kämen in Frage, was wollte ich kompensieren? Heute würde ich es so nicht mehr machen denn mein Körper dankte es mir nicht, und ich wurde sehr krank. Dazu an anderer Stelle mehr. Erst einmal musste ein weiteres Projekt bezüglich des Hauses und Terrasse her. Das große Fenster sollte entfernt werden und gegen ein Element mit Terrassentür ersetzt werden. Aber es musste warten, denn mein Mann bekam mal wieder ein paar Monate keinen Lohn. Ich redete immer wieder mit ihm, dass es so nicht weitergeht. Seine Eltern, ja auch der Arbeitgeber von ihm, fuhren in den Urlaub und ich musste wieder einmal zusehen, dass wir über die Runden kamen. Haus, Lebensunterhalt, Nebenkosten und Autos etc. musste alles von meinem Verdienst bezahlt werden. Lange ginge das nicht. Schwere Monate indem ich noch mehr gearbeitet hatte, wie schaffte ich das alles? Ich weiß es nicht, ich funktionierte. Eine Familie und glücklich sein, mehr wollte ich nicht. Im Juli musste ich in die Klinik, nach Jahren Dauerstress, ich war einfach ausgebrannt. Es ging gar nichts mehr, ich beurlaubte mich in der Druckerei, um den Stress zu minimieren, aber das half auch nicht. Ich saß oft in meiner Agentur und schaute stumm auf den Monitor, bis ich merkte, du musst was tun. Ich saß manchmal einfach nur rum konnte mich über nichts mehr freuen, alles tat weh, was ist mit mir? Elan und Motivation waren weg, Ideen hatte ich viele konnte sie aber nicht umsetzen. Alle Untersuchungen waren abgeschlossen und nun stand das Blutbildergebnis aus, nach 4 Tagen das Ergebnis ernüchternd musste ich hinnehmen, dass ich ihn an einer Eisenmangelanämie litt, die den Heilungsprozess verlängerte. Nach 6 Wochen Klinik wurde ich entlassen, aber ich war nicht mehr die Frau, die ich mal war. In der Klinik habe ich wieder angefangen zu rauchen, nach fünf Jahren des Nichtrauchens, ärgerlich, aber es war halt so und ist bis heute so. Meine Agentur konnte ich weiterführen, aber die Doppelbelastung mit der Druckerei, diese hatte ich beendet, zufolge war, ich kündigte die Stelle als freie Mitarbeiterin. Mein Leben musste neu geordnet werden, das Wichtigste aber war, ich musste gesund werden, am Leben teilnehmen, Freude empfinden, aber es fiel mir schwer, sehr schwer. Nun war es mittlerweile Oktober, ich fing an der Akademie Überlingen in Hameln, als Dozenten an zu arbeiten. Der Bereich Neue Medien machte mir Spaß, meinen Schülern konnte ich Theorie und Praxis vermitteln, da ich praktische Erfahrung mitbrachte. Folgende 12 Monate waren schnell vorbei. Im Dezember entschlossen wir uns, wieder einem Riesenschnauzer ein Zuhause zu geben. Sie war 8 Wochen jung als sie bei uns einzog. Neues Leben in unserem Haus, alles dreht sich vorerst um die Hündin. Hundeschule und Training war angesagt. Auch meine beiden kleinen Kindern Ben und Celine konnte ich durch anwaltliche Hilfe sehen. Jede zweite Woche fuhren wir bis zu 4 Stunden zu Ihnen, nur um sie für zwei Stunden zu sehen, spielen und kuscheln. Da tat mir jedes Mal im Herzen weh, dass Celine weinte, als ich wieder nach Hause fuhr, und ich sie beim Vater und Stiefmutter zurücklassen musste. Kurz vor Ende November hat es mir das Herz zerrissen, sie klammerte an mir und weinte, hielt sich an mir mit voller Kraft fest, die ein kleines Mädchen hatte und schrie als ihr Vater sie mit Gewalt mir entreißen wollte. Ich weinte im Auto auf der Rückfahrt und beschloss, dass ich etwas tun muss, so kann es nicht weitergehen. Kommende Nacht schlief ich nicht, und recherchierte im Internet was es für Möglichkeiten gibt. Denn mein Exmann war mit allen Wassern gewaschen und ich musste gut vorbereitet sein. Nun war es an der Zeit, dass ich wieder alle meine Kraft brauchte, ein langer Kampf stand mir bevor, um das Aufenthaltsbestimmungsrecht Regeln zu lassen. Laut meinem Anwalt, kann ein solcher Streit lange dauern, sogar bis zum Gerichtsentscheid. Da dachte und hoffte ich noch, dass der Vater der Kinder es nicht so weit kommen lassen würde, wie gesagt ich dachte es. Mein Anwalt und ich reichten Klage beim zuständigen Familiengericht ein. Nach ca. 4 Wochen bekam ich ein Schreiben vom zuständigen Jugendamt, ab da gingen die nervenaufreibenden Termine los. Fast wöchentlich war ein anderer Termin, Anwalt, Besuche bei den Kindern, Jugendamt und das im Wechsel und nur mit halber gesundheitlicher Belastung. Aber wenn es jemand schafft, dann ich, sagte ich mir jeden Abend, die Augen voller Tränen kurz vorm Einschlafen. Das neue Jahr begann, wie das alte aufgehört hatte. Viele Termine beim Jugendamt und bei meinen Kindern. Endlich war die Zeit gekommen und meine beiden Kinder durften von Freitag bis Sonntag zu uns, somit fuhr ich alle 14 Tage nach Königswinter, um meine Kinder mittags nach der Schule in Empfang zu nehmen. Sonntagnachmittag ging es dann wieder zurück. Freie Tage, die zu einem Wochenende möglich gewesen wären oder dreiviertel der Ferien waren beide Kinder bei uns. Jeder Abschied wurde schwerer, jede Fahrt in Richtung Königswinter, waren für beide Kinder, vor allem für Celine, sehr angespannt und immer wieder zu beobachten, die Aggressivität vom Ben nahm zu. Warum macht ein Vater so etwas, warum muss man es bis zum Gerichtsentscheid kommen lassen. Das mehrfache ersuchen vom Jugendamt, dass die Kinder zur Mutter ziehen, den Alltag, um auch die Schule kennenzulernen, probeweise für ein Jahr wurden vom Vater abgelehnt, und mit Nichtbeachtung des Vorschlags dann untern Tisch gefegt. Somit blieb uns nur der lange Weg bis zum Familiengericht. Eine weitere Hürde musste genommen werden, unsere Hündin war sehr mobil und agil, Ben hatte große Angst vor ihr. Klar, sie war ja auch mit 68 cm Schulterhöhe schon ein stattlicher Hund. Mehrere Monate versuchten wir, dass Ben seine Angst vor ihr verlor, aber es ging nicht, er saß auf der Arbeitsplatte in der Küche, auf dem Tisch oder ähnlichen, dass konnte so nicht akzeptiert werden. Wir sprachen mit der Züchterin, ob sie Stella zurücknehmen kann, und wir begangen unser Leben mit den beiden kleinen zu meistern, Celine und Ben blühten auf, sie redeten wie ein Wasserfall, wir hatten viel Spaß, und haben viel gelacht. Nun zum Ende des Jahres mal etwas Positives, ich greife hier mal vor, da ich hier in dieser Stelle nicht eine Lücke lassen möchte, im November 2008 gewann ich den Prozess vor dem Familiengericht Königswinter. Beide Kinder sollten das erste Wochenende im Dezember zu mir ziehen. Es brach mir das Herz, noch fast vier Wochen? Warum? Der Vater total wütend über das Gerichtsurteil, zog Celine am Arm von mir weg, sie weinte sie schrie, Mama, Mama nimm mich jetzt mit! Ihre Stimme versickerte in den Geräuschen der Stadt. Das Jugendamt war Zeuge und hat einmal das richtige getan, Antrag auf unbegrenzte Besuche bis zum Umzug wurden genehmigt. Nun was soll ich sagen jeden Freitag Königswinter, ein Hotel in Köln bis Sonntag. Nur um für meine Kinder da zu sein, um sie von Freitag bis Sonntagabend bei mir zu haben. Schlafen im Hotel, Unternehmungen an Tagen in und um Köln/Bonn. Celine schlief sehr unruhig und die Nächte waren für mich eine Qual, sie schrie und weinte im Schlaf. Ich beruhigte sie und hielt sie fest in meinen Armen. Noch eine Woche, dann hole ich euch ab, an dem letzten Wochenende konnte ich meine Zwerge schon Donnerstag abholen, da wir Freitag einen Termin in der neuen Schule hatten. Donnerstagvormittag fuhr ich nach Königswinter, um Celine und Ben gegen 16 Uhr in Empfang zu nehmen. Mit den Worten Mama, kamen beide auf mich zu gerannt, direkt in meine Arme. Ich war so unendlich glücklich. Ben wollte vorne bei Henry sitzen und Celine wollte mit Mama hinten sitzen. Ausnahmsweise stimmten wir den Wünschen zu. Meine kleine Süße, du hast etwas falsch verstanden, hinten sitzen, neben mir, angeschnallt auf deinen Sitz. Nein Mama, ich bin so müde ich möchte in deinem Arm schlafen. Wir fanden eine Lösung, angeschnallt und mein Arm um ihr liegend, schlief sie zufrieden mit dem Kopf auf meinem Schoß ein. Ständig kratzte sie ihren Kopf, Hals und Ohr, irgendwas hat das Kind, sagte ich zu Henry. Ben schlief auch auf dem Beifahrersitz. Meine Güte waren die Zwerge fertig, dass sie so müde waren. Dennoch hielten wir am nächsten Parkplatz an, ich musste Celine mal zur Toilette begleiten und wollte mal schauen, und fragen warum sie so nervös sein. Mama ich bin nicht nervös, ich bin jetzt glücklich, nur mein Kopf juckt, und meine Haare. Ich schaute mal eben ihre

Haare durch, lange, blonde, feine, aber viele Haare, ich erschrak, Henry schau dir das an, Läuse, offene Stellen vom Kratzen und die schlimmste Entdeckung am Hinterkopf ein ganzes Nest. Oh mein Gott, sagte ich, Celine fing an zu weinen und klammerte sich an mir fest, muss ich jetzt in ein Kinderheim, fragte sie, unter Tränen? Nein um Gottes Willen, wie kommst du denn darauf. Wer erzählt denn solchen Blödsinn? Mit Tränen verschluckter Stimme, wer Läuse hat, bekommt Glatze, und muss ins Kinderheim, nein, hier kommt keiner, niemals ins Kinderheim, und auch keine Glatze, du bekommst jetzt eine Mütze auf, bis zu Hause, wir fahren zur nächsten Apotheke und Mama kauft Läusemittel, bis zu Hause kuscheln wir weiter und du schläfst. Zu Hause behandeln wir deinen Kopf und alles wird gut. Nächster Stopp eine Apotheke, alles was man brauchte, kaufte ich, in vierfacher Ausfertigung. Der Apotheker sehr nett und beruhigend, dass wird alles wieder gut. Er hatte Recht, Mittel drauf, nach der Einwirkzeit haben wir über der Badewanne die Haare ausgekämmt, das Ganze nach einer Woche wiederholt, bei allen Familienmitgliedern natürlich. Auto und Möbel, sowie Kleidung etc. alles behandelt und nun Ende gut alles gut, Läuse sind weg. Nun noch mal zurück zum Anfang des Jahres ich schrieb ja bereits chronologisch wird es nicht immer zu lesen sein, aber ich denke sie können mir folgen. Seit dem Tag, als ich die Kinder beim Vater abholte, wollte Celine nie wieder hin zu ihm. Ich versuchte jedes Mal, wenn Ben zum Vater musste, dass Celine mitfährt, aber das konnte ich vergessen. Nun zwingen wollte ich sie auch nicht, eine 8-jährige kann schon einen ganz schönen Dickkopf haben. Die kleine bekam weder zum Geburtstag noch zu anderen Feierlichkeiten eine Geste, nichts von ihrem leiblichen Vater. Sie sagte zwar immer, Mama das ist ok und ich will von ihm auch nichts, aber ich denke, dass ist reiner Selbstschutz, und sie sagte es, damit ich mir keine Sorgen machte. Tief im inneren ist das Herz und die Seele dieses Mädchens verletzt und wird viele Jahre so bleiben, dass kenne ich ja aus meiner Kindheit. Aber ich werde versuchen das es den Kindern an nichts fehlt und sie meine Liebe täglich spüren. Mein

Papa, ihr wisst ja, wen ich meine, Peter mein Trauzeuge und Autor vom BMW – Buch aus dem Jahr 2005, wir haben beschlossen, dasselbe BMW - Buch zu produzieren, nur in Englischer Version. Jeder von uns weiß, dass man sich auf den anderen Verlassen kann und somit sollte dies ein weiteres großes Projekt werden. Gesagt heißt bei uns auch machen. Also ging es los. Ich sichtete die Bilder und Daten, nahm den deutschen Text und schickte ihm Peter, denn er hatte einen Übersetzer an der Hand, der uns alles in Englische übersetzt. Zu meinem Geburtstag kam Peter ein paar Tage zu mir, wir feierten – naja feierten ist übertrieben, wir tranken Kaffee und abends grillten wir, die anderen Tage haben wir an unserem Buch gearbeitet. Bevor Stella zurück zur Züchterin geht, hatten wir mit Hundeschule und den Kindern versucht, dass Ben seine Angst verlor. Aber das war sehr schwer. Es passierte ein Unfall auf dem Hundeplatz und Henry musste am nächsten Tag ins Krankenhaus. Stella sollte durch eine Röhre und auf der anderen Seite stand Henry, Stella freute sich so sehr, dass sie ihrem Herrchen fast auf den Arm sprang, dabei verletzte sie mit ihrer Kralle die Hand von meinem Mann. Ok, ist ja nur ein Kratzer und wir schenkten dem ganzen keine weitere Beachtung. Am nächsten Morgen beim Frühstück, sah ich eine komische Linienführung bei meinem Mann am linken Unterarm. Ich sagte zu ihm, dass wir zum Arzt müssten, aber typisch war ja wieder, er konnte nicht zum Arzt, er musste ja zur Arbeit, seine Eltern könnten das ja nicht verstehen, wenn er vor der Arbeit zum Arzt geht. Also fuhr er zur Arbeit und ich fing mal wieder an mir Sorgen zu machen. Gegen Mittag rief ich ihn an der Arbeit an, natürlich war er noch nicht beim Arzt, natürlich hatte er auch noch nichts in der Firma gesagt. Also setzte ich mich ins Auto und fuhr zur Druckerei, ging ins Büro und das war ja so genial, alle saßen dort und hielten einen Plausch, außer mein Mann, der war oben in der Satzabteilung. Ich ging auf die Herrschaften zu und sagte mit klarer Stimme: Ich würde jetzt meinen Mann abholen und mit ihm ins Krankenhaus fahren. Diese Blicke waren Goldwert, nein diese Blicke sollten mich umfallen lassen, wenn dies ginge. Nun ja, es war der erste Schritt gegen meine Schwiegereltern, zu meinem Mann sagte ich: Sofort anziehen und mitkommen, wir fahren zum Arzt. Na Henry guckte mich vielleicht blöd an, als ich ihm sagte, dass die Herrschaft schon Bescheid weiß. Goldig dieser Blick, ich war stolz auf mich und meine Ansage. Wenn nicht ich, wer dann. Los geht's ins Krankenhaus. Naja, was das war und was kommt, muss ich ja nicht erwähnen, Henry hatte eine Blutvergiftung, bekam gleich einen Tropf mit Antibiotika und ein Bett am Fenster für die nächsten Tage. Ok, ich fuhr nach Hause und holte ein paar Sachen, während dessen rief ich in der Firma an und teilte mit, dass Henry im Krankenhaus bleiben musste. Die Begeisterung hielt sich in Grenzen. Na und ist doch nicht mein Problem, ich hatte nur die Gesundheit meines Mannes im Fokus. Am Nachmittag war ich am Krankenbett meines Mannes, als die Tür aufging und seine Mutter und seine Schwester das Zimmer betraten. Ein gezwungenes Hallo kam von den Damen und ich freundlich wie immer, grüßte zurück. Typisch, war ja klar, wie geht es dir, wie lange musst du hierbleiben und was machen wir jetzt mit dem Auftrag vom Katalog eines Möbelherstellers? Tolle Fragen, die eine Antwort erhielten, mir geht es soweit gut, weiß ich nicht wie lange ich hierbleiben muss, den Katalog kann meine Frau machen. Der Blick meiner Schwiegermutter hätte bezahlt werden sollen, dann wären wir reich gewesen. Meinte die doch, dass kann deine Frau gar nicht. Die Antwort von Henry ließ nicht lange auf sich warten, doch sie kann das sogar besser und schneller als ich, sie hat es studiert und ich nicht, ich bin Druckermeister und keine Grafikerin oder Designerin. Das erste Mal hörte ich, wie er mich verteidigte, und sich gegen die Worte seiner Mutter stellte. Eine anstrengende Woche stand mir bevor. Katalog-Projekt, BMW-Projekt, Korrekturen der beiden Projekte, das Bringen und Holen der Katalogdaten und Korrekturen, Haushalt, Kinder, Hund und Haus, natürlich auch der Besuch am Krankenbett meines Mannes. Doch auch dies haute mich nicht um, und ich konnte alles mit Bravour meistern. Alle waren glücklich und Henry kehrte nach einer Woche zurück zur Arbeit und der Katalog war bereit zum Drucken. Nun konnte ich mich wieder voll und ganz BMW widmen, meinen anderen Aufträgen, die dazu kamen. Glauben Sie mal nicht, dass von Seiten der Herrschaften, ich belasse es mal bei dem Namen, jemals ein Danke zu hören war. Einzig und allein mein Mann wusste es zu schätzen und bedankte sich bei mir mit einem Blumenstrauß und einem Restaurantbesuch. Ich war es ja von Seiten der Herrschaften auch nicht anders gewohnt. Meine älteste Tochter Carolin lernte auch immer besser wie sie sich ihr Medikament selber intravenös spritzen muss, dies erleichterte uns natürlich auch den Alltag. Das Jahr verlief ohne weitere Vorkommnisse und natürlich mit dem ein oder anderen familiären Problem, aber es war ja nun mal mein Leben. Man könnte meinen wir müssten ab nun an eine glückliche Familie sein. Weit gefehlt, meine Ehe bekam Schattenseiten und ich war nicht mehr glücklich. Meine Kräfte ließen nach, immer wieder kämpfen zu müssen. Ich wollte doch einfach nur akzeptiert werden, einfach die Frau an der Seite des Sohnes zu sein, mit ihm und meinen Kindern glücklich leben. Warum wird mir das verwehrt, warum dürfen andere glücklich sein, warum ich nicht. Respekt und Akzeptanz habe ich gelernt in meiner Kinderstube, na gut von meiner Oma, wie Sie ja bereits wissen. Vorurteile sind der Tod der Seele, also bin ich zu gutgläubig, bin ich zu freundlich, bin ich zu fürsorglich? Ich werde auf diese Fragen keine Antwort bekommen und werde mein Leben weiterführen und das Gute im Menschen sehen. Unglücklich in meiner Ehe, meine Fassade beschützt mich und meine Kinder. Denn niemals werde ich meinen Kindern die Familie nehmen und sie aus ihrem Alltag und ihren Gewohnheiten reißen. Nein, nur weil Mama unglücklich ist, müssen meine Kinder nicht leiden. An Tagen meiner Einsamkeit und des Alleinseins, wenn mein Mann an der Arbeit war und die Kinder in der Schule, brach ich in Tränen aus. Ich saß stundenlang da und weinte. Alleine und einsam, aber warum quälte ich mich, warum konnte ich mit niemanden reden, ganz einfach, ich hatte jegliches Vertrauen in andere Menschen verloren. Ich vertraute nur mir. Was ich mache, das hat Sinn, was andere erzählen wurde erst tagelang durchleuchtet und mit anderen Augen begutachtet. Mein Leben hat Risse, mein Vertrauen ist weg, meine Seele in tausend Splitter gesprungen. Wunden die zwar verheilt sind, aber die Narben erinnern mich täglich, an diesen Kampf – Der Kampf meiner Seele – Der Kampf des Lebens. Eines Tages besuchte ich meinen Papa Peter in der Eifel, Sie wissen, wen ich meinte. Genau BMW- Papa, jetzt muss ich schmunzeln. Wir haben über ein neues Projekt geredet und haben Kaffee getrunken, als er mich anschaute und sagte: Kind was ist bloß mit dir, du bist nicht meine Betty, du bist so anders, in dich gekehrt und still. Rede mit mir. Plötzlich brach ich in Tränen aus, ich wollte nicht heulen, ich wollte stark sein. Es gelang mir nicht, aus mir sprudelte alles aus den vergangenen Jahren heraus. Peter saß mir gegenüber, sah mich an und sagte: Warum hast du zu mir kein Vertrauen gehabt und mich angerufen. Hätte das was an der Situation geändert, nein. Also kämpfte ich lieber alleine gegen den Strom und würde niemanden zur Last fallen. Wir haben die ganze Nacht geredet, er konnte mir Ratschläge geben, aber Lösungen musste ich selber finden. Entscheidungen treffen, dass kannte ich ja. Aber warum ist es diesmal so schwer, warum klebt mir der Kloß im Hals. Das Jahr würde noch so viele Hürden haben, Entscheidungen müssen getroffen werden. Ich hatte Angst, Angst etwas falsch zu machen, Angst etwas zu entscheiden, was ich später bereuen könnte. Im Frühjahr zog Carolin mit ihrem Freund ca. 800 km von uns entfernt in ein kleines Dorf. Ich war darüber nicht erfreut, gerade auch aus dem Grund, weil sie ihr Abitur abgebrochen hat, und das 6 Monate vor Schluss. Begeisterung meiner Seite sah anders aus. Sie war diesem Mann so verfallen, dass sie ihr Einser Abi abbrach, ich konnte es nicht verstehen. Auch die Argumente, dass sie dort eine Ausbildung anfangen würde und ihr Freund wieder als Dachdecker arbeiten könnte, beruhigte mich nicht. Sie war volljährig und ich konnte nichts machen, als der LKW mit allen Möbeln und ihren Sachen losfuhr, stieg in mir ein komisches Gefühl auf. Habe ich alles getan, was nötig war, um den Umzug abzuwenden, und ihr

Abitur zu beenden. Ich denke aus heutiger Sicht ja, aber damals war es ein sehr ungutes Gefühl. Monatelang hatten wir nur telefonischen Kontakt. Sie hatte noch keinen Ausbildungsplatz bekommen, und sie war wieder einmal alleine zu Hause. Ihr Freund schraubte, wie so oft an seinem Golf herum, als mir ein kalter Schauer über den Rücken lief. Mama ich habe eine Schwellung und bin alleine, keine Medikamente zu Hause und ich kann nicht telefonieren, da unser Telefon nicht geht. Ich rief sie an, denn Anrufe entgegennehmen konnten sie ja noch. Kind sagte ich, ruf den Notarzt, nein Mama, das gibt Ärger. Geh zu Sebastian, er muss dich ins Krankenhaus fahren. Wo sind die Medikamente? Alle Fragen schossen mir durch den Kopf, Tränen füllten meine Augen, 800 km und ich kann nichts machen. Ich legte auf und versprach ihr, dass sie Hilfe bekommt und ich mich darum kümmere. Ja, toll gesagt aber keine Ahnung wie das gehen soll. Ihr Freund ging nicht ans Handy, ihre Schwiegermutter die dort in der Nähe wohnte, auch nicht. Ich versuchte den Hausarzt meiner Tochter zu erreichen, nichts. Klar wie auch, es war abends nach 22 Uhr. Die Zeit rannte und es musste eine Entscheidung her. Was blieb mir übrig, ich rief den Notarzt an und musste in Stichpunkten erklären, warum ich anrief. Ja toll, er kann nichts machen, die Betroffenen oder Verwandten. aus dem Landkreis des Wohnortes. müssen den Notarzt anfordern. Mir wurde schlecht. und ich schrie ins Telefon: Wenn meiner Tochter irgendwas passiert, wenn jede Hilfe zu spät kommt, beerdige ich sie neben ihnen, damit ihre Familie immer daran erinnert wird, was für ein Arschloch sie sind. Ruhig und besonnen redete dieser Typ noch immer mit mir und sagte: geben sie mir die Telefonnummer ihrer Tochter und ich werde bei ihr anrufen und dann alles weitere in die Wege leiten. Ich rief bei meiner Tochter an, kurz und knapp: Schatz gleich ruft dich der Notarzt an. Bis nachher, nun legte ich auf und wartete auf ein Zeichen, einen Anruf oder irgendwas. Ich kannte an diesem Tag jeden Grashalm meines Gartens, ich lief auf und ab, hin und her und das Telefon und Handy in der Hand. Gegen 2.00 Uhr in der Nacht, dann der erlösende Anruf. Mama ich bin im Krankenhaus und mir geht es gut. Habe mein Medikament gespritzt bekommen. Alles andere dann morgen früh. Hab dich lieb. Aufgelegt. Ok, es geht ihr gut, Medikament gespritzt alles weitere nachher, denn es war ja mitten in der Nacht. Ich geh dann wohl mal ins Bett, ein bisschen Schlaf könnte ich auch gebrauchen. Im Bett war ich ja dann, aber Schlaf – Fehlanzeige. Es vergingen ein paar Tage und Carolin konnte entlassen werden. Wir telefonierten am Wochenende und sie erzählte mir, dass sie schwanger sei. Ups, dachte ich, und nun? Sebastian konnte sich mit dem Gedanken, dass er Vater würde, nicht anfreunden und das ist bis heute so. Er hat keinen Kontakt zu seinem Sohn, er streitet ja sogar die Vaterschaft ab, und glauben Sie mir, der Junge sieht heut seinem Vater wie aus dem Gesicht geschnitten aus. Nun kamen die Sommerferien und somit begann eine Zeit, in der ich mich mehr um meine Kinder kümmern müsste, das heißt Ferienprogramm angesagt. In den Ferien wollte Paul zu seiner Schwester für zwei Wochen, ich hatte nichts dagegen. Also was macht Mama, klar sie fährt ihn nach Sachsen. Angekommen und bisschen gequatscht, dann wieder zurück. An einem Tag knapp 1600 km ist schon eine anstrengende Fahrt. Eine Woche war Paul nun schon bei seiner Schwester, als ich mitten in der Nacht einen Anruf bekam. Mama, kannst du mich und Paul abholen, Sebastian hat uns rausgeworfen. Er kommt damit nicht klar, dass er Vater wird und war auch der Meinung, dass es nicht sein Kind ist, also will er die Beziehung nicht mehr. Etwas entsetzt und fassungslos fuhr ich nach einem anstrengenden Arbeitstag los, um beide so schnell wie möglich nach Hause zu holen. Wieder 1600 km gesamte Fahrstrecke stand mir bevor. Müde und total fertig fiel ich ins Bett. Bis Mittag konnte ich schlafen und dann musste ich wieder zur Arbeit. Meine Gedanken hielten sich an meinen anstehenden Urlaub fest und darauf freute ich mich schon. Eine Woche Urlaub bei meiner Tante in Zwickau, ohne Kinder und ohne Mann, vor allem ohne Arbeit, welch ein Luxus, Urlaub hatte ich schon lange nicht mehr. Sonntag, Abfahrt in den Urlaub, nur ich, welch ein Luxus. Tschüss Arbeit, tschüss

Familie, Mutti ist mal weg. Ich war ein paar Tage im Urlaub, mein Handy klingelt und die nächste Hiobsbotschaft war zu hören. Mein Schwiegervater war in der Nacht verstorben. Toll nicht mal Urlaub wurde mir gegönnt. Also brach ich meinen Urlaub ab und fuhr nach Hause zu meinem Mann und meinen Kindern. Mein Mann braucht mich jetzt, denn Sie wissen ja, da war noch die Firma, die den Eltern ja gehörte. Heute sage ich mir, warum hast du das gemacht? Die konnten mich doch so wieso nicht leiden, und dann sollte ich bei der Beerdigung dabei sein. Aus Liebe zu meinem Mann habe ich dies gemacht und um ihm beizustehen. Am Tag der Trauerfeier stand ich neben meinem Mann, und Sie werden es nicht glauben, es ging mir nah, auch meine Kinder und ich wurden vom Pastor erwähnt, sollte ich dazu gehören? Ja, an diesem einen Tag gehörte ich zur Familie. Die folgenden Wochen merkte ich, dass mein Mann mich braucht. Er ist kein Mensch der Gefühle zeigt, in den kommenden Wochen haben wir viel miteinander geredet, er konnte die Trauer nicht zeigen, er verarbeitete die Trauer mit unseren Gesprächen. Nach der Beerdigung mussten die Aufträge in der Firma fertig gestellt werden, denn in einer Woche blieb einiges liegen. Das hieß für mich, ich fuhr jeden Tag mit in die Firma um dort bis zu 10 Stunden zu arbeiten. Abends als wir nach Hause kamen, fielen wir ins Bett vor Müdigkeit. Endlich der Klinikaufenthalt von 10 Wochen stand bevor, diese Zeit brachte mir viel, aber ich habe auch viel darüber nachgedacht wie es weiter gehen soll. Noch nicht gesund, aber auf dem Weg der Besserung, kam ich nach Hause. Viele Gedanken und Hoffnungen, dass es nun besser werden würde. Mein Mann holte mich ab, die eineinhalb stündige Fahrt haben wir nicht viel miteinander geredet, zu Hause begrüßten mich meine Kinder und Stella. Im Mai sollte dann mein zweites Enkelkind zur Welt kommen, Carolin hochschwanger zog mit ihrem Mann und Leo bei uns aus, es kehrte ein wenig Ruhe ein, man merkt es schon, wenn so viele Personen auf hundert Quadratmeter wohnen , man hat keinen Rückzugsort, außer das Schlafzimmer in der Nacht und ich mein Büro, aber wenn ich im

Büro war, konnte ich nicht nur rum sitzen, ich hatte immer irgendwas zutun, ich musste versuchen, wieder neue Kunden zu gewinnen, um wieder Geld zu verdienen. Denn dieser Lohnausfall, seitens meines Mannes, zog sich Monate mit durch, und es war schwer das fehlende Gehalt aufzubessern, dafür war mein Einkommen zu gering. Nun diese wenige Ruhe sollte nicht lange anhalten, Die Bank hatte die Haus Finanzierung gekündigt, klar ich konnte nicht mehr alle Kosten tragen und zweimal Lohnausfall, von meinem Mann und es brach alles zusammen. Man darf ja auch nicht vergessen, ich war gesundheitlich noch angeschlagen, meine Depressionen waren ja nicht einfach weg, nur weil man ja mal in der Klinik war. Es geht ja leider nicht, dass man aus der Klinik kommt und alle Sorgen sind weg. Meine Ehe zerrüttet, Haus muss verkauft werden, wie soll man das alles noch verarbeiten. Ich suchte nach Lösungen, nächtelang zerbrach ich mir den Kopf, nächtelang kaum Schlaf und immer wieder Tränen. Meine lautlosen Schritte, jede Nacht, hörte keiner, ich wollte nicht die halbe Familie nachts wecken, und es sollte keiner sehen, dass ich jede Nacht weinte. Nun versuchte ich alle mögliche, um das Haus zu verkaufen, so dass wir auf keiner Schuld sitzen bleiben. Aber es interessierte sich niemand für unser Haus, die Zeit drängte und leider schaffte ich es nicht. Wir blieben auf einigen tausend Euro sitzen. Zwischenzeitlich habe ich mir eine Wohnung gesucht, um mit den Kindern ein Dach über den Kopf zu haben, und wenn Sie jetzt glauben, dass ich meinen Mann im Stich gelassen habe, weit gefehlt. War es der Glaube daran, dass wenn wir zusammen in eine Wohnung ziehen, dass wir wieder glücklich werden können? Ja, ich hoffte es zumindest. Im Sommer zog auch Ben wieder bei mir ein, nun hatte ich Paul, Ben und Celine bei mir wohnen. Die Wohnung hatte 100 Quadratmeter und zwei Bäder, eines mit Dusche und eine mit Badewanne. Wir entschieden, dass die Jungs das Bad mit Dusche bekommen und wir Mädels das mit Badewanne, aus dem Grund, ich musste nicht mehr das Bad der Jungs putzen, denn ab sofort wurde der Haushalt aufgeteilt und jeder musste etwas mehr machen, denn ich brauchte Zeit zum gesund werden und musste ja noch einiges in meinem Leben reparieren. Mein Mann zog mit zu mir in die Wohnung, zu seiner Mutter wollte er nicht wieder ziehen, dies verwunderte mich schon. Aber besteht doch noch die Hoffnung auf ein Happy End? Der Arbeitsweg von Henry war ab nun auch zu Fuß zu erreichen, um genau zu sagen 10 Minuten. Paul und Ben mussten sich ein Zimmer teilen, ich schlief bei Celine mit im Zimmer, Henry im Schlafzimmer, jedenfalls sehr oft schlief ich bei meiner Tochter. Zu der Wohnung gehörte auch ein Gartenanteil, so konnte man an schönen Tagen draußen sitzen, und auch grillen, ist zwar nicht dasselbe, wie auf meiner ehemaligen Terrasse, aber es gibt schlimmeres. Das kannte ich ja nun schon zur Genüge. Es wurde langsam Herbst, mir ging es wieder schlechter, die dunklen Tage waren nicht meine Freunde, spazieren gehen oder mit Freunden treffen, wenn es dunkel ist, nein, das konnte ich nicht und kann es heute auch noch nicht. In meinem Unterbewusstsein, sitzt ein kleiner Gnom, der belästigt mich ständig. Sobald es Dunkel draußen wird, gehe ich nicht mehr raus, jedenfalls nicht alleine. Auch in Begleitung nur mit höchster Anspannung. Ich arbeitete nur noch 5 Tage in der Woche und mehr als 3-5 Stunden ging es nicht, ich war einfach fertig, konnte mich dann nicht mehr konzentrieren, war müde, und fühlte mich, als ob ich tagelang durchgearbeitet hatte. Erneut ging ich zum Arzt, erneut wurde ich in der Klinik für Mentale Gesundheit angemeldet. Wieder ganze sechs Wochen blieb ich dort, so langsam kann man mich dort mit Du ansprechen. Zu meiner Psychologin hatte ich endlich immer mehr Vertrauen, hat sie es doch geschafft, meine Mauer zum Schutz vor Verletzungen und Ängste eingerissen. In diesen sechs Wochen schaffte ich zwar nicht mein Leben aufzuräumen, meine traumatischen Erlebnisse zu verarbeiten, aber ein Anfang war gemacht. Ich entschied mich auch für eine Traumabehandlung, erst stationär und dann weitere Monate ambulant. Niemals hatte ich damit gerechnet, was so alles in mir los war, wo ich dachte, dsas ich es längst hinter mir gelassen hatte, vergraben oder versteckt in einer Schublade, dies war leider nicht der Fall. Vieles erlebte ich in den nächsten Monaten noch einmal, vieles musste ich noch einmal erleben, um zu lernen, dass man die Vergangenheit nicht rückgängig machen kann, aber man mit dem erlebtem zumindest ein einigermaßen normales Leben wieder leben kann. Meine Anspannung, wenn ich getriggert wurde, wurde besser, Flashbacks wurde weniger, Alpträume mit den Bildern meiner Kindheit und dem Missbrauch wurden blasser und nur noch einige Teile waren aus diesem Leben präsent. Klar, wenn ich daran denke, oder getriggert werde, ein Foto sehe oder dergleichen, kommen Angst und Scheißausbrüche, Herzrasen wieder zum Vorschein, aber ich kann über meine Vergangenheit reden, ich verstehe, dass ich nicht immer an allem schuld war und bin. Manchmal denke ich, wären meine Kinder und mittlerweile meine Enkelkinder nicht da, dann würde es mich nicht mehr geben. Ich erwähnte ja bereits, dass meine Tochter schwanger war, als sie auszogen, sie bekam im Mai ein Mädchen, eine kleine Prinzessin mit dem Namen Marie. Das Jahr verlief weiterhin turbulent, mein Schwiegersohn verlor nun schon zum zweiten Mal seinen Ausbildungsplatz, was der Familie meiner Tochter natürlich zusetzte. Mama musste helfen, wo es nur ging. Ja was macht man nicht alles für die Kinder, auch wenn es einer Mutter nicht gut geht, für ihre Kinder kämpft sie immer und wenn es die letzte Kraft ist, diese wird immer wieder reaktiviert, so merkt man nicht, dass man ja eigentlich nicht mehr kann. Bis weit ins Jahr 2018 wurde ich immer wieder gefragt, Mama kannst du uns helfen, ich selber mittlerweile nur noch Rente, schob eine Rechnung nach der anderen auf andere Monate, nur damit ich meiner Tochter und meine Enkelkinder unterstützen konnte. Ich weiß das es ein Fehler war, ich weiß auch, dass ich viel früher hätte nein sagen sollen, aber ich bin eine Mutter und Oma, die dies nicht übers Herz brachte. Bis zum Jahr 2020 an Ostern, da musste ich es lernen, was es heißt gebraucht zu werden. Jedenfalls nur in einer Hinsicht. Aber dazu an anderer Stelle mehr. Paul, Ben und Celine lebten sich gut ein, auch in der Schule ging es immer besser. Das Jahr 2012 begann wie jedes andere auch, ich litt unter wiederkehrenden Depressionen und kämpfte täglich dagegen an. Meine psychische Instabilität geht mir langsam auf die Nerven, im wahrsten Sinne des Wortes. Ich begann eine Traumatherapie, in der Hoffnung, mich selbst schätzen zu lernen, und einen Weg zu finden, dass ich endlich mit der Vergangenheit abschließen kann, auch wollte wieder Vollzeit arbeiten können. Nur leider weiß ich heute, dass ich sehr naiv war, leider zeigte mir mein Körper seine Grenzen und zwang mich dazu, dass ich einen Antrag auf Erwerbsminderungsrente stellte. Zumindest erstmal befristet, damit der finanzielle Druck von der Schulter kommt, ich mich auf die Therapie mit klaren Gedanken einlassen konnte, so gut es eben ging. Versagensängste, Panikattacken, Depression und das Gefühl, du bist es nicht wert, du kannst sowieso nichts, was willst du eigentlich, stell dich mal nicht so an, und komme in die Puschen, waren meine Gedanken. Die Angst das andere über mich reden, sich lustig über mich machen, in meinem Alter schon Erwerbsminderungsrente beantragt zu haben, zwangen mich dazu, mich fast aus der Öffentlichkeit auszuschließen. Einkaufen, spazieren gehen, in ein Restaurant und so weiter, gehörte nicht mehr zu meinem Leben. Mittlerweile machte auch meine Halswirbelsäule sich bemerkbar und ich nahm sehr oft Schmerzmittel, damit ich über den Tag kam und einigermaßen zurechtkam. Während meiner Traumatherapie diagnostizierte man ein chronisches Schmerzsyndrom, ja viele Jahre nie auf meinen Körper geachtet, nie seine Signale wahrgenommen, das war dann wohl die Quittung. In der Traumatherapie kam ich gut voran, ich lernte Techniken um mit Triggern umzugehen, so dass ich zwar an das vergangene erinnert werde, aber es in mir nicht das auslöst, was mich lähmte. Spätsommer 2012, völlig fertig mit mir und meinem Leben, keinen Mut, der Welt hilflos ausgesetzt, mein Leben ein Desaster, wie soll es nur weiter gehen, warum darf ich nicht sterben, warum lässt mich das Leben am Leben. Zu blöd dem Leben ein Ende zu setzen, nein, ich denke, es war nicht Blödheit, ich denke, es waren meine Kinder und Enkelkinder, die mein Unterbewusstsein so stark beeinflussten, dass ich es nicht versuchte, mir das Leben zu nehmen. Das Jahr ging zu Ende und ich beendete meine Traumatherapie, naja, geheilt bin ich dadurch nicht, bekam ich zu hören, aber ich kann jetzt damit besser umgehen. Es war Januar 2013 und ich musste wie jede Frau zur Routineuntersuchung zum Frauenarzt, sie denken jetzt, das ist ja nicht schlimm, richtig ist es auch nicht, aber bei mir sollte alles anders sein, warum das kann ich nicht beantworten, diese Frage stelle ich mir heute noch, warum kann man nicht einfach Leben und glücklich sein. Nach der Untersuchung bekam ich eine Überweisung ins Krankenhaus, gut ok, da gehe ich mal dahin und lasse weitere Untersuchungen machen, ist ja nicht schlimm, eine zweite ärztliche Meinung hat noch nie geschadet. Tja, nun, was soll ich Ihnen sagen, beide Eierstöcke mussten entfernt werden, sie zeigen Verwachsungen und Wucherungen die nicht eindeutig diagnostiziert werden konnten, ohne Gewebeentnahme. Was Gewebeentnahme, warten auf das Ergebnis, Moment das hatte ich schon einmal vor genau Dreizehn Jahren, Nein danke, ich verzichte. Die Ärztin schaute mich an und bekam keinen Ton raus, habe ich ihr etwa die Sprache geklaut. Nö, ich war fest entschlossen, operieren und weg mit Dingern. Nach einer ganzen Weile sagte die Ärztin dann welche Risiken auftreten können, dass ich früher in die Wechseljahre komme, dass ich eine Hormonersatzbehandlung für den Rest meines Lebens erhalten muss. Na und, wo ist das Problem, ich nehme eh schon eine Menge an Tabletten ein, da kommt es auf die paar auch nicht mehr an. Nun fragte ich nach dem nächsten freien Operationstermin, da ich ja von der Rentenstelle noch nach Bad Wildungen zur Reha sollte, sie erinnern sich, Erwerbsminderungsrente, das bekommt man nicht, weil man einen Antrag stellt, nein, da werden Gutachten gemacht, da muss man zum medizinischen Dienst und so weiter und so weiter. Ok in 2 Tagen bin ich wieder hier und komme nüchtern, nicht was Sie denken, kein Alkohol, nein nüchtern für die Narkose an dem Tag. Nun ich werde in ein paar Monaten vierzig Jahre, was soll das langsam. Reicht es nicht mal langsam. Nach dieser OP wird es besser werden, hoffte ich. Der Tag der

Operation, ich hatte keine Angst, wenn ich aus der Narkose nicht mehr aufwache, auch nicht schlimm, es würde mich eh keiner vermissen, meine letzten Gedanken. Was soll ich sagen, ich bin aufgewacht, sonst könnte ich ja nicht hier und jetzt meine Biographie schreiben, oder besser eine Erzählung eines Lebens in Vollkatastrophe. Jetzt war es also geschafft, diese blöden Eierstöcke waren weg und nun bin ich ein Mann, nein war ein Scherz. Aber ist man eigentlich noch Frau genug ohne diese Dinger, denn Sie wissen ja die Gebärmutter hatte ich ja auch schon lange nicht mehr. Aber ich habe ja noch meinen Busen, also erkennt man ja äußerlich das ich eine Frau bin. Ich wurde am nächsten Tag, schon entlassen, eine Schwester kam rein und sagte Frau Kressin, sie werden heute entlassen. Mein Gesichtsausdruck war bestimmt lustig, keine zwölf Stunden nach der Operation, ok, sie werden es schon wissen. Drainage war noch gelegt, Tropf lief auch noch. Mein Handy in der Hand, tippte ich eine WhatsApp an meinen Mann und meiner Tochter mit folgendem Inhalt: Guten Morgen, ich darf nach Hause, werde entlassen, wenn ihr dann gefrühstückt habt, wäre es schön, wenn mich jemand abholen kann, ich kann noch nicht wirklich gut alleine laufen. Mama... Prompt kam eine Nachricht zurück: Wie du darfst nach Hause? Meine Antwort: ja ich darf nach Hause. Nachricht kam zurück: Ok Mama, ich hole dich mit Henry dann ab. Meine Antwort: Ok, Danke bis gleich. In den nächsten Minuten ging die Tür auf und beide standen im Zimmer. Kurz darauf kam die Schwester und gab mir meine Entlassungspapiere, ich schaute die Schwester an und sagte: Aber die Drainage ist noch drin, und der Zugang vom Tropf. Sie schaute und sagte: Ich hole Verbandsmaterial und bin dann gleich wieder da. Mein Mann und meine Tochter sichtlich entsetzt, sagten: Ist das ernst gemeint das wir dich mit nach Hause nehmen können? Ja, voller Ernst. Die Schwester kam zurück und entfernte mir die Drainage und den Zugang, legte einen Verband an und verabschiedete sich. Meine Tochter packte meine Tasche, mein Mann half mir anziehen und fertig mit allem, verließen wir das Krankenhaus. Ich hatte ganz schön mit meinem Kreislauf zutun, aber ich war stark und kroch fast nach Hause, Carolin und Henry stützten mich und so gingen wir nach Hause. Es war ja nicht weit und dieser kurze Weg kam mir wie eine Ewigkeit vor, kurz vor der Haustür wollte mein Kreislauf nun doch nicht mehr und ich hatte Mühe auf den Beinen zu stehen. In der Wohnung angekommen, legte ich mich ins Bett und schlief bis zum nächsten Tag. Ein paar Tage später, kam dann die Zusage zur Reha, nach Bad Wildungen. Meine Tochter fuhr mich mit allem was man so braucht zur Reha. Februar und März verbrachte ich in Bad Wildungen, es war sehr anstrengend, die ersten Tage bin ich immer kurz bevor der Speiseraum schloss zum Essen, da ich nicht mit anderen fremden Menschen essen wollte, es gab zwar nur noch Reste, aber egal, Hauptsache was zu essen. Die Zeit war nun rum und ich konnte wieder nach Hause, dass Abschlussgespräch war eindeutig. Die Ärzte dort schrieben der Rentenversicherung, dass sie mich zu 100 % erwerbsunfähig einstufen. Na toll, dachte ich, noch keine 40 Jahre und Rentnerin, vorerst befristet. Ich musste alles daransetzen, dass ich wieder fit werde und wieder arbeiten gehen kann. Denn so stelle ich mir mein Leben nicht vor. Die Zeit verging langsam und ich fühlte mich müde und schlapp. Im April stand eine riesen Herausforderung an, ich hatte im Vorjahr Karten für ein Strandkonzert in Laboe gebucht. Ich wusste viele Menschen werden dort sein, aber ich wollte es versuchen. Ich musste es versuchen, meine Ängste vor vielen Menschen musste ich mich stellen. Also fuhren mein Mann und ich nach Laboe. Wir verbrachten eine ganze Woche dort nur zu zweit, wie wird es werden, werden wir uns wieder näherkommen und wird unsere Ehe eine Chance bekommen? Das Konzert war sehr schön, die ganze Woche in Laboe war sehr schön. Ich hatte zwar immer vor Henry gestanden, so dass er mich festhalten konnte, denn die vielen Menschen waren schon unheimlich, aber ich stand fast an der Bühne und somit alle anderen hinter mir. Zum Glück. Das Meer und der Strand, gibt mir Ruhe, ich kann stundenlang aufs Wasser schauen und einfach nur dem Rauschen des Meeres zuhören. Als wir wieder zu Hause waren, war der Alltag schneller da, als mir lieb war. Es vergingen ein paar Wochen in Ruhe und ohne Stress. Es war Samstagabend und ich fühlte mich den ganzen Tag schon nicht wohl, ständig schwindlig und Kopfschmerzen, so starke Kopfschmerzen, dass ich jedes einzelne Haar spürte. Jede Bewegung schmerzte, liegen, sitzen oder gehen alles war nur noch schmerzhaft. Also nahm ich eine gute Dosis Novamin und schoss mich damit ab, so dass ich schlafen konnte. Am Morgen, als ich aufwachte, war etwas komisch, ich wollte aufstehen, aber es ging nicht, meine Beine waren taub, was ist das jetzt. Warum fühle ich meine Beine nicht mehr, panisch und schreiend klopfte ich auf den Dingern rum, bis mein Mann reinkam und das Unheil sah. Er rief sofort den Notarzt, ich weinte und schrie vor Kopfschmerzen. Der Notarzt war schnell da, wir wohnten ja fast gegenüber vom Krankenhaus. Ich bekam eine Beruhigungs-spritze und etwas gegen die Schmerzen, es dauerte nicht lange und ich war so ruhig und entspannt, mich hätte man im Wald aussetzen können, ich hätte den Weg nicht mehr nach Hause gefunden. In der Notaufnahme ordnete man ein Röntgen und ein MRT an. Mir war alles egal und ich sagte zu allem ja und amen. Hauptsache keine Schmerzen mehr. Meine Beine taub, ich im Rollstuhl, sehr schön, mit fast 40 Jahren, ist es genau das was man sich vom Leben vorstellt. Aber ehrlich gesagt, es war mir alles egal, was mit mir geschieht. Nachdem ich dann vom Röntgen und vom MRT zurück war, saß ich noch eine ganze Weile in dem Rollstuhl, konnte ja eh nicht weglaufen, meine Beine waren zwar da, aber ohne Funktion. Ich fügte mich dem Schicksal, wie so oft in meinem Leben, blieb mir ja nichts anderes übrig. Als wir dann endlich wieder aufgerufen wurden und ins Behandlungszimmer konnten, schaute mich der Arzt an und sagte: Frau Kressin, ich habe bereits den Neurochirurgen angerufen und er wird bald hier sein. Was, was will der denn, sieht man meinen Vogel im Kopf jetzt schon im MRT, scherzte ich. Mir war wahrlich nicht zu scherzen, aber irgendwie musste ich diese triste Stimmung ja auflockern. Ja was ist denn nun mit mir, fragte ich den Arzt, der wollte mir nichts ohne seinen Kollegen sagen. Nur so viel, dass er mich auf Station anmelden wird und ich vorerst hierbleiben müsse. Na toll, rollen wir mal zur Station und legen uns ins Bett, mehr war ja nicht möglich. Es vergingen einige Stunden, ich hatte mittlerweile meine Infusion bekommen, mit einem Schmerzmittel drin, dieses war so schön, dass ich weder Schmerzen hatte oder irgendwie maulen konnte, ich war einfach nur müde davon. Dieses Oxycodon wurde meine neue Schmerztherapie. Na endlich ging die Tür auf und der Neurochirurg stand an meinem Bett. Die Frage wie es mir geht, hätte er sich sparen können. Wie soll es mir gehen, zugedröhnt mit Oxycodon und als Krüppel im Bett liegend, es geht mir wunderbar Herr Doktor. Reden sie mal nicht drumherum, was ist los. Ich habe mir ihre Krankenakte angesehen und muss ihnen leider mitteilen, dass sie nie wieder laufen können. Bitte...Was... sagte er gerade nie wieder laufen. Ich fing an zu weinen, wurde bockig und drehte mich weg, sehr mühsam, aber ich wollte mit niemandem mehr reden, und ich wollte niemanden sehen. Meine Gedanken total wirr, nicht mehr alleine Autofahren, anziehen, essen machen, ein Leben im Rollstuhl, nein, dass nehme ich nicht einfach so hin. Niemals. Ich hörte dem Arzt zu, er unterhielt sich mit meinem Mann. Ihre Frau hat in Höhe HWS 5/6 und 6/7 einen Bandscheibenvorfall, die bereits die Nervenbahnen durchtrennt haben. Eine Operation an der Halswirbelsäule stand im Gespräch, operieren an der Halswirbelsäule hier in einem Krankenhaus, was nicht mal die Entlassung nach meiner Eierstockentfernung in den Griff bekam, niemals. Ich lasse mich nicht von irgendwelchen Ärzten noch mehr zum Krüppel machen. Bis zur Lendenwirbelsäule hatte ich noch Gefühle, konnte mein tägliches Geschäft alleine machen, wenn man mich hinsetzte, aber ist das ein Leben. Ich weinte und weinte jede Nacht. Keiner durfte sehen, dass ich aufgab. Nach einigen Untersuchungen und fast zwei Wochen im Krankenhaus wollte ich nach Hause. Ich musste über alles nachdenken, musste noch mit einem anderen Arzt reden, denn ich wollte es nicht hinnehmen, dass ich nie mehr laufen kann. Ich bekam Spritzen in die HWS und weiterhin Oxycodon. Mittlerweile waren vier

Wochen vergangen und ich war bei 80mg Oxycodon pro Tag. Ich bin auch noch abhängig geworden, dieses Medikament steht unter der Betäubungsmittelverordnung. Mein Hausarzt sagte: sie brauchen einen Neurochirurgen mit Fingerspitzengefühl, wollen wir nicht eine OP versuchen? Die Chancen stehen 50 zu 50, dass sie wieder laufen können, bei der Suche nach dem richtigen Chirurgen, ein kleiner Tipp, beobachten sie wie dieser den Stift anhebt um zu schreiben. Ich verwundert und mit einem einzigen ja ok, verließ ich natürlich mit Hilfe, ich bin ja ein Krüppel, die Praxis. Zwei Neurochirurgen untersuchten mich, neue MRT, CT und Röntgenbilder wurden angefertigt, Cortison Spritzen mit Morphium direkt in die Wirbelkanäle, aber nichts half. Keiner der Ärzte nahm den Stift, wie ein gefährliches Instrument aus den OP-Bereich, in die Hand. Vertrauen von meiner Seite gleich null, nun blieb mir nur noch das UKE in Hamburg, im Rollstuhl sitzend und wartend auf den Flur der Neurochirurgie, Frau Kressin bitte, ertönte eine Stimme, sie war warm und weich, eine sinnliche Männerstimme, mein Mann fuhr mich ins Behandlungszimmer, die CDs und alle Arztunterlagen hatte ich bereits bei der Anmeldung abgegeben. Hallo Frau Kressin, mein Name ist Sven Eicker, ich bin Oberarzt der Neurochirurgie, und ihr Arzt für die kommende Untersuchung, so warm und herzlich, freundlich und besinnlich. Vertrauen, da war Vertrauen, er untersuchte mich und schilderte mir die Dringlichkeit zur Operation. Er nahm einen Kugelschreiber, da war es, genau das wollte ich sehen, zwischen Daumen und Zeigefinger hob er den Stift vorsichtig an, und begann sich Notizen zu machen. Das war mein Arzt dieser, kein anderer sollte mich operieren. Seine Stimme immer noch weich und klar, er erklärte mir, dass er Freitag operieren wolle, heute ist Mittwoch. Ich habe über 3 Stunden Fahrt, wie soll das gehen? Ich hatte nichts mit, keine Anziehsachen, keine Hygieneartikel nichts, je länger man wartet umso größer besteht die Gefahr das ich nie wieder laufen könnte, es ist schon viel zu viel Zeit verloren gegangen, seine Stimme verstummte, und ich fing an zu weinen. Er setzte sich neben mich und nahm meine Hand, ich verstehe ihre Angst, ich möchte sie zu nichts drängen, aber ich muss sie aufklären und ihnen sagen, wie die Chancen stehen. Wir können nicht versprechen, dass am Ende alles gut wird, aber ich verspreche ihnen, alles zu tun, was mir möglich ist, damit sie wieder laufen können. Ich schaute Dr. Eicker mit Tränen in den Augen an und gab mein ok. Mein Mann fuhr nach Hause und wollte Freitag mit persönlichen Dingen, und was man noch so im Krankenhaus braucht, wieder zu mir kommen. Ich blieb im UKE, bekam ein Zimmer und bekam Hygieneartikel, sowie ein super tolles Hemdchen. Na ja, diese OP Hemdchen, egal ich konnte ja nicht weglaufen und für die Bettpfanne war es praktisch, auf Station waren alle sehr nett und freundlich, das Essen im UKE war sehr gut, es war Donnerstagabend gegen 19.00 Uhr, da stand Henry im Zimmer, mit meiner Reisetasche, meinen Sachen darin, er sagte: meine Tasche habe ich schon ins Hotel gebracht, da bleibe ich bis Samstag, es gab mir Mut und Kraft, aber er hatte zwei Tage Urlaub für mich, fast kaum zu glauben. Doktor Eicker und eine Pflegekraft kam gegen 19.30 Uhr ins Zimmer, ich musste den OP-Aufklärungsbogen ausfüllen, lesen und unterschreiben, Freitagmorgen 11:00 Uhr sollte ich operiert werden, stand da 11:00 Uhr? Na ja wenigstens nicht als letzte gegen 16:00 Uhr, Donnerstagnacht konnte ich nur mit Schlafmittel einigermaßen überstehen. Ich hatte solche Angst, was hatte ich zu verlieren, eigentlich nichts, nur gewinnen und zwar, eventuell wieder laufen zu können. Alle meine Hoffnung setzte ich in Doktor Eicker. Freitag früh, ja früh, nämlich 06:00 Uhr kam das Pflegepersonal an mein Bett, Frau Kressin aufwachen, um 07:00 Uhr geht es in den OP, bitte was, 07:00 Uhr, Nein, Nein, um 11:00 Uhr ist mein Termin, Nein Frau Kressin, Doktor Eicker hat ihren OP Termin vorgezogen, weil er Zeit haben möchte und sie nicht noch länger mit der Angst hier liegen lassen möchte. Okay also 07:00 Uhr, das Pflegepersonal half mir, mich umzuziehen. Ich schrieb Henry eine WhatsApp, dass ich um 07:00 Uhr in den OP muss, vielleicht liest er es ja, denn er wollte eigentlich erst 09:00 Uhr da sein, ich wurde abgeholt, es war 06:45 Uhr und man brachte mich in Richtung

Operationsbereich. Henry war noch nicht da, ich konnte ihm nicht mehr sagen, dass ich froh bin, dass er da ist. Doktor Eicker und die Anästhesieärztin kamen zu mir. Doktor Eicker nahm meine Hand und sagte: es geht gleich los, alles wird gut. Alles wird gut, dachte ich, dass nächste was ich hörte: zwanzig Milligramm Propofol, dann sah ich Doktor Eicker an. Sagte ihm Danke, und schlief wohl ein. Was dann geschah weiß nur das Operationsteam, gegen 14:00 Uhr machte ich meine Augen auf, Doktor Eicker, Henry und Pflegepersonal standen an meinem Bett, überall piepste es, Kabel und Schläuche an mir, ich musste mich übergeben, nun wurde es still um mich herum, Doktor Eicker unterhielt sich mit Henry, ich verstand nichts von dem Gespräch, ich war zu müde. Bis 18:00 Uhr blieb ich in diesen kühlen Räumen. Es piepst um mich herum, mir war kalt und schlecht, nun kam das Pflegepersonal, welchen den Krankentransport machten, und brachte mich auf mein Zimmer. Ich wurde langsam wacher und klarer im Kopf, da war ja was, dass ich dringend testen musste, gespannt versuchte ich meine Füße zu bewegen, es klappte, ich konnte meine Füße, meine Beine bewegen, Tränen der Freude liefen über mein Gesicht. Dann wollte ich einfach nur weiterschlafen, immer noch an so einem nervigen piepsenden Monitor angeschlossen. Spät am Abend wachte ich auf, Schmerzen, starke Schmerzen, Henry drückte den Notknopf und eine Schwester von Station kam schon mit Schmerzmittel, gegen 21:00 Uhr ging die Tür abermals auf, und Doktor Eicker kam an mein Bett, er erzählte mir, dass die OP soweit gut verlaufen ist, nur das es kurze Komplikationen gab, gegen 09:42 Uhr hörte mein Herz auf zu schlagen, mehrmals versuchte man mich ins Leben zurück zu holen. Aber warum hätte man mich nicht sterben lassen können. Nein, hätte man nicht, viele Gedanken gingen mir durch den Kopf, Tränen liefen still über meine Wangen, ich Begriff langsam warum Henry ständig fragte, ob alles okay ist, ob ich mich gut fühlte, den Umständen entsprechend ja. Am 23.8.2013 schenkte mir man ein zweites Leben, ohne dass ich dies wollte. Am nächsten Tag schrieb ich mit meinen beiden Mädels, Carolin und auch Celine fragten, wie es mir ginge, den Umständen entsprechend gut, ich erzähle beiden das was mir während der OP passierte, Carolin sagte: Mama war es kurz nach 09:30 Uhr, ich bejahte, beide Mädels weinten, Carolin brach weinend kurz nach 09:30 Uhr zusammen, Celine in der Schule, weinte um kurz nach 10 Uhr an diesem Tag, so dass sie nach Hause geschickt wurde, keine der beiden dachten, dass es irgendwas mit ihrer Mutter zu tun haben könnte, auch heute finden wir es noch sehr mystisch, wenn wir davon reden. Kann man sowas fühlen, oder spüren? Demnach ja, auch wenn es so klingt, als wäre es aus der Phantasie. Die nächsten Tage verliefen gut, ich lernte wieder langsam zu laufen. Vom Bett zur Toilette mit Rollator, konnte ich selbständig gehen. Nach 3 Wochen wurde ich entlassen, noch im selben Jahr sollte es zu Reha gehen, ich wollte das ich ohne Oxycodon auskomme, ich wollte wieder Auto fahren dürfen, selbstständig zum Arzt und einkaufen, Autofahren ist Freiheit. Ende Oktober ging es zur Reha, mein Arzt riet mir ab, den Entzug vom Oxycodon schnell auszuschleichen, wöchentlich 10mg, nein das geht nicht, Weihnachten und Silvester in der Reha niemals. Ich habe manchmal einen ganz schönen Sturkopf. Denn wöchentlich 10mg bedeutete mindestens 12 Wochen Reha, plus zwei Wochen Erholung. Ich setze mich durch und visierte den 23.12.2013 an, sechs Wochen sind ausreichend, was wäre, wenn es gut läuft, was wäre wenn ich mal Glück hätte, das kann man heute nicht beantworten, 2 Wochen Reha waren um und glauben sie mir, ich habe gekämpft, Entzugserscheinungen, Kreislaufprobleme, alles inklusive, natürlich habe ich es weder meiner Psychologin, den Ärzten, oder Pflegepersonal erzählt. So gut es ging, verbarg ich mein Empfinden, meine Gefühlswelt, eines Nachts, Anfang der dritten Woche in der Reha wurde ich wach, und hatte ein seltsames Gefühl, es war gegen 03:30 Uhr in der Nacht, meine rechte Seite fühlte sich taub an. Mein Gesicht fühlte sich taub an, als wenn alles angeschwollen war, mein rechtes Bein taub, und ich konnte mich nicht bewegen, Komischerweise bekam ich in diesem Moment von Carolin eine WhatsApp Nachricht, Mama ist alles okay bei dir? Nein, das weiß nicht, Notklingel, Schwester sah mich an, und keine paar Sekunden später standen auch schon Ärzte und Pflegepersonal an meinem Bett. Verdacht auf Schlaganfall, schnell eine Antwort an Carolin und schon wurde mir schwarz vor Augen. Ich wachte am nächsten Morgen auf der Stroke Unit in Seesen im Harz auf, wieder Monitor und Schläuche und Gepiepe, was war das denn nun wieder mit mir, ich bleibe hier nicht, ich will in 3 Wochen nach Hause, alle Untersuchungen wurden gemacht und man versuchte mich umzustimmen, dass ich blieb. Ich bin 2 Tage später zurück in die Rehaklinik auf eigenen Wunsch, Psychotherapie, Ergotherapie wurden zur Tagesaufgabe. Keine ganzen Sätze konnte ich sprechen, ständig waren Wortfindungsstörungen und stottern die Begleiterscheinung. Ich kämpfte täglich, jeden Tag wurde ich belohnt, mit jedem zusätzlichen Schritt, mit jeder zusätzlichen Stufe, mit jedem Wort, was wieder zurückkam, begann für mich ein neues Leben. Wollte ich dies? Ja, das erste Mal, dachte ich mir, du kämpfst, du willst kein Pflegefall bleiben, du musst wieder arbeiten, Leben und für deine Kinder da sein. Wochenendübernachtung war angesagt, Carolin und Celine holten mich ab, gestützt rechts und links gingen wir zum Auto. Zu Hause angekommen blieb ich vorwiegend auf dem Sofa sitzen, Telefonate schier unmöglich, man konnte mich kaum verstehen, so konnte es nicht bleiben, ich muss noch mehr kämpfen, meine Kinder weinten, ich merkte dies, auch wenn sie es abstritten. Eine Mutter ist ja nicht blöd. Sonntag zurück zu Rehaklinik, am 23.12.2013 wurde ich auf eigenen Wunsch entlassen. Ich konnte schon für meine Verhältnisse gut laufen. Zwar nur wenige Meter, aber ohne Hilfe. Im Jahr 2013 bekam ich zweimal die Chance zu Leben und ich frage mich heute noch warum.? Das neue Jahr begann, wie das alte aufgehört hatte, Therapien, aber auch Fortschritte machte ich täglich. Lesen in der Zeitung, und im Internet, laut vorlesen. Meine ambulante Reha, Muskelaufbau und Krankengymnastik machte Fortschritte, ich lernte wieder vollständige Sätze, zwar mit Wortfindungsstörung, aber ich machte Fortschritte, während der ambulanten Reha, bekam ich eines Tages einen Anruf von meinem Bruder Hannes, nach fast drei Jahren, Mutter liegt im Sterben. Am nächsten Tag die Fahrt nach Thüringen, ich durfte und konnte ja wieder Autofahren, Henry fuhr, aber nur, weil ich mich noch nicht traute, diese lange Strecke zu fahren. Im Krankenhaus angekommen sah ich meine Mutter im künstlichen Koma, ich stand am Bett, wusste nicht was ich sagen sollte, vorsichtig mit meinem Zeigefinger streichelte ich ihre Hand und sagte: Hallo, ich bin es Pauletta, auf dem Monitor gingen die Herztöne kurzfristig höher, ich hielt es keine 15 Minuten aus und musste gehen. Weinend ging ich zum Auto, Henry kam hinter mir hergerannt und nahm mich in den Arm, ich wollte nach Hause, ich wollte weg. Zwei Wochen später wurde Mutter in ein anderes Krankenhaus verlegt, ohne künstliches Koma, aber immer noch an Überwachungsgeräte angeschlossen, die ich ja nur zu gut kannte, wöchentliche Dialyse musste sie über sich ergehen lassen. Mein Bruder, Carolin und ich verabredeten uns am Samstag in der Klinik, wir betraten das Krankenzimmer, meine Mutter erst 59 Jahre jung, sah aus wie 80 Jahre, sie erkannte mich und sagte schön, dass du da bist, und dass du mit Hannes wieder zusammengefunden hast. Als sie Carolin sah, sagte sie: Hallo Ben, sie erkannte Carolin nicht, mein Bruder und ich schimpften mit Mutter, weil sie das Essen und jegliche Behandlung verweigerte, plötzlich wurde es laut, der Monitor war so laut, dass man sein eigenes Wort nicht verstand, plötzlich standen Ärzte und Pflegepersonal im Zimmer von unserer Mutter, die Hautfarbe von ihr wurde blau, wir wurden auf den Flur geschickt, nervös und weinend liefen wir auf dem Flur rum. Das Warten, dass endlich mal jemand kommt, und uns sagt was los war, unerträglich. Nach 3 Stunden kam endlich der Ärzte, es war mittlerweile nach Mitternacht, man erklärte uns, dass sie Mutter ins künstliche Koma versetzen mussten. Sie hatte an diesem Abend mehrere Herzinfarkte, man hatte versucht, sie zu reanimieren. Wir gingen ans Bett und sie lag schlafend und ruhig einfach nur da, ich sagte ihr, dass ich in einer Woche wieder zu Besuch kommen würde und Ben mitbringen werde. Ob sie es hört oder nicht, war mir egal. Donnerstag versuchten die Ärzte sie aus dem künstlichen Koma zu holen. Hannes rief mich an und sagte mir, dass sie geredet hatte aber wieder einschlief. Freitag packte ich meine Tasche fürs Wochenende, denn ich versprach ihr ja vor einer Woche, dass ich sie wieder besuchen würde, ich hatte ja auch einige Fragen, ohne jemals Antworten bekommen zu haben, diese Antworten wollte ich jetzt. Die Nacht war um und gegen 07:00 Uhr klingelte mein Wecker, fertig machen um mit Henry, Carolin und Ben nach Thüringen. Es wäre nicht mein Leben, wenn mal alles nach Plan laufen sollte und mal nichts passieren würde. Es war 07:30 Uhr, mein Handy klingelte, im Display, Hannes ruft an, mir wurde schlecht, um diese Zeit, was ist passiert? Ich nahm den Anruf entgegen, Hannes sagte: Große, sitzt du, setz dich hin, du musst jetzt stark sein. Mein Bruder unter Tränen sagte mir, dass unsere Mutter morgens um 04:56 Uhr verstorben sei, er aber erst um 07:00 Uhr benachrichtigt wurde. Ich saß da und meine Gefühle vermischten sich Traurigkeit und Wut machte sich breit, ich konnte nicht weinen. Wie in einem Schockzustand rief ich bei Carolin an und sagte ihr sie möge mal zu mir kommen. Als ich sie sah, fing sie an zu weinen. Sie sagte Oma? Ich sagte: ja heute Morgen. Ben blieb an diesem Tag zu Hause, Henry, Carolin und ich fuhren nach Thüringen ins Krankenhaus, wo mein Bruder mit seiner Freundin und unserer Schwester auf uns wartete. Eine Stunde nach unserer Ankunft kam das Bestattungsunternehmen um unsere Mutter abzuholen, wir wollten sie nochmal sehen, aber so wie sie zurzeit aussah, wurde es uns verwehrt. Der Bestatter schlug vor, dass wir uns in vier Stunden treffen könnten, sie würden Mutter schminken und anziehen, dann könnten wir Abschied nehmen. Vier Stunden voller Hilflosigkeit und den Aussagen der Ärzte, machten uns wütend, Mutter ist aus dem Bett gefallen und wurde tot aufgefunden, sie starb wohl in einem Kampf ums Leben. Denn man sagte uns, dass sie blaue Flecken vom Sturz habe. Beim Bestatter angekommen durften wir zu ihr, sie lag so friedlich da, die Augen nicht ganz geschlossen, als ob sie schauen wollte wer alles da. Ihre linke Gesichtshälfte von blauen Flecken übersäht, was man nicht komplett überschminken konnte, ich ging auf sie zu und schüttelte sie, ich schrie sie an, wach auf, wach auf, du kannst dich nicht ohne ein Wort einfach so verpissen. Rede doch mit mir, mein Mann und meine Tochter zogen mich weg, sie brachten mich raus an die frische Luft. Plötzlich liefen mir die Tränen und ich schrie, warum jetzt, warum macht sie das, warum verpisst sie sich einfach, warum? Ich werde keine Antworten mehr bekommen, nie wieder. Als ich mich beruhigt hatte, ging ich nochmal rein, setzte mich neben meinem Bruder und nahm ihrer Hand, ihre Hand war kalt, und man spürte jeden Knochen, ich weinte und konnte meine Gefühle nicht sortieren. Nach einiger Zeit verließen wir das Bestattungsunternehmen und fuhren zu meinem Bruder nach Hause. Das Wochenende verging, und wir haben geweint, manchmal gelacht, erzählten uns was Mutter manchmal anstellte und welchen Blödsinn sie machte. Am Sonntag fuhren Henry und Carolin nach Hause. Ich blieb bei Hannes und seiner Freundin. Denn für uns begann am Montag der Ernst, Beerdigung, Trauerfeier usw., musste erledigt und organisiert werden. Denn musste auch die Trauerrede formuliert werden. Die Frage, wer soll bei der Trauerfeier dabei sein, ihre Schwestern, Nein, ihre Bekannten nur bedingt, nur welche, die ihr nahestanden. Keine Enkelkinder, es sollten klein und fein werden. Zu ihren Geschwistern hatte Mutter schon viele Jahre keinen Kontakt mehr und trauernde Heuchelei wollten wir nicht. Wir suchten eine schöne Urne aus, einen schönen Grabstein, die Platte aus Marmor mit ihren Namen, und alles was darauf sollte in Silber und Gold. Eine Blume, die man wegschieben kann, um Blumensträuße reinzustellen. Denn auf einer Grabsteinplatte könnte man keine Vasen stellen, nur Gebinde und Blumentöpfe. Nach der Trauerfeier war auch gleich die Urnenbeisetzung. Mutter fand ihre letzte Ruhe, Hannes und ich blieben noch einige Zeit auf dem Friedhof, alle anderen sind schon gegangen. Wir weinten und ja auch lachten wir, als wir mit Mutter redeten. Am Abend grillten wir und waren zusammen mit den anderen trauernden und redeten und nahmen Abschied. Irgendwann weit nach Mitternacht lösten wir uns so langsam auf, gingen nach Hause. Ich schlief mit Henry bei Hannes und seiner Freundin. Am nächsten Abend fuhren wir nach Hause und ich hatte in der kommenden Woche wieder ambulante Reha, dass erste halbe Jahr verstrich und ich konnte besser laufen und immer besser reden. Ich dachte oft an meine Mutter, und auch an die Frage warum sie sich einfach so verpisst hatte, war fester Bestandteil in meinem kaputten Seelenleben. Im Juni und Juli 2014, musste ich wieder in stationäre Behandlung, meine Depressionen und meine Trauma Behandlung, mussten engmaschig betreut werden. Meine Psychologin die ich ja nun schon viele Jahre kannte, half mir zu verstehen, dass ich keine Antworten mehr bekommen kann. So weit, so gut, gestärkt und mit neuen Medikamenten kam ich nach Hause. Pauletta, sagte ich mir immer wieder, du wirst nie wieder arbeiten können und dürfen. Pauletta akzeptiere endlich, dass dein Leben nie mehr wieder sein wird, oder werden wird, wie es war. Wie es andere Menschen haben oder wie dein Leben mal war. Im August 2014 zogen Carolin und ihrer Familie in den Norden, mein Schwiegersohn bekam eine neue Ausbildungsstelle, der Umzug war chaotisch, chaotischer kann kein Umzug sein. Der Lkw verlor Wasser, kurz vor Hannover, Carolin, Celine und ich waren schon in der neuen Wohnung angekommen. Da wir morgens gegen 06:00 Uhr schon losfuhren, meine beiden Enkelkinder und wir drei putzten Fenster, machten sauber, und warten auf den Rest des Umzugsteams. Das Handy klingelte, der Lkw steht in Hannover auf dem Rastplatz. Das Telefonat mit der Mietwagenfirma war sehr lustig. Die sagten doch tatsächlich, dass wir immer wieder Wasser auffüllen müssen und ihn am nächsten Tag zur Abgabe bringen sollen, mit einem Vermerk das er Wasser verliert. Gegen 16:00 Uhr und mit vier Stunden Verspätung kam endlich der Lkw, bis Mitternacht wurde entladen, getragen, gebaut und geschraubt. Probleme kamen natürlich auch auf, wo schlafen denn nun alle? Ok, kein Problem, Celine und ich schlafen im Auto, ich hatte ja einen Kombi. Also Sitze umklappen und Decken rein, dann konnte man gut darin schlafen. Am nächsten Morgen um 8.00 Uhr kam Henry ans

Auto und klopfte an die Scheibe, er brachte uns Kaffee und belegte Brötchen, so kann der Tag doch eigentlich immer anfangen. Am Tage wurde viel geschafft und gegen 20:00 Uhr fuhren Celine, Henry und ich wieder nach Holzminden. Im Oktober oder war schon November, ich weiß nicht mehr, bekam ich einen Anruf von meiner Halbschwester, väterlicher Seite, nach Jahrzenten kontaktiert man mich, weil mein Erzeuger, der mir ja als Jugendliche sehr wehgetan hatte, erlitt einen Herzinfarkt, Gefühlschaos pur, soll ich ins Krankenhaus fahren, oder soll ich nicht, es steht außer Frage, dass der Missbrauch wieder so präsent war, als ob es gerade passierte, Telefonat mit meiner Psychologin, sie riet mir, ich soll es abwägen, und nicht vergessen, was passierte. Was soll mir passieren, ich wäre nicht alleine und der Besuch wird im Krankenhaus stattfinden, Klingt vielleicht Makaber, aber wollte ich ihn leiden sehen, für das was er mir angetan hatte. Henry und ich fuhren ins Krankenhaus, rund 350 km entfernt. Dort angekommen, ich hatte Panikattacken und Angst, wir gingen eine Weile spazieren, bevor wir ins Krankenzimmer gingen. Er lag an Geräten und Monitoren angeschlossen, ich fühlte nichts. Da meine Halbschwester zirka vier Autostunden weiter weg wohnte und ich wieder einmal ein zu weiches und gutmütiges Herz hatte, schlief ich in einem Gästezimmer im Ort, um täglich ins Krankenhaus zu können. Auf dem Weg der Besserung und wieder ohne Monitore. Nun hatte ich das Gespräch zu ihm gesucht und seine Worte waren: Ich kann es nicht rückgängig machen, was ich dir angetan habe, ich kann nicht verlangen, dass du es vergisst, aber ich bitte dich, mir zu verzeihen, ich brauche deine Hilfe, und würde es aber auch verstehen, wenn du es ablehnst. Ich musste an die frische Luft. Gefühlschaos in mir, Tränen liefen mir meinem Gesicht herunter. Überlegung hin und her, wenn du ihm nicht hilfst, stirbt er, oder doch nicht, heute weiß ich, dass es ein Fehler war. Ich fuhr jede Woche für 2 Tage zu ihm, als er aus dem Krankenhaus entlassen wurde, ging ich einkaufen, putzte die Wohnung, habe seine Wäsche gewaschen und alles was so anfiel. Tage später musste er wieder ins

Krankenhaus seine Fußzehen waren blau und er hatte offene Wunden. Die Ärzte rieten durch seinen Diabetes die Zehen zu amputieren. Wieder zu Hause, wieder Tage später, ins Krankenhaus, weitere Operationen. Es mussten Stents eingesetzt werden, und seine Wunden an dem Fuß, nach der Amputation heilte nicht. So verging das Jahr 2014, und es war Weihnachten und Silvester. Er mein Erzeuger, also Vater, verbrachte Weihnachten bei uns, und Silvester wieder im Krankenhaus, ich merkte schnell, dass ich diese Belastung nicht lange aushalten würde, psychisch und finanziell durch das stetige fahren und die Konfrontation mit ihm. Das neue Jahr war der Albtraum in zweiter Generation, mein Erzeuger wurde aus dem Krankenhaus entlassen. Ich dachte er wär so krank, dass er meine Hilfe brauchte, die brauchte er auch, aber er wollte mehr, als nur die Hilfe im Haushalt, Behördengänge usw., warum nutzte er meine Gutmüdigkeit aus, warum bedrängte er mich wieder, warum fiel ich in einen Zustand der es mir nicht zuließ zu schreien, warum wollte er mir wieder wehtun, die Berührungen waren so eklig, langsam kullerten mir Tränen über mein Gesicht. Ich bin seine Tochter und nicht seine Geliebte oder sowas, ziemlich aufgelöst und weinend verließ ich seine Wohnung und rief Henry an, er kam sofort nach Thüringen, ich wartete im Garten, es war dunkel und ich hatte Angst, jede Minute kam mir wie eine Ewigkeit vor. Wo sollte ich hin, was sollte ich machen, ich blieb sitzen. Glauben sie mir, wenn mein Vater nicht krank und alt gewesen wäre dann hätte ich mich strafbar gemacht. Diesmal ging er zu weit. Henry und ich haben in dieser Nacht lange geredet und hatten ein Hotelzimmer gemietet für eine Nacht. Ich bekam kein Auge zu, ich fühlte mich benutzt, dreckig, ich habe geweint und gezittert, konnte nicht mal die Nähe von meinem Mann ertragen. Am nächsten Morgen beschlossen wir, dass wir ihn zwangseinweisen lassen. Ich gab jegliche Vollmachten und alles was zu Regeln war ab und sagte im Krankenhaus, dass man mich nicht mehr kontaktieren sollte. Das man mich, weder anrufen, oder auf anderem Wege informieren brauchte, egal was mit ihm passieren würde. Der

Arzt und das Pflegepersonal sichtlich erschrocken über meine Worte, aber ohne nachzufragen, warum ich diese Aussage traf. Er war 86 Jahre alt und hatte es noch nicht verstanden, dass er seinen Trieb auszuleben nicht mit der Tochter macht. Seit diesem Tag habe ich nie wieder was gehört von ihm, ich teilte per Telefon meiner Halbschwester das Geschehene mit, sie war fassungslos und erzählte mir, dass er in Vergangenheit sogar seine Vermieterin, und unsere Cousine bedrängte, dies war für mich nicht zu verstehen. Warum ich ihn diesmal nicht angezeigt habe, ganz einfach, meine Halbschwester bat mich, es nicht zu tun, weil er so krank, und alt ist. Er ja auch nicht mehr lange Leben würde, ich ihm die restliche Lebenszeit nicht hinter Gittern bringen soll. Ich war mit ihm fertig, ich wollte einfach nur noch meine Ruhe haben, Verletzt und wieder gedemütigt brach ich jeglichen Kontakt zu allen Personen väterlicher Seite ab, nun musste ich wieder in Therapie, mich wieder mit dem Geschehenen auseinandersetzen. Diese Therapie war alles andere als einfach für mich, auch heute denke ich oft daran, warum macht ein Mensch, ein Vater, so etwas, viele Gespräche mit meiner Psychologin waren angesagt. Ich musste wieder lernen, dass ich Vertrauen kann, dass nicht alle Menschen gleich was Böses wollen. Aber mal ehrlich, bei meinem verkackten Leben, gar nicht so einfach. Meine Therapie bestand aus Achtsamkeitsübungen, Entspannungsübungen und Konzen-trationsübungen, auch Gespräche mit meiner Psychologin gehörten zu meinem Klinikaufenthalt. Am schlimmsten finde ich auch heute noch folgende Übung: Augen schließen und die Worte der Therapeutin folgen. Mal im Ernst, Augen schließen, und Entspannen, ich, dass ging und geht heute immer noch schief, ich merke das ich nach so einer Stunde noch mehr angespannt bin als vorher, auch der Versuch, die Augen dabei offen zu lassen, geht grundsätzlich schief. Ich habe schon so einiges versucht, mich zu entspannen, aber es fällt mir sehr schwer, um nicht zu sagen, es geht gar nicht. Den Körper fühlen, und dem Körper Aufmerksamkeit zu geben, nein, ich will meinen Körper gar nicht fühlen und gar nicht wissen, was manchmal so los ist in meinem Inneren, dass würde mich nur noch mehr anspannen und verzweifeln. Mein Vater hat mir nicht nur meinen Kindheit genommen, er hat meinen Körper genommen, hat meine Seele verletzt, sobald im Fernseher oder in der Presse über Kindesmissbrauch berichtet wird, triggert es mich und ich bekomme Angst und Panikattacken, vor kurzem habe ich Fotos sortiert und unter anderem auch Fotos von ihm gesehen, mir stiegen sofort die Tränen in die Augen und ich hatte ein beklemmendes Gefühl, ein Gefühl, was unangenehm ist. In solchen Situationen würde ich gerne einfach nur weinen wollen, aber das darf ich ja nicht, ich bin eine erwachsene Frau und Schwäche zu zeigen, wäre falsch. Diese Erfahrungen werden mich mein ganzes Leben begleiten und ich hoffe, dass hier der Satz auch mal eintritt, dass die Zeit alle Wunden heilt. Im Sommer 2015 kam meine Freundin Sarah aus NRW mit ihrer Tochter zu mir, für fast zwei Wochen, sie gab mir ein Stück Leben zurück, wir lachten viel, haben fast jeden Tag etwas mit unseren Kindern unternommen. Wenn ich mir heute Bilder ansehe, schwelge ich in Erinnerung, heute haben wir nur noch sporadisch Kontakt, diese Entfernung von fast 400 Kilometer ist ein Hindernis welche ich heute nicht mehr so einfach fahren kann, ich müsste ja wenn auch ein paar Tage bleiben und dies ist schwer umzusetzen. Meine Gesundheit und meine familiären Verhältnisse lassen es leider nicht zu, ich weiß, was sie sagen wollen: Wo ein Wille, da ein Weg, aber leider trifft dies nicht immer zu. An meiner Ehe hielt ich ja schon lange nicht mehr fest, diese Intrigen von Seiten der Mutter und Schwester meines Mannes waren nach wie vor Mittelpunkt unserer Familie, also warum sollte ich weiter leiden, und warum sollte ich nicht langsam lernen, mein Leben so zu gestalten, wie ich es für richtig halte. Richtig, ein warum gab es nicht mehr, ich musste endlich wieder lernen zu leben, mein Leben zu leben und nicht ständig auf das hören, was wann man von mir verlangt. Ich beschloss also wieder in den Norden Deutschlands zu ziehen, da fühle ich mich wohl, da konnte ich zu jederzeit an Ost,- oder Nordsee fahren und meine Seelenruhe finden. Der Sommer verging und es wurde Herbst, ich lernte einen Mann in der Nähe von Lüneburg kennen, ja, ja ich weiß es ist nicht der Norden, aber fast. Bis Hamburg sind es nur vierzig Kilometer, die Alster und auch die Landungsbrücken sind sehr schön, da könnte ich hin, wenn mir mal die Decke auf den Kopf fällt. Was hält mich im Weserbergland? Genau, Nichts. Aber wieder ein Umzug und wieder neu anfangen, so langsam musste doch mal Ruhe in mein Leben einkehren, ich musste auch mal ankommen, aber darüber mir jetzt den Kopf zu zerbrechen, nein, das würde nichts bringen. Nur wenn ich es nicht versuche, dann kann ich nicht wissen, ob es mein letzter Umzug sein wird, in ein Leben ohne Angst und eventuell auch mit Ruhe in der Seele. An einem Samstag traf ich mich mit Emil, nein, nein, doch nicht alleine. Ich einen fremden Mann treffen, in Kassel, wo ich mich überhaupt nicht auskannte, Nein. Also Plan A oder war es Plan B, an diesem besagten Wochenende war meine älteste Tochter aus Schleswig-Holstein zu Besuch, wir wollten mal wieder raus und Tanzen gehen, ich jedenfalls musste es, um zu sehen, dass mein Leben mit 42 Jahren noch nicht vorbei ist. Also, entweder kommt Emil nach Kassel, und akzeptiert, dass meine Tochter dabei ist oder eben nicht. Was hatte ich zu verlieren, genau, nichts. Wir lernten uns kennen und ich besuchte ihn oft, langsam stellte sich das Gefühl ein, was ich schon lange nicht mehr kannte. Ich vermisste ihn, an den Tagen, als wir nicht zusammen waren. Er ist sehr energiegeladen, ist es das was mich an ihm reizte? Ich denke schon, denn er brachte in meinen Alltag ein wenig Leben und Freude rein. Auch wenn es aus heutiger Sicht, ein sehr schwerer Weg war. Nun war es Zeit, mal wieder zu packen, und einen Umzug zu organisieren. Aber noch ist es ja nicht so weit, erst einmal sollten meine Kinder auch diesen Mann kennenlernen und ich sollte auch seine Tochter kennenlernen, diese war damals sechs Jahre jung. Meine Kinder sagten: Mama, wenn du es für richtig hältst und endlich glücklich wirst, dann gehen wir mit dir bis ans Ende der Welt. Sie waren ja auch schon 15 und 16 Jahre, zur Not hätten wir das irgendwie geschafft, wenn sie einen Umzug nicht zugestimmt hätten. Nun ich sollte die Tochter von

Emil kennenlernen, an einem Samstag fuhr ich mit Celine nach Hamburg in den Tierpark, dort wollten wir vier uns treffen, es war uns wichtig, dass Luise uns auf neutralem Boden kennenlernte, denn eine neue Frau an Papa seiner Seite und auch noch Kinder, das muss auch eine sechsjährige erst einmal verstehen. Celine und Luise haben sich sofort verstanden, mir gegenüber war sie noch ein wenig zurückhaltend, was auch völlig ok ist, in Anbetracht der Situation, aber dies war nicht lange so, als wir uns verabschiedeten und die Kleine auf Toilette musste, sollte ich sie begleiten, gut dachte ich, sie hat dich akzeptiert und wir können miteinander zurechtkommen. Mir gingen auf der Rückfahrt viele Dinge durch den Kopf, meine Kinder sind fast erwachsen, sie ist noch so klein, willst du das oder besser gesagt, kannst du das, diese Verantwortung übernehmen, zumindest an den Tagen, wo Luise bei ihrem Vater ist. Heute liebt mich die mittlerweile elfjährige und ist gerne mit mir zusammen, auch meine Kinder hat sie so sehr ins Herz geschlossen, dass sie mit ihnen gut zurechtkommt. Man könnte sagen eine glückliche Patchworkfamilie. Emil ist sehr energiegeladen, dass erwähnte ich ja bereits, und es ist manchmal sehr schwer für mich, dies zu kompensieren, denn er kann von jetzt auf gleich so hochfahren, dass ich manchmal denke, dass schaffst du nicht. In einem anderen Augenblick ist er verständnisvoll, liebevoll, und sieht es mir an, wenn es mir nicht gut geht. Ist es das, was mich anzieht, sein Elan und seine Energie, denn nach meinem Schlaganfall, bin ich eher etwas ruhiger geworden, stiller, man lernt durch so einen Schicksalsschlag, das Leben anders kennen, man lernt das es Wichtigeres gibt als jeden Tag 180% zu geben. Man lernt seine Ruhepausen kennen, die der Körper braucht. Meine Gedanken sind durcheinander, Vertrauen und Nähe zulassen, die noch einmal zu lassen, warum sollte ich glücklich werden? Ist es mir bestimmt, viele Fragen keine Antworten. Die quälenden Fragen, ohne Antworten rückten in den Hintergrund, ich ließ mich auf diese Beziehung ein, und war zum größten Teil glücklich, manchmal hatte ich das Gefühl das es nicht gut wird, an den

Tagen wo Emil unberechenbar ist. Sein Temperament ist anstrengend. Vielleicht wird es besser, wenn er merkt das es Frauen gibt die ihn lieben, nicht wie seine erste Ehefrau, die im böse zusetzte, und die Mutter seiner Tochter, die auch nur egoistisch, und für sich Vorteile kannte, denn ich weiß ja selber, wie es ist, wenn man so hintergangen und betrogen wird, was es mit einem macht, und wie kalt und verletzlich man wird. Ende des Jahres 2015 beschlossen wir dass wir 2016 zusammenziehen, auch zu diesem Zeitpunkt hatte ich noch ab und zu Zweifel, ob es gut gehen wird, meine Schwiegereltern lernte ich im Dezember kennen, am Geburtstag meiner Schwiegermutter, wir verstanden uns sofort, Schwiegereltern sind sehr einfühlsam und offen, sie haben ein sehr liebes Wesen, und sind für mich und meine Kinder da, als würden wir schon immer zur Familie gehören. Das Jahr 2015 neigt sich dem Ende zu und es passierte nichts weiter Spannendes, positives und negatives blieb mir vorerst erspart, welch ein Glück, sollte es nun aufwärts gehen? Ich blieb skeptisch, was mein Leben anging. Das hat aber den Hintergrund, dass ich zu viel Negatives in meinem Leben schon erleben musste, man vertraut und lieb nicht gleich, sondern es braucht Zeit, diese Zeit muss ich mir und meinen Kindern geben. Hier komme ich auch zum Schluss meines bisherigen Lebens, meiner Geschichte, eine Vergangenheit, auf die ich nicht glücklich zurückblicke.

Ich möchte ihnen hier noch ein paar Kleinigkeiten erzählen. Die nächsten Jahre bis heute zusammenfassen.

Vielleicht werde ich dieses Buch einmal fortsetzen, in ein paar Jahren, denn mein Leben ist mit 47 Jahren ja noch lange nicht vorbei. Meine Kinder und ich zogen zu Emil, seine Tochter und meine Kinder verstanden sich super, die Kleine ist stolz, nun eine Art Geschwister zu haben. Luise entwickelt sich unter dem Einfluss meiner Kinder sehr schnell, wird selbstbewusster und freut sich jedes Mal, wenn die Zeit bei Papa ansteht. Celine begann eine Ausbildung als Friseurin und Ben besuchte in Lüneburg die Berufsschule. Die letzten 4 Jahre vergingen schnell, es gab gute Zeiten und auch weniger gute Zeiten. In meiner Beziehung geht es auf und ab, manchmal leide ich sehr unter den Launen von Emil, auch die Kinder fühlen sich ab und an von ihm missverstanden, was oft zu Spannungen führt. Emil ist ein Mann, der immer mehr als hundert Prozent gibt, aber er versteht oft nicht, dass nicht jeder Mensch so sein kann wie er. Aber wenn ich mal die letzten Jahre zurückblicke, ist er schon viel ruhiger geworden und eine Schlaftablette soll er ja nicht werden, dass würde mir nicht guttun. Ein bisschen weniger Temperament, und gereizte Stimmung, wegen Kleinigkeiten und das Rezept der Beziehung wäre perfekt. Gemeinsame Freunde sagten schon, dass sich Emil positiv verändert hat, naja seien wir mal ehrlich, eine Beziehung ohne Streit, wäre ja auch langweilig, auch wenn ich ehrlich gesagt, es auch ohne ganz gut finden würde. Meine Schwiegereltern, sind für mich Mama und Papa geworden, egal was mir auf dem Herzen liegt, sie sind immer für mich da, geben mir halt, wenn ich Zweifel habe, sie sind da, wenn ich Hilfe brauche, kurz gesagt, dass beste Verhältnis, was ich mir wünsche. Celine ist Mama geworden und schenkte mir einen wundervollen Enkelsohn, ich liebe diesen Zwerg über alles und er bringt mir Sonnenstrahlen in meinen Alltag und meine Seele zum Lachen, sie wohnt mit ihrem Freund, und dem kleinen Zwerg zirka 70 Kilometer entfernt. Ben wohnt noch bei uns, und wird seinen Weg gehen, ich werde ihn, soweit es geht, und es mir meine Gesundheit zulässt unterstützen. Es sind meine Kinder, und meine Kinder können sich auf Mama verlassen, soweit es in meiner Macht steht, werde ich da sein. Mein Erzeuger starb vor einiger Zeit, vielleicht kann ich langsam anfangen mit dem, was er mir angetan hat, zu verarbeiten. Jedes Jahr gehe ich weiterhin in die Klinik für mentale Gesundheit, im UKE bin ich Stammgast und so langsam könnte man sich dort duzen…, in den nächsten Jahren wird noch die ein oder andere Operation anstehen, und ich hoffe, dass ich diese gut überstehen werde. Ohne Schatten, ohne seelische Last zu leben, weiter emotional öffnen zu können, dass wäre mein Wunsch für die Zukunft. Aber das steht in der Zukunft, und die heißt es zu gestalten und zu leben, Vergangenheit kann ich nicht ändern, aber ich werde versuchen damit zu leben, es werden noch einige Steine im Weg liegen, gesundheitlich und psychisch, meine Psychologin wird mir dabei helfen es zu verarbeiten. Dieses Jahr steht noch einmal Klinikaufenthalt an, es gibt hier eine Baustelle aus dem letzten Jahr und diese wird nicht einfach. Was soll ich sagen, ich will wieder in der Dunkelheit auch mal vor die Tür, ohne Angst oder Panik, dass an jeder Ecke jemand steht und mir böses will. Nun schließe ich meine Gedanken, mein Leben bis hier her, wenn es so sein soll, werde ich in ein paar Jahren die Fortsetzung schreiben. Ich wünsche meinen Lesern ein gesundes, friedliches und glückliches Leben. Ihre Pauletta

Die Zukunft heißt Hoffnung, denn die Seele kann erst dann baumeln, wenn das Herz einen Platz gefunden hat, wo es zur Ruhe kommt.

„…Liebe ist die Kraft der Seele, sie erreicht oft das, was der Verstand nicht schafft. Liebe ist für die Ewigkeit, denn sie kämpft nicht gegen die Zeit. Zwei Menschen können Liebe empfinden, sie immer aneinanderbinden. Willst Du der Liebe Kraft spüren, lass sie nur Dein Herz berühren. Die Einsamkeit wird von Dir fliegen. Deine Seele in Geborgenheit wiegen. Erst dann wird es für Dich nur noch eine Sehnsucht geben. Du willst nie mehr ohne Liebe leben…"